El Club de los Corazones Solitarios

ELIZABETH EULBERG

Traducción de **Mercedes Núñez**

Alfaguara

ALFAGUARA

EL CLUB DE LOS CORAZONES SOLITARIOS
Título original: *The Lonely Hearts Club*
D.R. © del texto: 2010, Elizabeth Eulberg

D.R. © de esta edición:
Santillana Ediciones Generales, S.A. de C.V., 2011
Av. Universidad 767, Col. Del Valle
México, 03100, D.F.

Alfaguara es un sello editorial del Grupo Santillana.
Éstas son sus sedes:

ARGENTINA, BOLIVIA, CHILE, COLOMBIA, COSTA RICA, ECUADOR, EL SALVADOR, ES-
PAÑA, ESTADOS UNIDOS, GUATEMALA, MÉXICO, PANAMÁ, PARAGUAY, PERÚ, PUERTO
RICO, REPÚBLICA DOMINICANA, URUGUAY Y VENEZUELA.

Diseño de cubierta: B. Parisi y Backy Terhune.
Foto de cubierta: Michael Frost.

Primera edición: enero de 2011

ISBN: 978-607-11-0921-7

Adaptación para Latinoamérica: Roxanna Erdman

Impreso en México

El Club de los Corazones Solitarios

ALFAGUARA

*A mis queridos e incondicionales críticos,
en especial a Dav Pilkey,
la primera persona que me animó a escribir.
Todo esto es culpa suya.*

Yo, Penny Lane Bloom, juro solemnemente no volver a salir con otro chico en lo que me queda de vida.

De acuerdo, quizá cambie de opinión dentro de unos diez años, cuando ya no viva en Parkview, Illinois (EU), ni asista a la escuela McKinley; pero, por el momento, no quiero saber nada de los chicos. Son unos mentirosos y unos estafadores. La escoria de la Tierra.

Sí, desde el primero hasta el último. La maldad personificada.

Algunos parecen agradables, claro; pero en cuanto obtienen lo que buscan, se deshacen de ti y pasan al objetivo siguiente.

Así que se acabó.

No más chicos.

Punto final.

Yesterday

"Love was such an easy game to play . . ."

Yesterday

Uno

Cuando tenía cinco años, caminé hasta el altar con el hombre de mis sueños.

Bueno, dejémoslo en "el niño" de mis sueños. También tenía cinco años.

Conozco a Nate Taylor prácticamente desde que nací. Su padre y el mío eran amigos de la niñez, y todos los años Nate y sus padres pasaban el verano con mi familia. Mi álbum de recuerdos de la infancia está lleno de fotos de los dos: bañándonos juntos, de niños; jugando en la casa del árbol del jardín trasero, y —mi preferida— disfrazados de novios en miniatura en la boda de mi prima. (Poco después colgué la foto con orgullo en la pared de mi cuarto: yo, con mi vestido blanco; Nate, con su esmoquin.)

Todo el mundo bromeaba y aseguraba que algún día nos casaríamos de verdad. Nate y yo también lo creíamos. Nos considerábamos la pareja perfecta. No me molestaba jugar a la guerra con Nate, y él llegó a jugar con mis muñecas (aunque nunca lo admitió). Me empujaba en los columpios y yo le ayudaba a organizar sus muñecos de acción. Nate opinaba que me veía preciosa con mis coletas, y yo pensaba que él era muy guapo (incluso en su breve etapa de gordinflón). Sus padres me caían bien, y a él le caían bien los míos. Yo quería un bulldog inglés y Nate, un pug. Los macarrones con queso eran mi plato favorito, y el suyo también.

¿Qué más podría pedir una chica?

Para mí, esperar con ilusión la llegada del verano equivalía a esperar con ilusión a Nate. Como resultado, casi todos mis recuerdos tenían que ver con él:

💜 Mi primer beso (en la casita del árbol, en mi jardín, cuando teníamos ocho años. Le di un puñetazo y luego me eché a llorar).

💜 La primera vez que tomé de la mano a un niño (cuando nos perdimos durante una excursión en tercero de primaria).

💜 Mi primera tarjeta de San Valentín (un corazón de cartulina roja con mi nombre escrito).

💜 Mi primer campamento (cuando teníamos diez años, instalamos una tienda en el jardín trasero y nos pasamos la noche a la intemperie, solos los dos).

💜 La primera vez que engañé a mis padres adrede (el año pasado tomé yo sola el tren a Chicago para ver a Nate. Les dije a mis padres que iba a dormir en casa de Tracy, mi mejor amiga).

💜 Nuestro primer beso *de verdad* (catorce años. Esta vez no me defendí).

Después de aquel beso, mi entusiasmo por la llegada del verano se incrementó. Ya no eran juegos de niños. Nuestros sentimientos eran auténticos, diferentes. El corazón ya no era de cartulina: estaba vivo, latía… Era de verdad.

Cuando pensaba en el verano, pensaba en Nate. Cuando pensaba en el amor, pensaba en Nate. Cuando pensaba en cualquier cosa, pensaba en Nate.

Sabía que aquel verano iba a ocurrir. Nate y yo estaríamos juntos.

El último mes de clases me resultó insoportable. Inicié la cuenta regresiva de su llegada. Salía de compras con mis amigas en busca de ropa para gustarle a Nate. Incluso me compré mi primer biquini pensando en él. Organicé mi horario de trabajo en la clínica dental de mi padre adaptándolo al horario de Nate en el club de campo. No quería que nada se interpusiera entre nosotros.

Y entonces, sucedió.

Allí estaba.

Más alto.

Más maduro.

Ya no era sólo guapo, sino *sexy*.

Y era mío.

Quería estar conmigo. Y yo, con él. Parecía así de simple.

Al poco tiempo, estábamos juntos. Por fin, juntos de verdad.

Sólo que no fue el cuento de hadas que yo había esperado.

Porque los chicos cambian.

Mienten.

Te pisotean el corazón.

A fuerza de desengaños, descubrí que ni los cuentos de hadas ni el amor verdadero existen.

Que el chico perfecto no existe.

¿Y esa encantadora foto de una inocente novia en miniatura con el chico que algún día le rompería el corazón?

Tampoco existía.

Me quedé mirando cómo ardía en llamas.

Dos

Todo ocurrió muy deprisa.

Empezó como cualquier otro verano. Llegaron los Taylor, y la casa estaba hasta el tope. Nate y yo coqueteábamos sin parar… siguiendo la rutina de los últimos años. Sólo que, esta vez, por debajo del coqueteo latían otras cosas. Como deseo. Como futuro. Como sexo.

Todo lo que había soñado empezó a suceder. Para mí, Nate era perfecto. El chico con el que comparaba a todos los demás. El que siempre lograba que se me acelerara el corazón y el estómago me diera un vuelco.

Aquel verano, por fin, mis sentimientos fueron correspondidos.

Salimos un par de veces, nada del otro mundo. Fuimos al cine, a cenar, etcétera.

Nuestros padres no tenían ni idea de lo que estaba pasando. Nate no quería decirles, y me dejé llevar. Alegó que reaccionarían de manera exagerada, y no se lo discutí. Aunque sabía que nuestros padres siempre habían deseado que, en un futuro, acabáramos juntos, no estaba convencida de que ya estuvieran preparados. Sobre todo porque Nate dormía abajo, en nuestro sótano insonorizado.

Todo iba de maravilla. Nate me decía lo que yo quería oír. Que era preciosa, perfecta. Que al besarme se le cortaba la respiración.

Me sentía en la gloria.

Nos besábamos. Luego, nos besábamos más. Y después, mucho más. Pero al poco tiempo ya no era suficiente. Al poco tiempo, las manos empezaron a deambular, la ropa empezó a desprenderse. Era lo que yo siempre había deseado… pero parecía ir deprisa. Demasiado deprisa. Por mucho que le concediera a Nate, él siempre quería más. Y yo me resistía. Todo lo que hacíamos se convertía en una lucha constante por ver hasta dónde cedería yo.

Habíamos tardado tanto en llegar hasta ese punto que no quería precipitar las cosas. No entendía por qué no nos limitábamos a disfrutar del momento, a disfrutar de estar juntos, en vez de apresurarnos hasta el paso siguiente.

Y cuando digo "paso siguiente", me refiero al contacto físico.

No había mucho diálogo sobre los pasos siguientes en cuanto a nuestra relación.

Después de un par de semanas, Nate empezó a decir que, para él, yo era la única, su amor verdadero. Sería increíble, aseguraba, si le permitiera amarme de la manera que él quería.

Justo lo que yo había imaginado durante tanto tiempo. Lo que siempre había deseado. Así que pensé: "Sí, lo haré. Porque será con él. Y eso es lo que importa".

Decidí darle una sorpresa.

Decidí confiar en él.

Decidí dar el paso.

Lo tenía todo planeado, todo calculado. Nuestros padres iban a salir hasta tarde y tendríamos la casa para nosotros solos.

—¿Estás segura de que es lo quieres, Penny? —me preguntó Tracy aquella mañana.

—Lo único que sé es que no quiero perderlo —respondí.

Ése era mi razonamiento. Lo haría por Nate. No tenía nada que ver conmigo, o con lo que yo quisiera. Todo era por él.

Quería que resultara espontáneo. Quería que lo tomara desprevenido, y que luego se sintiera abrumado por lo perfecto que era, por lo perfecta que era yo. Ni siquiera sabía que yo estaba en casa; quería que pensara que había salido aquella noche, para que la sorpresa fuera aún mayor. Quería demostrarle que estaba preparada. Dispuesta. Que era capaz. Lo tenía todo pensado, excepto la ropa que me iba a poner. Me metí a escondidas en la habitación de mi hermana Rita y registré sus cajones hasta encontrar un camisón de seda blanca que no dejaba mucho espacio a la imaginación. También tomé su bata de encaje rojo.

Cuando por fin estuve preparada, bajé sigilosamente las escaleras hasta la habitación de Nate, en el sótano. Empecé a desatarme la bata con una mezcla de emoción y nerviosismo. Me moría de ganas de ver la expresión de

Nate cuando me descubriera. Me moría de ganas de demostrarle lo que sentía, de modo que él, por fin, sintiera lo mismo que yo.

Esbocé una sonrisa mientras encendía la luz.

—¡Sorpresa! —grité.

Nate se incorporó del sofá como un resorte, con una expresión de pánico en el semblante.

—Hola… —dije con tono dócil, al tiempo que dejaba caer la bata al suelo.

Entonces, otra cabeza surgió del sofá.

Una chica.

Con Nate.

Me quedé petrificada, sin dar crédito a mis ojos. Pasé la vista del uno al otro mientras, a tientas, reunían su ropa. Por fin, agarré la bata y me la puse, tratando de cubrir la mayor parte posible de mi cuerpo.

La chica empezó a soltar risitas nerviosas.

—¿No habías dicho que tu hermana había salido esta noche?

¿Su hermana? Nate no tenía una hermana, para nada. Traté de convencerme de que existía una buena explicación para lo que estaba viendo. Nate no me haría una cosa así, de ninguna manera. Sobre todo en mi propia casa. Quizá aquella chica había tenido un accidente justo delante de la puerta y Nate la había llevado adentro para… eh… consolarla. O acaso ensayaban una escena de una representación veraniega de… *Romeo y Julieta al desnudo*. O tal vez me había quedado dormida y se trataba de una pesadilla.

Sólo que no era así.

La chica terminó de vestirse y Nate, esquivando mi mirada, la acompañó al piso de arriba.

Todo un caballero.

Tras lo que me pareció una eternidad, regresó.

—Penny —dijo, colocando una mano alrededor de mi cintura—, lamento que tuvieras que ver eso.

Intenté responder, pero no encontraba la voz.

Subió los brazos hasta mis hombros y empezó a frotarlos a través de la bata.

—Lo siento, Penny. Lo siento mucho. Fue una estupidez, tienes que creerme. Soy un idiota. Un idiota de marca mayor.

Negué con la cabeza.

—¿Cómo pudiste? —mis palabras eran apenas un suspiro; se me contraía la garganta.

Se inclinó sobre mí.

—En serio, no volverá a ocurrir. Escúchame, no pasó *nada*. Nada de nada. No fue nada. *Ella* no es nadie. Sabes lo mucho que significas para mí. Eres tú con quien quiero estar. Eres tú de quien estoy enamorado —bajó las manos por mi espalda—. ¿Ya te sientes mejor? Dime qué puedo hacer, Penny. Lo último que quiero es herirte.

La conmoción se iba pasando, dejando al descubierto la furia que subyacía. Lo aparté de un empujón.

—¿Cómo pudiste? —espeté—. ¿CÓMO PUDISTE?

Esta última parte la dije a gritos.

—Mira, ya me disculpé.

—¿Te DISCULPASTE?

—Penny, lo siento muchísimo.

—¿LO SIENTES?

—Por favor, deja de hablar y escúchame. Te lo puedo explicar.

—Muy bien, perfecto —me senté en el sofá—. Explícalo.

Nate me lanzó una mirada nerviosa; evidentemente, no había contado con que me sentara a escuchar lo que tuviera que decir.

—Penny, esa chica no significa nada para mí.

—Pues no daba esa impresión —me ajusté el cinturón de la bata y agarré un almohadón para taparme las piernas.

Nate exhaló un suspiro. Un suspiro en toda su expresión.

—Bueno, ya empezamos con el melodrama —ironizó. Entonces, se sentó a mi lado con los brazos cruzados—. Muy bien. Si no estás dispuesta a aceptar mis disculpas, no veo qué otra cosa puedo hacer.

—¿Disculpas? —repliqué entre risas—. ¿Crees que decir "lo siento" es suficiente para borrar lo que pasó? Creí que habías dicho que soy especial —bajé la vista al suelo, avergonzada de mí misma por haber sacado el tema a relucir.

—Pues claro que eres especial, Penny. Vamos, ¿qué pensabas que iba a pasar? —la cara de Nate se tiñó de un rojo brillante—. A ver, las cosas son así: tú y yo… nosotros… nosotros… bueno, así están las cosas…

No podía creer lo que estaba oyendo. El Nate de sólo unos días atrás había desaparecido y una especie de… *bestia* había ocupado su lugar.

—¿Me quieres decir de qué estás hablando?

—¡Santo Dios! —Nate se levantó del sofá y empezó a pasear de un lado a otro—. Esto es exactamente de lo que estoy hablando: mírate, ahí sentada, como cuando éramos niños y no lograbas lo que querías. Bueno, he querido estar contigo desde hace mucho tiempo, Penny. Muchísimo. Pero aunque tú creas que quieres estar conmigo, no me quieres a *mí*. Lo que quieres es tu amor de la infancia. El Nate que te tomaba de la mano y te daba besos en la mejilla. Bueno, pues ese Nate creció. Y quizá tú deberías hacer lo mismo.

—Pero yo…

—¿Qué? Tú, ¿qué? ¿Te pusiste el camisón de tu hermana? Ésos son juegos de niños, Penny. Para ti es un día de boda perpetuo, sin luna de miel, sin quitarte el vestido de novia, sin nada de nada. Pero, ¿sabes qué? La gente practica el sexo. No es para tanto.

Empecé a temblar de arriba abajo. Sus palabras me golpeaban.

Nate negó con la cabeza.

—No debería haberme metido contigo. ¿Qué puedo decir? Estaba harto, y era mucho más fácil ceder a tus fantasías que enfrentarme a ellas. Además, lo admito, tienes ese toque de chica de clase media que te favorece. Nunca se me ocurrió que, al final, no serías más que una provocadora.

Se me revolvió el estómago. Las lágrimas me surcaban las mejillas.

—Oh, vamos —Nate se sentó y me rodeó con el brazo—. Grítame un poco más y te sentirás mejor. Luego damos carpetazo y ya.

Me desembaracé a sacudidas y salí corriendo escaleras arriba.

Para huir de Nate.

Para huir de las mentiras.

Para huir de todo.

Pero no podía huir. Nate iba a seguir instalado en nuestra casa otras dos semanas. Cada mañana tendría que levantarme y mirarlo a la cara. Observar cómo salía por la puerta, sabiendo que seguramente iba a verla a *ella*. Sabiendo que Nate tenía que buscar en otro sitio porque yo no era suficientemente buena para él. Nunca me vería "de esa manera".

Día tras día me recordaba a mí misma que era una fracasada. Que lo que había deseado durante años había terminado haciéndome sufrir más de lo imaginable.

Rita, mi hermana mayor, fue la única persona de mi familia a la que se lo conté, y la obligué a jurar que no se lo diría a nadie. Sabía que aquello perjudicaría la prolongada y estrecha amistad entre nuestros padres, y no me parecía justo que Nate también la destruyera. Además, me daba vergüenza. No soportaba la idea de que mis padres descubrieran lo estúpida que era su hija.

Rita intentó consolarme. Llegó a amenazar con matar a Nate si se acercaba a tres metros de mí. Pero incluso treinta metros habrían sido pocos.

—Vas a estar bien, Penny —prometió Rita mientras me rodeaba con sus brazos—. Todos nos topamos con algunos baches en el camino.

Yo no me había topado con un bache, sino con un muro de ladrillo.

Y no quería volver a sufrir ese dolor nunca más.

Tres

Me sentía perdida. Necesitaba esconderme. Escapar.

Sólo se me ocurrió un remedio para aliviar el dolor. Recurrí a los cuatro chicos que nunca me fallarían. Los únicos cuatro que jamás me romperían el corazón, que no me decepcionarían.

John, Paul, George y Ringo.

Lo entenderá cualquiera que se haya aferrado a una canción como a un bote salvavidas. O que haya puesto una canción para despertar un sentimiento, un recuerdo. O que haya hecho sonar mentalmente una banda sonora para ahogar una conversación o una escena desagradable.

En cuanto regresé a mi habitación, destrozada por el rechazo de Nate, subí el volumen de mi estéreo hasta tal punto que la cama empezó a temblar. Los Beatles habían sido siempre una especie de manta reconfortante que me daba seguridad. Formaban parte de mi vida incluso antes de que naciera. De hecho, de no haber sido por los Beatles, no habría nacido.

Mis padres se conocieron la noche en que John Lennon murió de un disparo, junto a un altar improvisado en un parque de Chicago. Ambos eran fans de los Beatles de toda la vida, y con el paso del tiempo decidieron que no tenían más remedio que ponerles a sus hijas los nombres de tres canciones del grupo: *Lucy in the sky with diamonds, Lovely Rita* y *Penny Lane*.

Eso sí, mis hermanas mayores tuvieron la suerte de que les pusieran segundos nombres normales, pero a mí me otorgaron el título completo de Lennon y McCartney: Penny Lane. Incluso, nací el 7 de febrero, aniversario de la primera visita de los Beatles a Estados Unidos. No me lo tomaba como una casualidad. No me habría extrañado que mi madre se hubiera negado a pujar para que yo naciera en esa fecha concreta.

El destino de casi todos los viajes familiares era la ciudad de Liverpool, en Inglaterra. En todas nuestras felicitaciones de Navidad aparecíamos recreando la portada de un disco de los Beatles. Aquello debería haberme incitado a la rebelión. En cambio, los Beatles se convirtieron en parte de mí. Me sintiera feliz o desdichada, sus letras, su música, eran un consuelo.

Esta vez traté de sofocar las palabras de Nate con una explosión de *Help!* Mientras tanto, recurrí a mi diario. Al tomarlo, el cuaderno forrado de piel se sentía pesado, cargado por los años de emociones que contenían sus páginas. Lo abrí y revisé las entradas, casi todas con letras de los Beatles. A cualquier otra persona le habrían resultado asociaciones absurdas, pero para mí el significado de las letras iba mucho más allá de las palabras. Eran como fotografías de mi vida: de lo bueno, lo malo y lo relacionado con los chicos.

Cuánto sufrimiento. Me puse a revisar mis relaciones anteriores.

Dan Walter, de segundo de bachillerato y, según Tracy, "un completo libidinoso". Salimos cuatro meses, cuando llegué al último año de secundaria. Las cosas empezaron bastante bien, si por "bien" se entiende ir al cine y a cenar *pizza* los viernes en la noche con el resto de las parejas de la ciudad. Al final, Dan empezó a confundirme con el personaje de la película *Casi famosos,* que también se llamaba Penny Lane. Ella es una *groupie* empedernida, y a Dan se le metió en su cabeza hueca que, si tocaba *Starway to heaven* con la guitarra, me rendiría. No tardé mucho en darme cuenta de que el atractivo físico no necesariamente conlleva las dotes de un buen guitarrista. En cuanto comprobó que mis calzones seguían en su lugar, Dan cambió de melodía.

Después vino Derek Simpson, quien —estoy segura— sólo salió conmigo porque pensaba que mi madre, que es farmacéutica, le podía conseguir pastillas.

Darren McWilliams no fue mucho mejor. Empezamos a salir justo antes de que me entrara la locura por Nate, el verano pasado. Parecía un tipo encantador hasta que empezó a frecuentar a Laura Jaworski, quien resultó ser una buena amiga mía. Acabó citándonos a las dos el mismo día. No se le ocurrió que compararíamos nuestras agendas.

Dan, Derek y Darren. Y sólo en el último año de la secundaria. Me engañaron, me mintieron y me utilizaron. ¿Qué lección aprendí? Que debía mantenerme alejada de los chicos cuyo nombre de pila empiece con "D", porque todos ellos eran el diablo personificado.

Puede ser que el verdadero nombre de Nate fuera Dante, *el Destructor de Deseos*. Porque era diez veces peor que los otros tres "D" juntos.

Hice a un lado el diario. Estaba furiosa con Nate, es verdad. Pero, sobre todo, estaba furiosa conmigo misma. ¿Por qué me presté a salir con ellos? ¿Qué saqué de aquellas relaciones, aparte de un corazón destrozado? Yo era más inteligente que todo eso. Debería haberlo sabido.

¿En serio quería seguir siendo utilizada? ¿Acaso había alguien ahí afuera que valiera la pena?

Había creído que Nate sí valía la pena, pero estaba confundida.

Cuando me levanté para llamar a Tracy —tenía que compartir mis penas con ella—, algo me llamó la atención. Me acerqué a mi póster preferido de los Beatles y empecé a pasar los dedos por las letras: *Sgt. Pepper's Lonely Hearts Club Band*.

Había contemplado aquel póster día tras día durante los últimos siete años. Había escuchado aquel álbum, uno de mis favoritos, cientos de veces. Era como si, para mí, siempre hubiera sido una sola palabra muy larga: *Sgt Pepper'sLonelyHeartsClubBand*. Pero, ahora, tres términos se desligaban del resto, y descubrí en la expresión algo completamente nuevo.

Lonely.
Hearts.
Club.

Entonces, sucedió.

Algo relacionado con aquellas palabras.

Lonely. Hearts. Club.

Club. Corazones. Solitarios.

En teoría, podría sonar deprimente. Pero en aquella música no había nada deprimente.

No, este club de los corazones solitarios era justo lo contrario a deprimente. Era fascinante.

Había tenido la respuesta frente a mis ojos, desde el principio. Sí, había encontrado una manera para que dejaran de engañarme, de mentirme, de utilizarme.

Dejaría de torturarme saliendo con fracasados. Disfrutaría de los beneficios de la soltería. Por una vez, me concentraría en mí misma. El primero de bachillerato iba a ser mi año. Todo giraría alrededor de mí, Penny Lane Bloom, fundadora y socia única del club de los corazones solitarios.

Come Together

"... you've got to be free ... "

Come Together

Cuatro

Los chicos habían muerto para mí. Sólo existía una cuestión: ¿cómo no se me había ocurrido antes?

Sabía que la idea era una genialidad, pero me habría gustado que mi mejor amiga dejara de mirarme como si me hubiera fugado de una institución para enfermos mentales.

—Pen, sabes que te quiero, pero...

"Ya empezamos."

Estábamos celebrando una reunión de emergencia (con los correspondientes palitos de queso empanizados, imprescindibles para superar rupturas) en nuestra cafetería habitual, menos de una hora después de mi golpe de inspiración. Tracy dio un sorbo a su malteada mientras asimilaba mi perorata sobre los problemas que los chicos me habían causado a lo largo de los años. Ni siquiera había llegado yo al asunto del club, ni a mi decisión de no volver a salir con nadie.

—Sé que estás enojada, y con razón —razonó Tracy—. Pero no *todos* los chicos son malos.

Puse los ojos en blanco.

—¿De veras? ¿Quieres que repasemos tus listas de los dos últimos años?

31

Tracy se hundió en el asiento. Año tras año elaboraba un listado de los chicos con los que quería salir. Se pasaba el verano sopesando sus opciones antes de redactar la lista para el curso escolar, y clasificaba a cada uno por un orden de preferencia basado en la relación entre el aspecto físico, el grado de popularidad y (otra vez) el aspecto físico.

Sin lugar a dudas, aquella lista causaba más sufrimiento del que se merecía. Hasta el momento Tracy no había salido ni una sola vez con ninguno de los candidatos. De hecho, nunca había tenido novio. No se me ocurría por qué. Era guapa, divertida, inteligente, y una de las amigas más leales y fiables que se pudieran esperar. Pero, como si yo necesitara otro ejemplo de por qué los chicos apestan, ninguno de los alumnos de la escuela McKinley parecía darse cuenta de que tenía madera de novia.

"Mejor para ella", pensaba yo. Pero Tracy lo veía de otra manera.

—No sé de qué me hablas —respondió.

—Está bien. ¿Me estás diciendo acaso que no tienes una lista nueva, preparada para la inspección?

Tracy puso su bolso en la silla que tenía al lado.

Por supuesto que tenía otra lista. Sólo nos quedaban unos días para empezar primero de bachillerato.

—Lo que tú digas —respondió, ofendida—. Me figuro que debería tirar esa lista a la basura ya que, según tú, todos los hombres son imbéciles.

Sonreí.

—Empezamos a entendernos. ¡Vamos a quemarla!

Tracy soltó un gruñido.

—Perdiste la cabeza, está claro. ¿Te molestaría quedarte seria un momento?

—Ya estoy seria.

Ahora le tocó a Tracy poner los ojos en blanco.

—Vamos. No todos los solteros de este planeta son seres despreciables. ¿Qué me dices de tu padre?

—¿Y tú qué me dices de Thomas Grant? —contraataqué yo.

Tracy se quedó boquiabierta.

Lo admito: quizá me excedí un poco. Thomas había estado en nuestro grupo del curso anterior. Tracy se había pasado un semestre entero coqueteando con él en la clase de Química. Por fin, Thomas le había preguntado si tenía algo que hacer el fin de semana. Tracy estaba exultante… hasta que una hora antes de la cita Thomas le envió un mensaje por el teléfono celular diciendo que le había "surgido" algo. Después, no le hizo el menor caso durante el resto del curso. Ni una explicación, ni una disculpa. Nada.

Típicamente masculino.

—¿Y Kevin Parker? —presioné.

Tracy me lanzó una mirada asesina.

—Bueno, no tengo la culpa de que él no sepa que existo.

El primer nombre de la lista de Tracy siempre era el mismo: Kevin Parker, alumno del último grado y jugador de futbol americano sin igual. Por desgracia, Kevin nunca había dado señales de enterado de que Tracy estaba viva. Cuando yo salía con Derek, invité a Kevin y a sus amigos a mi casa con el único propósito de que llegara a conocer a Tracy. Pero no le prestó la menor atención. Una de las pocas razones por las que aguanté tanto tiempo con Derek fue porque Tracy necesitaba sus dosis diarias de Kevin Parker.

El simple hecho de pensar en aquella lista y en lo mucho que influía en la felicidad de mi mejor amiga me provocaba ganas de arrebatársela del bolso y romperla en mil pedazos, porque sabía que tendría que ir tachando los nombres uno por uno y acabaría en un mar de lágrimas.

Tracy exhaló un suspiro y luego recobró la compostura.

—Este año va a ser distinto, mejor —juró—. No sé, tengo una corazonada, en serio —sacó la lista y empezó a contemplar pensativamente los nombres de los contendientes de este año.

¿De veras yo había creído que Tracy iba a entender mi necesidad de acabar con los chicos? Ella sólo pensaba en salir con ellos.

Me di por vencida… de momento.

Tracy no era la única que tenía una corazonada acerca del nuevo curso.

Cinco

Primer día de clase. Aún no había llegado a la escuela y ya había tenido que enfrentarme al enemigo. No se trataba de Nate; se había ido. Pero era alguien de su bando.

—¡Uf! ¿Puedes creer que mi hermano pequeño ya va a la secundaria? —Tracy señaló el asiento posterior de su coche, donde su hermano Mike escuchaba un iPod a todo volumen—. Y, ¿sabes una cosa, Pen? No veo que tenga cuernos de diablo en lo alto de la cabeza.

—*Todavía* —le dediqué una sonrisa arrogante.

El pequeño Mikel Larson era un alumno de tercero de secundaria… un chico… uno de *ellos*.

Me pregunté cuándo empezaría a actuar como el resto de los alumnos de la escuela McKinley. ¿Existiría una especie de aula secreta en la que enseñaban a los chicos a convertirse en hombres atractivos de cabeza hueca?

Cuando Mike se bajó del coche de Tracy, no pude evitar fijarme en que se parecían más que nunca, con su pelo rubio oscuro, los ojos color avellana y el óvalo de la cara en forma de corazón.

Tracy me miró de arriba abajo.

—Pen, esos zapatos son increíbles. Hoy estás impresionante —se aplicó una nueva capa de brillo de labios mirándose en el espejo retrovisor—. ¿Decidida a impresionar a alguien en particular?

Solté un gruñido.

—No. Quería estar guapa para mí, nada más.

La mirada que me lanzó dejaba claro que no se lo creía.

Me daba igual. Iba a ser el principio de un año alucinante. Abrí la puerta de la escuela, emocionada por empezar el año escolar sin toda aquella locura de los chicos.

La sonrisa en mis labios se desvaneció en un instante, pues la primera persona que me encontré fue Dan Walter, que llevaba la chamarra con las iniciales de la escuela que me había "prestado" cuando salíamos. Qué oportuno ser recibida por un recordatorio de antiguos novios terribles. Menos mal que Nate estaba en Chicago, a kilómetros de distancia. Doblé la esquina para alejarme de Dan y vi a Kevin Parker quien, al parecer, seguía siendo demasiado creído como para dirigirle la palabra a Tracy.

Mi frustración fue en aumento mientras continué inspeccionando a mis compañeros de clase. Había recorrido aquellos pasillos en miles de ocasiones, pero me daba la sensación de haber abierto los ojos por primera vez. No veía más que chicas que se desvivían por ligar con los chicos, parejas que caminaban de la mano, chicos que... Bueno, chicos a secas: escandalosos, detestables, egoístas. No buscaban a las chicas; las chicas los buscaban a ellos.

Noté una vibración en mi bolsa y saqué el celular. Me detuve en seco, y Brian Reed chocó contra mí.

—¡Cuidado! —vociferó mientras su novia, Pam, me lanzaba una mirada furiosa. A Dios gracias no les era posible ir tomados de la mano las veinticuatro horas del día, los siete días de la semana.

Salí de mi aturdimiento. Estaba convencida de que tenía que ser un error. Pero no: el teléfono, cruelmente, confirmaba la verdad. Era un mensaje de Nate. Por supuesto: había encontrado una manera de torturarme aun sin estar cerca de mí.

"Que tengas un buen primer día de clases."

¿Qué? En primer lugar, sabía que yo no le hablaba. En segundo lugar, sólo habían transcurrido dos semanas, ¿acaso pensaba que se me había olvidado? En tercer lugar, el mensaje no podía haber sido más patético. Lo borré y arrojé el teléfono al fondo de mi bolsa.

Me negué a permitir que Nate Taylor arruinara un solo día más de mi existencia.

—¡Bloom, te metiste en un buen lío! —Ryan Bauer estaba apoyado en su casillero, con los brazos cruzados y una sonrisa traviesa en los labios.

Genial. No estaba de humor para hacer caso de sus estupideces.

—¿Qué pasa? —pregunté con impaciencia mientras abría mi casillero, a tres puertas del suyo.

Ryan se quedó mirándome, desconcertado.

—Mmm, olvídalo —tomó mi horario de clases, que estaba encima de mi pila de libros.

off<hr />

Ryan Bauer era uno de esos chicos con una novia pegajosa cuya vida giraba en torno a él. Se trataba del mayor cliché de la escuela: un destacado atleta con buenas calificaciones que, casualmente, también era guapísimo. De constitución delgada, pasaba del metro ochenta de estatura; tenía unos ojos azules increíbles y siempre se estaba pasando las manos por el pelo, negro y ondulado. Naturalmente, también era uno de los grandes conquistadores de la escuela. Tiempo atrás, yo solía sucumbir a sus encantos; pero esta vez no tenía ganas de seguir alimentando su ego.

Era un chico. Un chico hecho y derecho. No me habría extrañado que ocultara cadáveres de niños y de cachorros en su casillero.

Me costó reconocerlo sin Diane Monroe pendiente de sus movimientos. Ryan y Diane llevaban toda la vida saliendo. Bueno, en realidad, empezaron en primero de secundaria, pero eso significaba desde siempre jamás. Diane era la clásica novia para un triunfador del estilo de Ryan: larga cabellera rubia y brillante, ojos azul translúcido, cuerpo esbelto tipo modelo y siempre, absolutamente siempre, impecable: la clásica porrista/presidenta del Consejo de Alumnos.

—¡Vaya! Por lo que se ve, sólo coincidimos en Historia Universal —me estaba diciendo Ryan—. Todd también está en esa clase. Esto apesta.

—Sí, apesta —no intenté disimular la nota de sarcasmo en mi voz.

—¡Hola!

Miré hacia el pasillo y divisé nada más y nada menos que a la señorita Diane Monroe, que caminaba en nuestra dirección con una enorme sonrisa plasmada en el rostro. Debía de tener una especie de sexto sentido que le advertía de que Ryan estaba hablando con otra chica. Traté de no poner los ojos en blanco mientras sacaba los libros del casillero.

—¡Feliz primer día de clase! —exclamó.

Cerré el casillero de un golpe y me dispuse a encaminarme a la clase de Español, pero me encontré el paso bloqueado por Diane, parada frente a mí con una sonrisa que se acrecentaba por momentos, lo que, de alguna manera, me resultaba inquietante.

—Hey, Penny —dijo—. ¿Qué tal el verano? —sus ojos prácticamente lanzaban chispas de entusiasmo. Me entraron ganas de vomitar.

Me quedé mirándola, desconcertada. ¿Por qué me hablaba? No nos habíamos dirigido la palabra desde hacía siglos.

—Eh, hola, Diane —no entendía por qué todo el mundo sentía la necesidad de sacar a relucir el verano el primer día de clase. Resultaba irritante. El verano había terminado. No hacía falta pensar en él. Nunca más.

—Bueno, ¿qué no notas nada? —Diane empezó a girar sobre sí misma. Todo en ella era perfecto; es decir, no se habían producido grandes cambios, así que me limité a encogerme de hombros—. Penny —Diane parecía estupefacta—. Mi conjunto. ¿Qué no te acuerdas? —examiné la ropa que llevaba: chamarra de mezclilla ceñida, camiseta con lentejuelas negras, minifalda rosa de holanes y sandalias rosas con tacón de diez centímetros. Encogí los hombros otra vez. Era evidente que no me acordaba.

—¡Penny! —Diane se abrió la chaqueta para dejar al descubierto la camiseta de lentejuelas, que tenía un logotipo de los Beatles—. Y ahora, ¿te acuerdas? Siempre nos poníamos una camiseta de los Beatles el primer día de clases.

Me quedé boquiabierta. Sí, claro, cuando teníamos diez años... y nos hablábamos.

—Mmm, lo siento —me disculpé—. Ha pasado mucho tiempo.

Los hombros de Diane se hundieron ligeramente. No le había ofrecido la respuesta con que ella contaba.

¿Qué esperaba? La última vez que yo había seguido el ritual del primer día de clases fue en segundo de secundaria. El día que llegué tarde a la escuela porque Diane no pasó a recogerme, como hacía siempre. El día que a mi mejor amiga se le olvidó ponerse una camiseta de los Beatles. Y resultó que ese día, por fin, me di cuenta de que nuestra amistad había terminado. Habíamos sido las mejores amigas durante casi diez años. Nuestras madres se habían conocido en un club de lectura cuando ambas usábamos pañales y decidieron reunirnos de vez en cuando para que jugáramos. Su madre nos recogía al salir de clases y nos llevaba al parque, o íbamos a mi casa y correteábamos en el jardín de atrás.

Pero nada de eso importaba ya. A Diane no volvió a interesarle ninguna otra cosa desde el momento en que Ryan entró en escena.

Diane decidió que en su vida sólo había espacio para una persona.

Tenía que elegir entre su mejor amiga y su novio.

Adivina a quién escogió.

Seis

Me alejé de Ryan y de Diane lo más rápido que pude, antes de que se convirtieran en "DianeyRyan" en mitad del pasillo. Pero el nombre de Diane volvió a surgir durante el almuerzo.

—Adivina quién ha intentado charlar conmigo en Biología, y también en Francés, como si fuéramos amigas —me comentó Tracy mientras nos dirigíamos a la cafetería después de las clases de la mañana—. Diane Monroe, ¿puedes creerlo? Debe de ser una maniobra con tal de conseguir votos para que la nombren Reina en la fiesta de antiguos alumnos.

—Sí, actúa de forma rara —coincidí.

—Puf, no la soporto.

La verdad, Tracy nunca había sido una gran fan de Diane; pocas chicas de la escuela lo eran. Tal vez fuera por su apariencia perfecta, o por el hecho de que sobresalía en todos los aspectos.

Pero aquello no era más que pequeñas envidias.

En realidad, en McKinley sólo había una persona que tenía una razón de peso para odiar a Diane Monroe.

Yo.

Por si no resultara suficientemente malo que fuera el prototipo de "chica-que-abandona-su-identidad-por-culpa-de-un-chico", también me había abandonado a mí. Yo siempre había considerado que las chicas que renuncian a sus amigas cuando un chico se interesa en ellas son patéticas. Pero cuando me convertí en una de esas amigas, descubrí cuánto dolía.

Otro ejemplo más de cómo los chicos habían arruinado mi vida. Por si no fuera suficiente tratarme como si fuera basura, me robaban a las amigas.

Aunque odiaba la lista de Tracy por lo mucho que la hacía sufrir, por lo general me alegraba en secreto cuando resultaba ser un fracaso. No quería perder a Tracy de la misma manera que había perdido a Diane.

Una vez que hubimos sorteado la larga fila de desconcertados alumnos de tercero que aún no estaban al tanto del veneno que servían en la cafetería, Tracy y yo nos sentamos a nuestra mesa del almuerzo, la misma del año anterior. Nuestras amigas Morgan y Kara no tardaron en llegar.

—Hola, chicas —nos saludó Morgan mientras ella y Kara tomaban asiento—. Mis padres me están moliendo para que elija más actividades extracurriculares con vistas a la solicitud para la universidad. ¿Pueden creerlo? Ya tengo que empezar a preocuparme por la universidad. ¡Pero si acabamos de empezar el bachillerato!

Las cuatro asentimos en señal de acuerdo. Kara se revolvió en su asiento, incómoda, y jugueteó con su manzana mientras las demás atacábamos nuestros respectivos almuerzos. Costaba trabajo no darse cuenta de que había adelgazado aún más durante el verano, si es que era posible. Prácticamente desaparecía dentro de su sudadera de la escuela McKinley, gris con capucha. De pronto, Kara se clavó en la mesa por culpa de una chica bajita, de pelo rizado, que debió resbalarse al pasar. La chica estrelló su bandeja contra la cabeza de Kara y su refresco se le derramó a nuestra amiga por el hombro.

—¡Oh, no! —gritó la chica—. ¡Mi refresco!

Conmocionadas, nos quedamos mirando mientras la desconocida recogía su vaso de plástico y examinaba su ropa, ignorando a Kara por completo. Nunca había visto a aquella chica, así que me imaginé que sería de tercero. Jamás se me habría pasado por alto, aunque no podía medir más de metro y medio. Todo en ella resultaba exagerado. Las uñas de acrílico pretendían pasar por una manicura francesa; el pelo, castaño oscuro, tenía un exceso de mechas rubias; llevaba las cejas depiladas al máximo, y los labios demasiado perfilados. Vestía una diminuta minifalda de mezclilla y top de encaje. En otras palabras, daba la impresión de que se disponía a contonearse por la pasarela, y no a almorzar en la cafetería de la escuela.

—¿Estás bien? —Morgan le entregó a Kara unas servilletas para que se secara.

—¡Ash-ley! —gritó la chica a su amiga—. ¿Me manché la camiseta?

Tracy giró la cabeza de golpe.

—Perdona, ¿qué tal si le pides disculpas a mi amiga, a la que acabas de dejar hecha una sopa?

La chica se quedó mirando a Tracy como si ésta le estuviera hablando en un idioma extranjero.

—¿Cómo dices? Se me cayó el refresco.

Tracy le lanzó su particular "mirada asesina": ojos entornados en forma de diminutas rendijas, labios fruncidos y expresión de la furia más absoluta.

—Sí, se te cayó el refresco… encima de mi amiga. ¿Sabes lo que es una disculpa?

La chica, molesta, abrió la boca. Masculló algo que, me imagino, se suponía que era una disculpa (sonó más bien a una pregunta: "¿Per-dón?") y se alejó.

Tracy volvió a sentarse.

—Increíble. El primer día de clases y éstos de tercero ya se creen los dueños de la escuela. Qué barbaridad; miren la mesa a la que van.

Había una hilera de mesas, junto a los ventanales, que invariablemente ocupaban los deportistas y las porristas, incluyendo al infame y elitista grupo de Los Ocho Magníficos: Ryan Bauer y Diane Monroe, Brian Reed y Pam Schneider, Don Levitz y Audrie Werner, Todd Chesney y una de sus numerosas novias rotativas.

Tracy y yo nos contábamos entre las pocas chicas de nuestra clase que no se habían sentado a aquella mesa en calidad de novia provisional de Todd. Nunca había tenido ganas de formar parte de aquella versión demente del Arca de Noé, donde sólo sobrevivías si formabas pareja con un miembro del sexo opuesto. Si tuviera que elegir entre salir con Todd y perder el barco, estaba plenamente decidida a ahogarme.

Tanto Kara como Morgan habían salido con Todd. En el caso de Morgan fue en segundo de secundaria, y Todd se dedicaba a contar mentiras al equipo de basquetbol sobre hasta dónde había llegado con ella. Después de que la abandonó, Morgan se fue haciendo cada vez más popular entre los chicos de la clase, hasta que descubrió que era porque la consideraban una chica fácil.

Habría cabido imaginar que Kara aprendería de los errores de Morgan. Pero no: Todd se las arreglaba para desbaratar el sentido común de cualquier chica. Kara había pensado que en su caso sería diferente, así que se lanzó al agua... para después descubrir que una tal Tina McIntyre nadaba en la misma piscina y al mismo tiempo.

Yo me preguntaba por qué un chico lograba encontrar dos chicas estupendas con las que salir simultáneamente, cuando las chicas no eran capaces de encontrar un único chico pasable.

El rostro se me encendió al recordar la cantidad de problemas que Todd había causado; no sólo con Morgan y Kara, sino con prácticamente la mitad de nuestro grupo. Jamás entendí el poder que ejercía sobre las chicas. Era el típico atleta de cabeza hueca: un tipo grande con el pelo rubio oscuro cortado a maquinilla y ropa que siempre ostentaba los logotipos de, al menos, dos equipos deportivos.

Al pensar en Todd caí en la cuenta de que yo no era la única chica de McKinley que podría beneficiarse de un boicot al sexo masculino.

Aquellas fastidiosas alumnas de tercero se le estaban echando encima, y él lo disfrutaba al máximo.

—Los chicos son idiotas —declaré, prácticamente a gritos.

Una risa escapó de la garganta de Tracy.

—Ándale pues, ¡como si no te pasaras la vida coqueteando con Ryan y Todd!

Como si no... ¡¿QUÉ?!

—Pero, ¿qué dices?

—¿Me quieres ver la cara? Cuando estás con Ryan te pones a ligar como una loca.

Sí, bueno; así era la antigua Penny. La nueva Penny había dejado de ligar. Me habría encantado no tener que hablar con ningún chico durante el resto del año.

—Los chicos de Los Ocho Magníficos no son el problema —apuntó Morgan—. Pero ellas son superficiales y no tienen nada (repito: nada) de que hablar, aparte de sus novios.

—Bueno —interpuso Kara—. Diane siempre es amable conmigo. Pero Audrie y Pam son unas creídas.

Morgan dirigió una mirada indignada hacia la mesa junto a la ventana.

—Ay, por favor. Podrán ser porristas y salir con los mejores atletas (¡qué aburrimiento!); pero la verdad es que no le caen bien a nadie. ¿Y saben qué es lo más ridículo de todo? Que a los de esa pandilla, supuestamente la de los más populares, los desprecian casi todos los alumnos. Cada vez que se portan amables con alguien que no pertenece al grupo, siempre, *siempre*, es porque andan buscando algo.

—¡Exacto! —intervino Tracy—. Hoy mismo, en clase, Diane pretendió ser mi mejor amiga del alma. Y para colmo, intentó lo mismo con Pen, esta mañana.

Morgan asintió.

—Exacto. Es obvio que quiere algo.

—Sí. Bueno, pues sea lo que sea —dijo Tracy, volviendo la vista hacia la mesa de Los Ocho Magníficos—, les aseguro que no lo va a lograr.

Siete

Entré en la clase de Historia Universal y me encontré acorralada por todas partes.

Nuestra profesora, la señora Barnes, había adjudicado los pupitres por orden alfabético (¡qué original!) y me colocó entre Ryan y Todd, con Derek Simpson sentado dos filas más atrás y Kevin Parker (la gran obsesión de Tracy) y Steve Powell (ambos más abajo en la lista) a escasa distancia.

Sólo había otras tres chicas en la clase, y terminaron situadas lo más lejos posible de mí.

—Caramba, hola, señorita Penny —me saludó Todd a modo de bienvenida. Aquella mañana habíamos estado juntos en la clase de Español y (para mi gran disgusto) nos habían asignado como pareja de conversación. Todd se pasó casi todo el tiempo inventándose expresiones, para lo cual añadía una "o" final a las palabras inglesas: el *chairo*, el *sandwicho*, el *footballo*.

Ryan se sentó a mi lado.

—Qué sorpresa —comentó.

Todd se inclinó sobre mi mesa.

—Oye, Penny, ¿qué nombre en español vas a elegir? —me encogí de hombros. No me había detenido a pensarlo, la verdad. Todd prosiguió—: Es que estaba pensando en elegir Nachos, y si tú eligieras Margarita, cuando hagamos un trabajo juntos, la maestra Coles tendrá que decir: "Margarita y Nachos, por favor".

Todd soltó una carcajada; luego, se inclinó hacia delante y puso la mano en alto.

Hice todo lo posible por ignorarlo.

—¿Qué pasa, Bloom? —preguntó Ryan—. ¿Me estás engañando con Chesney? En serio, pensaba que tenías mejor gusto.

"Sí, como si fuera yo quien engaña. Yo no soy quien tiene novia."

Todd le dedicó a Ryan un gesto grosero y, acto seguido, los dos se pusieron a decir estupideces acerca de cuál de ellos iba a dar más vueltas en el entrenamiento de aquella noche.

Me pregunté si por aquella zona habría escuelas sólo para chicas.

Cuando escuché el último timbre del día, me sentí más aliviada que en toda mi vida. Salí del aula como si huyera de un incendio y me fui derecho a mi casillero. Allí me encontré a Diane, esperando. No a mí, a Ryan, por supuesto.

Aun así, me saludó con la mano.

¿Acaso no tenía un casillero propio?

—¡Hey, Penny! —exclamó a medida que me acercaba—. ¿Vas a ir al partido del viernes por la noche?

—Sí —fingí estar ocupada buscando mi manual de Biología. No entendía por qué, de repente, mostraba tanto interés por mi calendario social.

—Como si alguien fuera a perderse semejante movida —terció Todd, que se acercaba con Ryan y, tras hacer el comentario, se paró para entrechocar las manos con él—. Hasta el padre de Bauer va a estar. Sólo por eso hay que ir. Ocurre muy pocas veces, en buen plan… no sé, como un eclipse lunar o algo por el estilo…

Ryan le lanzó a Todd una mirada furiosa y cerró su casillero de un portazo. Yo conocía a Ryan desde primaria y nunca había visto a su padre. A su madre y su padrastro, claro que sí. Pero a su padre, no. Sólo sabía que era un pez gordo entre los abogados de Chicago.

Se produjo un incómodo silencio en el grupo de Ryan, un grupo con el que no quería involucrarme. Tomé mi celular y se me hizo un nudo en el estómago al ver que tenía otro mensaje de Nate.

"No podrás ignorarme toda la vida."

Pulsé el botón "Borrar". Desde luego, pensaba intentarlo.

—¿Penny? —era la voz de Diane.

—¿Qué? —levanté la vista y me fijé en que estaba sola. No me había dado cuenta de que Ryan y Todd se habían ido. ¿Por qué Diane seguía allí?

—Eh, mmm… me estaba preguntando… —empezó a decir, nerviosa, mientras doblaba una esquina de su cuaderno—. Verás, hace mucho que no hablamos, y me encantaría que saliéramos alguna vez. Al cine, o a cenar; lo que prefieras.

"Debe ser una broma", pensé.

—Bueno, yo, esteee…

"¿Por qué no me dices qué pretendes y acabamos de una vez?"

—¿Tienes algo que hacer mañana por la noche? —preguntó.

—Mmm… —me anduve con rodeos, tratando de improvisar una excusa para no salir con ella.

—Estaba pensando que podríamos ir al centro comercial y luego a comer algo. La pasaríamos bien, ¿verdad?

"Pues no, la verdad es que no…"

Me quedé mirando a Diane. Tenía los ojos abiertos de par en par, y daba la impresión de que realmente tenía ganas de salir conmigo. O eso, o bien que estaba tan desesperada por ser la primera alumna de primero de bachillerato en convertirse en Reina de la fiesta de antiguos alumnos que estaba dispuesta a llevar su campaña de promoción más allá de las líneas enemigas.

"Un momento —pensé—. Ésta es Diane Monroe. La misma Diane que me dejó plantada un millón de veces. La que nunca anteponía a una amiga frente a Ryan. Si acepto, tendrá que cancelar un plan con Ryan. Hay cosas que nunca cambian."

—Sí, está bien —repuse. Sabía que en todo caso me podía inventar una excusa (como que tenía que trabajar en la clínica dental de mi padre), si es que ella no me plantaba primero.

Diane dio un saltito.

—¡Genial! Pasaré a buscarte mañana, después de clases.

No pensaba esperarla con los brazos abiertos.

Ocho

—¿Que vas a qué? —Tracy prácticamente se salió del camino cuando se lo conté, a la mañana siguiente—. En serio, Pen; Diane tiene que estar medicada. Algo en la azotea no le funciona bien.

—Ya lo sé. La veo hablar con *todo el mundo* —traté de reprimir la risa.

—No lo entiendes. A ver, no estás con ella en ninguna clase, y yo estoy en dos antes del almuerzo. Y lo único que hizo ayer fue acercarse y charlar conmigo con ese estilo de porrista que la caracteriza.

—Sí, bueno; no me preocupa. Me plantará. Fin de la historia.

Me figuro que, en cierta forma, Diane fue quien me preparó para cuando los chicos empezaran a abandonarme. Con ella pasaba lo mismo: no contestaba las llamadas, me evitaba en los pasillos, hablaba a mis espaldas.

Sonó el celular de Tracy. Encendió el manos libres, respondió la llamada, escuchó unos tres segundos y luego vociferó:

—¿QUÉ?

ELIZABETH EULBERG

Instintivamente, sujeté el volante para enderezar la marcha.

—¿Hablas en serio? ¿Cuándo? —Tracy me agarró del brazo—. ¡Ay, Dios mío!

Me dieron ganas de abofetearla, pero no quería morir camino a la escuela. Tracy siguió gritando y formulando preguntas.

Cuando por fin apagó el teléfono, una expresión de suficiencia le cruzó el semblante.

—No lo vas a creer —declaró—. Ryan rompió con Diane.

—¿QUÉ? —pegué un grito tan potente que Tracy dio un respingo—. Estás bromeando. Vi a Diane junto al casillero de Ryan…

Tracy sacudió la cabeza de un lado a otro.

—Esta mañana Jen llegó temprano a la escuela para entrenar con el equipo de voleibol y saltó la noticia. Por lo que ha oído, Ryan rompió con Diane a principios del verano, antes de que ella se fuera de vacaciones; pero en realidad nadie lo supo porque Ryan no quería… qué sé yo, que hubiera rumores, o lo que fuera, mientras Diane estaba de viaje. Pensaban esperar unos días antes de decírselo a la gente, pero Todd se lo soltó a Hilary Jacobs, y ya te puedes imaginar que el asunto corrió como reguero de pólvora.

—Imposible —repliqué. Diane Monroe y Ryan Bauer llevaban cuatro años juntos. Se suponía que iban a casarse, a tener dos punto cuatro hijos y cincuenta por ciento de posibilidades de vivir felices para siempre.

—¡Encaja a la perfección! Por eso está tan simpática con todo el mundo, la muy bruja —Tracy me lanzó una mirada furiosa—. Ahora ya sabemos exactamente lo que quiere.

Desconcertada, me quedé mirando a Tracy. ¿Qué quería Diane?

—Cree que, ahora que está sin pareja, puede volver corriendo a su buena amiga Penny.

Traté de entender la situación. Diane me abandonó por Ryan; Ryan abandonó a Diane, y ahora ella contaba con que volviéramos a ser amigas.

"No lo creo."

—Un momento —interrumpió Mike—. ¿Eres amiga de Diane Monroe?

—No, *éramos* amigas.

—Guau —Mike parecía impresionado—. Está buenísima. ¿Y si me la presentas?

—¡Fuera del coche! —gritó Tracy. Mike puso los ojos en blanco y saltó del vehículo en cuanto su hermana se detuvo en el estacionamiento.

—¿Diane cree que soy imbécil? —protesté—. Después de pasarse cuatro años sin hablarme, ahora quiere que la consuele por lo de Ryan. Ya tengo mis propios problemas con los chicos, muchas gracias. La dejaré plantada, te lo aseguro.

—¿Qué dices? —Tracy abrió los ojos de par en par—. De ninguna manera. ¡Tienes que ir!

No podía creer que Tracy hablara en serio. Odiaba a Diane, ¡y me pedía que saliera con ella!

—Tienes que conseguir la exclusiva. Averigua por qué Ryan abandonó a ese bombón y luego, te levantas y te vas. No le debes nada. Por una vez, disfruta tú de ver cómo se siente utilizada.

—Pero yo…

—Vamos, Pen. Ojalá pudiera acompañarte y escuchar cómo te cuenta entre sollozos su triste historia. Ah, cuánto me alegro de que Ryan, por fin, haya entrado en razón. Mmm, me pregunto si debería ponerlo en la lista —Tracy se quedó pensativa unos instantes—. No, siempre he pensado que te va más a ti. Y no es que vayas a salir con chicos ni nada parecido.

Noté que se me avecinaba una migraña.

El dolor de cabeza no se me pasó una vez que llegué a mi casillero y me encontré con Ryan. Estaba tan concentrada en Diane que se me había olvidado que también tenía que verlo a él. No había forma de esquivarlo.

No sólo ignoraba qué decirle, sino que tampoco sabía cómo se suponía que debía sentirme. ¿Debería estar furiosa? ¿Debería darle las gracias por confirmarme, una vez más, que los chicos únicamente utilizan a las chicas? De acuerdo, no estaba al tanto de lo que había ocurrido pero, en mi fuero interno, estaba convencida de que Ryan tenía la culpa.

—Hola, Bloom —dijo cuando me disponía a abrir mi casillero.

—Hola, ¿alguna novedad? Bueno, no me refiero a nada en particular, ¿eh?... —cerré los ojos, abrigando la esperanza de que se diera la vuelta y se esfumara.

—Por lo que veo, bastaron veinticuatro horas para que toda la escuela se enterara de la noticia —replicó.

Volví la vista hacia él y no supe qué decir.

—En cualquier caso —continuó—, oí que Diane y tú saldrán esta noche.

Me quedé mirándolo sin entender. ¿Cómo se había enterado?

—Oye, no pasa nada. Me alegro de que hayan quedado. Si te digo la verdad, estoy un poco preocupado por Diane. Ya sabes lo malas que son algunas personas.

Procuré no pensar en Tracy... ni en mí misma.

—¿Cómo va eso, Bauer? —Todd apareció a la vuelta de la esquina. En la vida me había alegrado tanto de verlo... al menos hasta que se acercó y me rodeó con un brazo—. Mira, me importa una mierda que ahora estés soltero, más te vale alejarte de mi chica.

Por primera vez, Ryan se quedó desconcertado.

Todd no captó el detalle y prosiguió:

—Y ahora, ¿por qué no te vas a romper unos cuantos corazones mientras mi compañera de *españolo* y yo nos vamos a clase? —me agarró del brazo y, mientras me guiaba hacia el salón, se puso a negar con la cabeza—. Haz caso de lo que te digo —comentó con un suspiro exagerado—. Ahora que Bauer está soltero, vamos a tener problemas.

Ryan tenía razón sobre lo rápido que viajaban las noticias por la escuela: no se hablaba de otra cosa. Intenté mantenerme al margen, pero como socia única del club de los corazones solitarios, no pude evitar fijarme en lo injusto que todo el mundo estaba siendo. Nadie parecía preocuparse por Ryan. Se daba por hecho que no tardaría en tener otra novia; pero, de no ser así, no pasaría nada. La elección era suya. Los chicos mandan.

Pero a Diane la trataban como mercancía defectuosa. Ella era la víctima. La sombra desconsolada, destrozada, de la persona que había sido.

Cuando se hablaba de Ryan, la gente entrechocaba las manos, celebrando su nueva libertad.

En cuanto a Diane, todo el mundo hablaba en susurros, como si Diane debiera avergonzarse por haberse quedado sin pareja.

No podía ser más injusto.

Y yo era consciente de ello. Pese a todo, me resultaba de lo más extraño salir con Diane después de las clases.

Una voz en mi cabeza decía sin parar: "La única razón por la que no te ha dejado plantada es porque ya no tiene novio".

Mientras nos dirigíamos a la cafetería, hablamos de nuestras familias. De cómo le iba a Rita en la universidad y de cómo su madre estaba remodelando la cocina… otra vez. Cuando llegamos, charlamos sobre las clases. Luego, de lo que íbamos a pedir para comer. Entonces, cuando parecía que el único tema de conversación que nos quedaba, con excepción de las rupturas (la suya, la mía... había para elegir), era el estado del tiempo, nos quedamos mirando la una a la otra así, sin más.

—Bueno —dijo por fin Diane mientras escarbaba en su ensalada—, ¿cómo está Nate? ¿Sigue pasando el verano con ustedes?

Se me hizo un nudo en el estómago.

—No quiero hablar del tema.

—Ah —Diane bajó la vista cuando se dio cuenta de lo poco oportuno de su pregunta. Parecía muy triste mientras empujaba el tenedor en el plato.

Por fin, levantó la cabeza.

—¿Te puedo decir una cosa?

Me encogí de hombros.

—Siempre te he tenido un poco de envidia.

—¿Perdón? —¿cómo era posible que doña Perfecta, que la modelo rubia de ojos azules llamada Diane Monroe me tuviera envidia?

—En serio, Penny. De veras, ¡hablo en serio! ¡Mírate! ¿Tienes idea de cuánto tengo que esforzarme para mantenerme así? Fíjate en lo que estoy comiendo, por culpa de los carbohidratos —Diane hizo un gesto en dirección a su ensalada de lechuga y tomate con aderezo libre de grasas y luego volvió la vista a mi sándwich de pavo con queso cheddar, mayonesa y papas fritas de bolsa.

—Para empezar —prosiguió—, comes lo que se te antoja, y aun así tienes una figura impresionante.

Yo no entendía nada.

—Además, tu forma de vestir es increíble, en serio. Yo elijo lo que me voy a poner según lo que me marcan las revistas; soy una más del montón. En cambio, tú tienes tu propio estilo informal que nadie es capaz de imitar. Siempre lo has tenido.

En otras palabras, era una *friki* por preferir los tenis Converse All Star a los tacones de aguja.

—¿Y sabes qué? No soy idiota. Sé perfectamente que nunca le caeré bien a la gente como tú.

Como habría dicho Tracy: "Si tú lo dices...".

Diane se revolvió, incómoda, en su asiento.

—Bueno, en fin, quería que lo supieras.

—Sí... Gracias —traté de dedicarle una sonrisa.

Volvió a escarbar en su ensalada.

—¿Te acuerdas cuando, de niñas, montábamos conciertos para nuestros padres?

Asentí, sorprendida de que Diane se acordara de los recitales de los Beatles que organizábamos en el sótano.

—¿Cómo le llamaban tus padres al sótano?

Exhalé un suspiro.

—The Cavern —The Cavern era el local de Liverpool donde los Beatles iniciaron su camino a la fama.

—¡Exacto! Me acuerdo de que tú te empeñabas en ser John, y que yo era Paul, y que teníamos peluches que hacían de Ringo y George —se echó a reír, inclinándose hacia delante—. Y luego hicimos ese numerito en la cafetería, el verano que fuimos al lago.

—¿Cuando nos deslizábamos en el agua sobre neumáticos?

Los ojos de Diane se iluminaron.

—¡Sí! ¿Cómo se llamaban esos chicos?

Bajé la vista hacia la mesa, tratando de acordarme de los dos hermanos con los que pasábamos el rato aquella semana.

—Te recuerdo entrenando a ese chico para el *hockey* de mesa —ambas nos echamos a reír—. En serio, Penny, pensé que se te iba a dislocar el brazo de tanto que lo zarandeabas de un lado a otro —Diane se puso a agitar los brazos encarnizadamente y estuvo a punto de volcar su vaso de agua.

Entonces, sucedió algo inesperado.

Fue como si los cuatro últimos años se hubieran esfumado. Como si sólo hubieran pasado unos cuantos días desde que Diane cargaba mis libros mientras yo cojeaba con la ayuda de unas muletas por un esguince de tobillo. Las dos empezamos a rememorar nuestra amistad y, sin que nos diéramos cuenta, transcurrió una hora. Diane me miró con aire pensativo.

—¡Guau, Penny! Ha pasado demasiado tiempo. Juntas nos divertíamos un montón.

Le dediqué una sonrisa. En aquella época siempre estábamos juntas. Nos habíamos prometido lo que las mejores amigas se prometen en primaria: que iríamos a la misma universidad, que alquilaríamos un apartamento entre las dos, que seríamos la dama de honor en nuestras respectivas bodas…

Diane se puso a dar golpecitos en la mesa con actitud nerviosa.

—También quería pedirte perdón —los ojos se le llenaron de lágrimas—. Lamento haber echado a perder nuestra amistad. Lamento haberte tratado tan mal. Y, sobre todo, lamento haber tardado tanto en recobrar el juicio. No puedo ni imaginarme lo que debe de haber sido para ti. Cuando Ryan y yo rompimos —la voz se le quebró al pronunciar el nombre. Ahora, las lágrimas le surcaban las mejillas—, no pude evitar acordarme de ti. Al principio, todo iba bien. Me fui de vacaciones con mi familia. Las clases de tenis me mantenían ocupada. Pero hace un par de semanas me encontré sin nada que hacer. Aún no habían empezado los entrenamientos. Estaba completamente sola.

Agarró su bolso y sacó un pañuelo de papel. Se sonó la nariz.

—Llamaba a Audrie y a Pam pero, o bien tenían planes con sus novios o, si quedaban conmigo, me dejaban plantada en cuanto Don o Brian las llamaban. Sé perfectamente que yo hacía lo mismo contigo. También por eso te pido perdón.

Me llegaban imágenes fugaces de años atrás. Los momentos en que me daba cuenta de que estaba perdiendo a mi mejor amiga y me sentía sola, sin nadie.

Diane se secó las lágrimas que le empapaban el rostro.

—Sufrí al darme cuenta de que no tenía ninguna amiga de verdad, de la clase de amigas que éramos tú y yo. Y ahora que empezó la escuela, es aún peor. Antes seguía a diario la misma rutina: Ryan me recogía para ir a clases; luego, yo me acercaba a su casillero, después… bueno, ya lo sabes. Lo has visto. Hice de él mi mundo entero y ahora… ahora me he quedado sin nada —sus sollozos se tornaron en agudos lamentos mientras trataba de recuperar la respiración.

—Yo... —intenté encontrar palabras de consuelo, pero mis sentimientos estaban en conflicto—. Diane, ¿qué esperas que haga yo?

Levantó la vista y me miró con ojos enrojecidos.

—Siento mucho lo que ha pasado contigo y Ryan —proseguí—. De veras. Nadie debería sufrir de esa manera, y menos aún por culpa de un chico. De todas formas... no sé qué hacer, porque me cuesta olvidarme de que me abandonaste por completo. No sé qué habría hecho si Tracy no se hubiera mudado a la ciudad, al año siguiente.

Diane luchó por recobrar el aire.

—Tienes razón, toda la razón. Es sólo que... Ya no sé quién soy. Todo el mundo me conoce como Diane, la novia de Ryan, o la porrista, o la delegada de la clase. Me siento perdida. Una parte de mí piensa que es mejor continuar como si nada hubiera cambiado; pero hay otra parte que quiere dejar de hacer lo que todos esperan que haga. No sé... —negó con la cabeza—. No sé si quiero seguir siendo porrista. No tengo ganas de animar a nadie, la verdad. No sé qué quiero hacer. Sólo...

Noté que los ojos me ardían. ¿Quién habría imaginado que seguiría teniendo algo en común con Diane? Me sentía perdida, igual que ella.

Diane me miró con una mezcla de sorpresa y compasión. Sin vacilar, me entregó un pañuelo de papel. Antes de que me diera cuenta de lo que estaba pasando, me puse a contarle todo lo de Nate. Me sentía un poco estúpida, sabiendo que sólo había salido con él varias semanas, y no varios años. Pero, por alguna razón, sabía que Diane me entendería. Tardé unos instantes en asimilar que las lágrimas que ahora surcaban sus mejillas eran por causa de Nate.

—Ay, Penny, cuánto lo siento. ¡Es horrible! Confiaste en Nate, y él… Penny —se aseguró de que la estaba mirando—, no hiciste nada malo.

A pesar de que había transcurrido tanto tiempo, no me había olvidado del todo de aquella Diane. La Diane que siempre sabía elegir las palabras precisas, aquella Diane que me apoyaba por encima de todo. Esa misma Diane era el motivo por el que habíamos sido las mejores amigas.

Intenté esbozar una sonrisa.

—Sí, bueno; no pienso volver a cometer el mismo error. Jamás. He decidido que, básicamente, se acabó. Ya sabes, con los chicos —traté de reírme, para que no creyera que me había vuelto loca—. Es que, no sé… Estoy harta de todo esto. Míranos, las dos llorando. ¿Y por qué? Porque decidimos confiar en un chico. Terrible equivocación. De hecho, he fundado una especie de club.

—¿Un club? —Diane se inclinó hacia delante—. ¿Qué club? ¿Quiénes lo forman?

—Yo, yo y yo. Es el club de los corazones solitarios. Apuesto a que te parezco patética.

Diane me agarró la mano desde el otro lado de la mesa.

—Para nada. Considero que la has pasado muy mal y que tienes que hacer lo que sea necesario para superarlo.

Lástima que no se te ocurriera hace años; imagina los problemas que nos habrías ahorrado a las dos. Aunque... sólo veo un problema —Diane esbozó una sonrisa.

—¿Cuál?

—La verdad, no puedes tener un club con un solo miembro.

Me eché a reír.

—Bueno, ya lo sé, pero...

—¿Qué tal si añadimos a otra persona?

La miré, conmocionada.

—¿Cómo dices?

—¡Penny! —Diane se secó las lágrimas y dio la impresión de que su entusiasmo era sincero—. ¿Acaso crees que tengo ganas de volver a salir con chicos a la primera oportunidad? Yo también ya tuve suficiente. Sólo me queda resolver qué es lo más conveniente a partir de ahora. No para Ryan y para mí, únicamente para mí.

Una oleada de emoción me recorrió por dentro.

—¡Justo lo que he estado pensando!

—Tienes que dejarme entrar. Sé que debo volver a ganarme tu confianza, y lo haré. Pero, por el momento, ¿podrías al menos *contemplar* la idea de perdonarme?

Alargó la mano para estrechar la mía. Ni siquiera lo dudé.

Ahora éramos dos.

Nueve

Cuando me separé de Diane, después de la cena, me sentía sinceramente feliz y esperanzada por primera vez desde hacía varias semanas. Contar con una cómplice, que además estaba pasando, como yo, por una ruptura, era justo lo que necesitaba.

Tomé el teléfono y comprobé que tenía tres mensajes.

Los dos primeros eran de Tracy:

"¿Ya empezó a llorar?"

"Si se pone a hacer pucheros, ¡sácale una foto de mi parte!"

El tercero era de Nate:

"Voy a seguir enviándote mnsjes hasta que me contestes."

Pasé por alto a Nate y llamé a Tracy.

—Cuéntamelo todo —dijo en cuanto contestó.

Traté de ponerla al corriente, pero ni por un instante me dejaba hilar palabra. No paraba de burlarse de Diane, lo cual empezó a molestarme.

—Tracy, ya basta—elevé el tono de voz—. ¿Sabes qué? Ha sido difícil para ella. Imagina por lo que está pasando. Se siente perdida...

—¡Por favor! —interrumpió Tracy—. ¿Oyes lo que dices? A este paso vas a acabar invitándola a almorzar con nuestro grupo.

Silencio absoluto.

Tracy suspiró.

—No es en serio, ¿verdad? Anda, dime que es una broma.

—Tracy —hablé despacio, eligiendo las palabras con cuidado—. Todo el mundo se está portando fatal con Diane. Tómalo como una obra de caridad.

—Ya hice mi donativo —replicó sin entonación.

—Por favor. Hazlo por mí —no traté de ocultar la nota de desesperación en mi voz.

—Muy bien. Pero me debes una.

Colgué el teléfono antes de que pudiera cambiar de opinión.

—¿Te das cuenta de que te voy a matar por esto? —me advirtió Tracy por decimocuarta vez mientras nos encaminábamos al comedor, al día siguiente.

—Por favor, dale una oportunidad —supliqué.

—Lo veo muy difícil. No sé, Penny, llámame loca, si quieres, pero no me emociona la idea de ver cómo utilizan a mi mejor amiga.

—Sé lo que hago —me dirigí a una mesa pequeña situada en un rincón, por si había mordiscos o tirones de pelo. Les dije a Morgan y a Kara que era mejor para ellas que almorzaran en otro sitio ese día; no quería convertirlas en cómplices de los actos de violencia que pudieran producirse a continuación.

—Sí, creo que dijiste lo mismo a principios de verano.

Me quedé petrificada.

Tracy me agarró de la mano.

—Lo siento mucho, Pen. Fue un comentario horrible.

Traté de sacudirme el pensamiento de la cabeza. Ya iba a resultar bastante difícil sin tener que pensar en... él.

—Por favor, Tracy. Hazlo por mí. Sé agradable.

Tracy tomó asiento sin pronunciar palabra.

—Hola, chicas —Diane se sentó a nuestra mesa—. ¡Muchas gracias por aceptarme!

Tracy forzó una sonrisa.

—¡Ah! —Diane colocó sobre la mesa una pequeña caja de cartón—. Como muestra de agradecimiento... ¡pasteles!

—Gracias —tomé el más grande y empecé a lamer el azúcar glas de color rosa. Le lancé a Tracy una mirada indignada.

—Esteee... gracias.

Diane sonrió, encantada, seguramente porque eran las primeras palabras cordiales que Tracy le dirigía en la vida.

—¿Sabes una cosa, Penny? Después de anoche, me siento mucho mejor. Renunciar a los chicos ha sido la mejor decisión que he tomado en mi vida. El club va a ser increíble.

Oh-oh.

Tracy nos miró alternadamente.

—¿Qué club?

—Esteee... verás... —el asunto se ponía complicado—. ¿Te acuerdas de lo que dije sobre que los chicos son escoria?

Tracy puso los ojos en blanco.

—Sí.

—Bueno, pues decidí que no voy a salir con ninguno, nunca más...

—Penny —interrumpió Tracy.

—A ver, Tracy, ¿vas a escucharme hasta el final? —la paciencia se me estaba agotando—. Intenté explicártelo el otro día, pero no dejabas de interrumpirme.

Tracy cerró la boca y se recostó sobre el respaldo de su silla.

—Se acabaron los chicos. Al menos mientras siga en la escuela y tenga que vérmelas con estos idiotas. De modo que decidí fundar yo sola el club de los corazones solitarios.

Tracy se mostró desconcertada.

—¿Tiene que ver con los Beatles?

—Claro, y si alguna vez escucharas la música que te he regalado, lo sabrías. Bueno, el caso es que hablo muy en serio. No pienso volver a salir con chicos. Y Diane decidió incorporarse a mi bando.

Diane se giró hacia Tracy.

—Tú también deberías unirte. Sería divertido.

Tracy miró a Diane con desdén.

—¿Me consideras tan patética como para no lograr salir con un chico?

—Eeeh… no es eso… —intenté interrumpir.

—No, no me refiero a eso. Yo… —Diane parecía dolida.

Tracy le lanzó una mirada asesina.

—De acuerdo. Y dime, ¿cuánto va a durar tu afiliación al club? ¡Como si pudieras sobrevivir sin que la población masculina completa te esté adulando!

—Tracy, basta ya —zanjé yo—. Para mí, el club es importante.

Tracy soltó un gruñido.

—Vamos, Penny, ¡en serio!

La cara me ardió de furia. ¿Cómo pude esperar que Tracy entendiera el sufrimiento por el que Diane y yo estábamos pasando? A ella nunca le habían destrozado el corazón.

—¡No lo entiendes! —grité. Era la primera vez que le levantaba la voz. El grupo de novatos de la mesa de al lado se levantó y se marchó—. Sé que no entiendes por lo que estoy pasando, pero es lo que necesito —la voz me empezó a temblar mientras trataba de reprimir las lágrimas—. Creía que todo había acabado, pero no es verdad. Me sigue mandando mensajes por el celular.

—¿Qué? —Tracy frunció los labios.

—Él… —no tenía fuerzas para hablar de Nate.

—Penny, ya te lo dije: es un imbécil —terció Diane con tono amable—. No le debes nada.

Tracy se giró hacia Diane.

—¿Sabes lo de Nate?

—Claro que lo sabe. Pero ahora no tengo ganas de hablar de él. Lo único que me interesa es este club, y dejar de salir con chicos. Más aún: es lo que *necesito*. Diane me apoya. Ojalá tú también lo hicieras.

Se hizo el silencio en la mesa.

—Pen —dijo Tracy con voz serena—. Perdona si piensas que no te apoyo; pero, ¿no te das cuenta? Te está utilizando.

Diane se estremeció.

—¿Cómo puedes decir eso? No estoy utilizando a Penny —hizo una breve pausa, respiró hondo y miró a Tracy cara a cara—. ¿Por qué me odias tanto?

—Yo no…

—Sí, me odias —Diane bajó la vista a su ensalada, a medio terminar—. No sé por qué, pero siempre me has odiado. Confiaba en que las tres pudiéramos ser amigas, porque sé cuánto significas para Penny. De ninguna manera podría ser amiga de Penny sin tu… aprobación.

Tracy miró a Diane sin entender nada de nada. Seguramente nunca había imaginado que Diane Monroe pudiera pedirle algo, y mucho menos su aprobación.

—Es que yo… —Tracy estaba molesta—. No quiero que apartes a Penny de mí.

Me quedé mirando a Tracy, horrorizada. ¿Cómo podía pensar de esa manera?

—Tracy, Diane no va a hacer eso.

Vacilante, Diane alargó el brazo y lo colocó sobre el hombro de Tracy.

—¿Podrías darme una oportunidad? ¡Por favor!

Alargué el brazo hacia Tracy.

—Ya sabes que necesito contar con tu apoyo.

Tracy sacudió la cabeza.

—Me imagino que podría intentarlo... por Penny —el semblante de Diane se iluminó—. Pero, un momento —Tracy le lanzó a Diane una mirada feroz—. Si alguna vez (repito, alguna vez) vuelves a hacerle la misma jugarreta a Penny, si le haces daño, no vivirás suficiente para lamentarlo.

Diane asintió con gesto alicaído.

—Me gustaría de veras que fuéramos amigas, Tracy. Me encantaría.

Tracy le dedicó a Diane una sonrisa alentadora.

—Sí, bueno, conociendo la historia de mi lista, me imagino que más temprano que tarde me uniré a ustedes en el lado oscuro.

—¿Me dejas ver tu lista? —preguntó Diane, indecisa.

Tracy hizo una pausa antes de sacar la lista de su bolsa.

—¿Por qué no?

—Ah, conozco a Paul Levine. Es encantador —comentó Diane.

Creo que era el mejor comienzo que se podía esperar de nuestra nueva amistad a tres bandas.

Diez

Después de cuatro años de ignorarnos mutuamente, me sorprendió lo poco que tardamos Diane y yo en volver a congeniar. Había dado por sentado que resultaría difícil, pero no fue así. Éramos las mismas de antes.

Estaba esperando a Diane junto a mi casillero al final del día cuando Ryan dobló la esquina; parecía disgustado. Abrió su casillero de un tirón y empezó a meter libros a empujones en su mochila, con tanta fuerza que pensé que el asa se iba a romper.

Alcé los ojos y vi que Diane se aproximaba hacia mí con una sonrisa.

Miré a uno y luego al otro. Sabía que desde la ruptura hablaban de vez en cuando, pero no tenía ganas de entrometerme en sus asuntos.

Ryan cerró el casillero de un golpe y, al darse la vuelta, estuvo a punto de chocar conmigo.

—Lo siento —se disculpó.

—No importa —respondí. Diane estaba a punto de llegar—. Mmm, ¿todo bien?

—¿Eh? —parecía agitado—. Me fue mal en la práctica de Química.

—Ah, vaya —no sabía qué otra cosa decir. Nunca había tenido problemas para hablar con Ryan, pero Diane se acercaba y yo tenía la sensación de que, de alguna manera, la estaba traicionando.

—Hola, chicos —nos saludó Diane.

Noté que la gente en los pasillos aminoraba el paso para observar a Ryan y a Diane.

Ellos también lo notaron.

Se produjo un incómodo silencio entre los tres mientras la gente revoloteaba alrededor, diseccionando cada movimiento de Ryan y Diane. Dije lo primero que me vino a la cabeza.

—A Ryan no le fue bien en la práctica de Química.

Ryan me lanzó una mirada extraña.

—Perdona... yo... —me sentí avergonzada.

Diane puso los ojos en blanco.

—No hay por qué desesperarse por un "sobresaliente". Además, ¿no te iban a otorgar más puntos, o algo parecido, por ese asunto de la asesoría sobre el alumnado?

—¿De qué asesoría hablan? —me interesé.

Ryan se sonrojó.

—No es nada. El señor Braddock, el director, les pidió a algunos alumnos que se reúnan con él de vez en cuando para darle una visión más completa de las preocupaciones de nuestros compañeros.

Me desconcerté.

—¿No está para eso el Consejo de Alumnos?

Ryan se encogió de hombros.

—No lo sé. Sólo he ido a verlo una vez, y únicamente quería hablarme de futbol americano. Me imagino que tiene ganas de rememorar sus años de gloria.

En sus tiempos, Braddock era el atleta estrella de la McKinley y, por si a alguien se le fuera a olvidar, en las vitrinas de trofeos había un montón de fotos suyas a modo de recordatorio.

—Sí, y luego dicen... —sus palabras fueron interrumpidas por un escandaloso chillido que llegaba del pasillo. Estuve a punto de tambalearme cuando vi que procedía de Tracy.

Se acercó corriendo con una expresión del más puro entusiasmo y terminó empujándome contra mi casillero.

—¡Ay!

Tracy se puso una mano sobre la boca y trató de ahogar la risa.

—¡Perdona! No vas a creer lo que pasó.

Moví el hombro para asegurarme de que no se había dislocado.

—Paul va a hacer una fiesta en su casa, el sábado, ¡y me pidió que vaya!

—¿Paul Levine? —pregunté.

—Sí, ¿puedes creerlo? Es el número tres de la lista.

—Guau, Tracy, ¡es genial! —busqué a Diane con la mirada, y me hizo un guiño disimulado.

Tracy estaba exultante.

—Y tú irás conmigo, ¿verdad? La vamos a pasar en grande. Sus padres se fueron de viaje, y como Paul está en el último grado, en la fiesta habrá un montón de alumnos de segundo; puede que incluso asista Kevin. Tú vas a ir, ¿verdad, Diane?

Diane se quedó estupefacta por el hecho de que Tracy contara con ella.

—Desde luego.

—¿Lo ves, Pen? ¡Tienes que ir! ¿No crees, Diane?

Diane se echó a reír.

—¡Ándale, Penny!

Sólo unas horas antes, Tracy se estaba lanzando a la yugular de Diane. Ahora la utilizaba para convencerme de que asistiera a la fiesta.

—Pues claro, iré con ustedes —repuse yo. Ryan nos miraba a las tres con una mezcla de desconcierto y regocijo.

Yo estaba un poco nerviosa ante la idea de asistir a una fiesta en una casa particular. Parkview no era más que un pueblo, con sólo diez mil habitantes, y mis padres conocían a casi todo el mundo. Si me descubrían en una fiesta en la que los padres estaban ausentes, seguro que me metería en un buen lío. Mi madre era una mujer menuda, pero poseía la cólera de Dios. No quería provocarla. Enojada es temible.

Se trataba de otro aspecto sobre el que más me valía andar con cuidado.

—¿Qué te vas a poner para la fiesta? —le pregunté a Tracy al día siguiente, mientras tomábamos asiento en las gradas del campo de futbol americano para ver el partido que se disputaba aquella noche.

—Y Diane, ¿qué se va a poner?

Tracy había estado de lo más amable con Diane desde la invitación de Paul. Y yo confiaba en que no estuviera fingiendo.

—Puede que te busquemos una bonita camisa de fuerza que haga juego con tu acti... ¡Ay!

Tracy me hincó los dedos en el brazo derecho.

—¡Shh! —ordenó mientras trataba de señalar con disimulo hacia delante.

—*Numm siiet* —masculló Tracy.

—¿Qué pasa? —acabé de convencerme: Tracy, por fin, se había vuelto loca.

—*Nuumm siieet* —Tracy movió la cabeza hacia delante de una manera un tanto violenta.

—¿Te está dando un ataque? —pregunté.

Se me quedó viendo y puso en alto siete dedos.

"¿Siete? ¿Siete qué?"

Visiblemente frustrada por mi respuesta, se inclinó para hablarme.

—Steve es el número siete de mi lista —señaló la fila anterior a la nuestra, en la que Steve Powell se había sentado con unos amigos.

Puse los ojos en blanco.

Tracy esbozaba una sonrisa de entusiasmo.

—Éste es el año en que, por fin, la lista va a funcionar. Mañana tenemos a Paul, y esta noche...

Yo rezaba por que fuera broma. En los primeros días de clase, la lista de ocho alumnos del McKinley se redujo a cuatro. Mark Dowd fue borrado por hablar demasiado con Kathy Eric en Trigonometría; Eric Boyd se había cortado demasiado el pelo; W. J. Ross había conseguido un empleo en el restaurante de comida rápida que menos le gustaba a Tracy, y Chris Miller había cometido el mayor de los pecados: salir con Amy Gunderson durante el verano. A semejante ritmo, cuando llegara la fiesta de ex alumnos, no quedaría ni rastro de la lista.

—Di algo —Tracy no dejaba de darme empujones. Me iba a hacer un buen moretón.

—Mmm, de acuerdo. ¿Sabes qué aspecto tiene el padre de Ryan? —me puse a examinar el gentío. Entre la multitud vi a la madre de Ryan, a su padrastro y a su hermanastra, quienes agitaban pancartas que decían "¡Ánimo, Ryan!". Reconocí a los padres y madres que los rodeaban; no divisé a ningún adulto que me recordara a Ryan.

Tracy soltó un gruñido.

—¿Cómo? ¿A quién le importa eso? Dile algo a Steve, llama su atención.

De pronto soltó una carcajada descomunal, incluso se daba palmadas en la rodilla. Mientras se doblaba, movió la rodilla de tal manera que golpeó a Steve en el hombro.

—Ay, lo siento —Tracy se inclinó hacia delante y colocó la mano donde su rodilla había estado segundos atrás.

Steve volteó y esbozó una sonrisa.

—Hola, Tracy; no te preocupes.

—¿Cómo te va en las clases, hasta ahora? —preguntó ella para iniciar la conversación.

Me quedé contemplando cómo Tracy desplegaba sus "encantos" con Steve. Me impresionaba el hecho de que no pareciera costarle ningún esfuerzo, aunque yo era consciente de que ocurría todo lo contrario. De vez en cuando, Tracy rozaba el brazo de Steve al hacer algún comentario y se reía de casi todo lo que él decía. Me entretenía tanto la conversación entre ambos que apenas prestaba atención al partido.

—Chicas, ¿van a ir a la fiesta de Paul mañana por la noche? —preguntó Steve.

Tracy sonrió.

—Claro que sí. ¿Y tú?

Steve asintió con un gesto.

—¿Diane va a ir con ustedes? Últimamente las he visto juntas en el comedor.

Tracy le lanzó a Steve una mirada furiosa, se levantó de un salto de la grada y se encaminó al pasillo.

Steve se quedó mirándome.

—¿Qué le pasa?

Me encogí de hombros al tiempo que me ponía de pie para ir a buscarla.

Si no me fallaban las cuentas, ahora sólo quedaban tres nombres en la lista.

Once

Me causaba cierta aprehensión permitir que, la noche del día siguiente, Tracy llevara el coche a casa de Paul, pues temía que la detuvieran por conducir "bajo la influencia de un chico". Se miraba en el espejo retrovisor para revisar su maquillaje con tanta frecuencia que se diría que estaba conduciendo marcha atrás.

Cuando por fin nos detuvimos frente a la casa, una hilera de coches bordeaba toda la parte izquierda de la calle. Se escuchaba la música que atronaba desde el interior, lo que me produjo no poca inquietud.

—¿Qué tal me veo? —preguntó Tracy por duodécima vez. Miré por la ventanilla y vi a dos chicas de cuarto de secundaria ataviadas con pantalones de mezclilla ajustados y diminutas piezas de tela que, cabía suponer, eran sus respectivos tops. Bajé la vista a mi camiseta de manga larga y pantalones de pana oscuros, sintiendo cada vez más inseguridad sobre lo que se avecinaba.

Nos bajamos del coche y caminamos hasta la casa. De pronto, un chico salió como una tromba por la puerta principal, pegándonos un buen susto, corrió hasta los arbustos y se puso a vomitar.

Paul apareció en el umbral.

—¡Oye, tú! No inventes.

Acto seguido, empezó a reírse y a hacer señas a los demás para que acudieran a mirar.

Tracy se aclaró la garganta, confiando en que Paul se diera cuenta de que había llegado.

Funcionó.

—¡Hola, chicas!

Nos hizo un gesto para que pasáramos, y noté que el corazón me palpitaba con fuerza. La peste a humo de cigarrillo se me metió en la nariz. Mi madre me iba a matar si me descubría oliendo a tabaco. Y cuando digo "matar", no es una metáfora.

Paul agarró al azar un vaso de plástico de la mesa del vestíbulo y le dio un gran trago.

—Hay un barril en la cocina. Sírvanse ustedes mismas —decretó. Luego, desapareció entre la masa humana que llenaba la sala.

Lancé una mirada a la puerta, con la esperanza de que pudiéramos escapar a toda prisa. Cuando volví la vista, Tracy ya se encaminaba a la cocina.

Vacilé un instante, pero opté por seguirla entre el gentío. Escudriñé la sala en busca de rostros familiares, pero sólo reconocí a los jugadores de futbol americano de siempre, y a las porristas del grupo de Paul. En una esquina se encontraban aquellas dos novatas de la cafetería de la escuela, Missy y Ashley. Como era de esperarse, los chicos se les pegaban como moscas.

Llegamos a la cocina y nos encontramos con la cola para el barril de cerveza. Tracy se inclinó para hablarme, pero no logré entender lo que me decía por culpa de la música que atronaba en el equipo de estéreo de la sala. Entonces, gritó:

—¿Vas a beber? —negué con la cabeza.

—De acuerdo, perfecto —repuso ella.

Me alegré al darme cuenta de que a Tracy aún le quedaba una pizca de sentido común.

—En ese caso, te toca conducir.

Pensándolo bien…

La cabeza me daba punzadas al ritmo del golpeteo del bajo. Mientras Tracy aguardaba en la fila para servirse cerveza, traté de desplazarme entre la gente como si estuviera en mi ambiente, aunque me sentía tan fuera de lugar como si estuviera en exposición.

—¡Hey! ¿Quién se va echar una cerveza conmigo? —vociferó Todd al entrar a la cocina—. ¡Margarita! —se acercó hasta mí y me rodeó los hombros con el brazo—. Mi querida Margarita ha venido, ¡bien! ¡Ya es hora de que empiece el *partyo*! —se puso a hacer una imitación de lo que seguramente debía de ser un robot pero, evidentemente, había bebido demasiado para realizar con éxito cualquier paso de baile.

Ryan entró en la cocina y pareció un tanto preocupado al ver que Todd me sujetaba.

—Oye, Todd, creo que allá adentro hay unas chicas de tercero que quieren enterarse de todos los detalles sobre cómo interceptaste ese balón que nos llevó al campeonato regional el año pasado.

Todd salió corriendo y entrechocó las manos con Ryan.

—¡Increíble! No quiero desilusionar a las damas —dijo al salir de la cocina mientras Ryan sacudía la cabeza.

—Me pareció que necesitabas ayuda —explicó.

—Gracias. Todd está… eeeh….

—Sí, borracho. No dejo de decirle que uno de estos días lo van a sorprender. El entrenador Fredericks nos echaría a patadas del equipo si nos descubriera bebiendo.

Asentí, pero me fijé en que Ryan también sujetaba un vaso. ¿Es que iba a tener que llevar a casa a todo el mundo en coche?

—Reconozco que me sorprendió un poco que por fin te decidieras a venir —comentó.

—¿Por qué? ¿A poco soy tan tonta como para no asistir a una absurda fiesta de cerveza? —me sorprendió mi tono, tan a la defensiva.

—No, para nada —Ryan colocó las manos en alto—. Lo que pasa es que no me parecía que fuera tu clase de gente. Si te digo la verdad, me alivia encontrarme contigo. Al menos hay alguien con quien hablar sobre algo que no sean deportes o alcohol o… en fin, ya sabes —estaba segura de que se refería a la ruptura. Me dedicó una sonrisa al tiempo que señalaba su vaso, que contenía un líquido oscuro—. Voy por otro refresco. ¿Quieres uno?

Asentí, agradecida por no tener que hacer fila para la cerveza para poder charlar con Ryan. Se acercó a la barra y puso hielo en mi vaso cuando Tracy regresaba de la fila y empezaba a beber.

—No puedo creer que hayan venido tantas chicas —comentó—. Bueno, deséame suerte. Voy a buscar a Paul —antes de darme oportunidad para abrir la boca, respiró hondo y se plantó en la sala.

—¿Quieres alejarte de este alboroto? —me preguntó Ryan a gritos por encima de la música. Asentí con un gesto. Nos dirigimos al fondo del jardín y nos sentamos bajo un enorme sauce.

—Desde hace tiempo he querido hacerte una pregunta: ¿funcionó aquella lista con tus padres? —preguntó Ryan.

—¿Cuál lista?

Se pasó los dedos por el pelo.

—"Las diez razones principales por las que Penny necesita un coche."

No podía creer que se acordara.

—Pues no, la lista no funcionó. Ni siquiera a pesar de las perlas que contenía, como el número seis: "Otro lugar donde escuchar música de los Beatles".

—Y dime, ¿con qué frecuencia trabajas en la clínica dental de tu padre? Da la impresión de que siempre que voy a checarme, allí estás.

—Bah, no voy muy a menudo. Unos días a la semana, para ganar un poco de dinero para mis gastos —empecé a tiritar, lamentando no haberme puesto un suéter.

Ryan se quitó su chamarra de cuero.

—Toma, ponte esto —tomé la chamarra y me la puse; me quedaba enorme, pero abrigaba.

—¿La pasaron bien Diane y tú la otra noche? —preguntó.

Bajé la vista al suelo. Hablar con Ryan sobre Diane me resultaba incómodo. Por lo que se veía, ellos dos hablaban un montón pero, ¿cómo era posible? Por lo general, yo fingía que cualquier chico con el que hubiera tronado (o que me hubiera plantado) había dejado de existir. Mejor aún: había muerto.

—Sí, esteee… ¿te extraña? —pregunté.

Se quedó mirándome unos instantes.

—Puede sonar raro, ya lo sé, y seguramente pareceré un tonto por lo que voy a decirte, pero en los últimos años Diane ha sido una parte muy importante de mi vida. No me imagino sin volver a dirigirle la palabra. Por mucho que la gente no lo entienda, seguimos siendo amigos.

—Más te vale tener cuidado; no vayas a provocar los celos de Todd —le dije sonriendo.

Ryan se echó a reír.

—Año tras año sigo pensando que Chesney por fin se calmará; pero a ratos va empeorando —sacudió la cabeza—. ¿Sabes una cosa? Seguramente no debería decírtelo, pero…

—¿Qué? —pregunté con curiosidad por el chisme que Ryan pudiera contarme acerca de Todd.

—¿Has oído decir "pido"? Los chicos del equipo piden a las chicas que les gustan, y así ningún otro puede ir detrás de ellas.

—¿Y la chica opina en el asunto? —me interesé. No me debería haber sorprendido que los chicos hicieran algo así, la verdad.

Ryan negó con la cabeza.

—Mira: yo mismo no acabo de comprenderlo, ¿sabes?

—Ajá —me alegraba enormemente de no tener que aguantar cosas así nunca más.

—De todas formas, ten cuidado con Todd.

—¿Por qué? Ya sabes, aparte del acoso al que me somete habitualmente.

Ryan estiró sus largas piernas junto a mí.

—Bueno, a Todd le gustas un montón y te pidió para él. Y cuando algo se le mete en la cabeza puede llegar a ser muy persistente.

"¿Eh?"

"Ah."

"¡Ay, no!"

Me quedé en silencio. Ryan me miró a la expectativa. Traté de no mostrarme demasiado indignada. Era lo último que necesitaba.

—Lo siento —se disculpó—. No debería habértelo dicho.

—Tranquilo —respondí—. Supongo que debería habérmelo esperado. ¿Acaso queda alguna chica en nuestra clase con la que no haya salido?

Ryan sacudió la cabeza en señal de negación.

—Te menosprecias, Bloom.

Solté un gruñido.

—Por favor… Estamos hablando de Todd. No es más que… ¿Podemos dejar de hablar de él?

—De acuerdo. ¿De qué quieres hablar?

—De cualquier cosa menos de Todd.

Y seguimos hablando de cualquier cosa menos de
Todd. Me contó anécdotas de su trabajo de verano como
socorrista en la playa. Yo le expliqué mi teoría de que mi
madre iba a dejar su empleo para dedicarse de tiempo
completo a perseguir a Paul McCartney. Ambos especu-
lamos acerca de dónde se metería Michael Bergman entre clase y clase, ya que ni Ryan ni yo lo veíamos en su
casillero, que está entre el suyo y el mío. También me
enteré de que Ryan se asustaba cada vez que debía ver a
mi padre, pues no quería meterse en un lío por no usar
hilo dental. (Me guardé el comentario para bromas fu-
turas.)

Entonces, Ryan lo echó todo a perder al ponerse a
criticar mi manera de ser.

—¡Estás loco! —protesté.

Ryan echó la cabeza hacia atrás y soltó una carcajada.

—Bueno, de acuerdo. Entonces, ¿no admites que
eres un poco mojigata?

—Para empezar —me defendí—, sólo a un mojigato
se le ocurriría semejante calificativo.

—Punto a tu favor —concedió él—. Pero, vamos,
Penny, no creas que no vi lo que ocurrió el año pasado
durante la inspección de casilleros.

"Ah, mierda."

—No sé a qué te refieres —mentí.

Ryan se incorporó y nos quedamos mirándonos cara
a cara.

—Sí lo sabes.

Me encogí de hombros.

—En serio, Ryan. Quiero decir, con una mojigata como yo...

Se enderezó por completo.

—De acuerdo, en ese caso, contéstame: ¿escondías alcohol en tu casillero cuando Braddock se puso a inspeccionar la primavera pasada?

"Qué injusto."

—En sentido estricto, no escondía nada en mi casillero.

—¿De veras?

—De veras.

Se me quedó mirando con expresión insolente. Sabía que me había atrapado.

—Sí, en el sentido más estricto, *yo* no lo escondí.

—Pero había alcohol en tu casillero.

Asentí.

—Sólo porque Michael metió su chamarra en el último momento.

—¿Y por qué?

—Porque llevaba una botella de vodka en el bolsillo.

—Y...

Miré a Ryan, desconcertada; no había mucho más que decir. Poco antes de las vacaciones de primavera tuvimos una inspección de sorpresa. Michael se dejó llevar por el pánico y escondió su chamarra en mi casillero. No tuve oportunidad de decir nada, ya que Braddock estaba registrando minuciosamente el casillero de Michael... y, luego, prácticamente pasó de largo ante el mío.

—Espera un momento...

Los ojos de Ryan empezaron a lanzar destellos.

—¿Lo ves?

—¡Ay, Dios mío! La gente de veras me toma por una mojigata.

—Por eso lo hizo Michael. Sabía que nunca registrarían tu casillero —se echó a reír al tiempo que me daba codazos en el costado.

—Bueno, ¿y qué me dices de ti?

Era la hora de la venganza.

—¿Yo? Soy un maldito —no fue capaz de mantener la expresión de seriedad.

—Ah, sí. Se me olvidaba. ¿Cuantos malditos hay exactamente en el comité de aduladores de Braddock?

Ryan entornó los ojos.

—Comité de Asesoría sobre el Alumnado, si no te molesta.

—Ay, perdona. Sé lo difícil que te habrá resultado hacer todos esos méritos para entrar.

Ahogó un grito de forma teatral.

—El objetivo de toda mi vida ha sido pertenecer a ese comité. Ni se te ocurra menospreciarlo.

—Bueno, no pretendía molestarte. Mmm… —me levanté para empezar a examinar el suelo a nuestro alrededor.

—¿Qué buscas?

—Tu cartera.

Se puso de pie rápidamente y, antes de que me diera cuenta, me había alzado por encima de sus hombros.

—¡Bájame! —grité.

Se rio mientras, por toda respuesta, me daba vueltas en el aire.

Hasta que no me encontré de nuevo con los pies en el suelo, soltando risitas al tiempo que recobraba el equilibrio, no vi a Diane, que examinaba la escena que tenía ante los ojos.

—Hola, chicos, esteee… —Diane se veía lo suficientemente incómoda como para que nos bastara a los tres—. Penny, llevo media hora buscándote. Ni siquiera te vi entrar. Será mejor que vayas adentro. Tracy no se encuentra muy bien.

"¡Tracy!"

Yo era una amiga horrible. Me había olvidado por completo de que Tracy estaba en la casa, bebiendo. Le devolví su chamarra a Ryan mientras seguíamos a Diane al interior. Nos condujo a un baño en el segundo piso, donde Tracy se encontraba tumbada en el suelo de azulejos con un tono verdoso en el semblante.

Me agaché junto a ella y le retiré el pelo de la cara.

—¿Qué hace ésta aquí? —Tracy señaló a Diane.

—Sé amable —empecé a ayudarla a levantarse del suelo.

—Espera —Ryan entró, enjuagó su vaso y lo llenó de agua—. Primero va a necesitar esto.

Ryan, Diane y yo aguardamos, en medio de un incómodo silencio, lo que parecieron años mientras obligábamos a Tracy a beberse dos vasos de agua. Ella no paraba de lanzar miradas a Diane.

—No la vas a apartar de mí —advirtió, arrastrando las palabras.

Diane se dispuso a contestar, pero Ryan la interrumpió.

—Bueno, es hora de levantarte y llevarte a casa.

—¡Basta! —Tracy apartó a Ryan de un empujón—. No quiero que Paul se entere de que estoy hecha un desastre. Puedo salir por mi propio pie. Primero, me voy a despedir.

Diane me lanzó una mirada extraña que no supe descifrar.

—Tracy, no me parece una buena idea —indicó—. En serio. Más vale que se pregunte qué te paso. Si quieres, puedo decirle que un montón de chicos han querido ligar contigo…

A Tracy le gustó la idea y accedió a marcharse en silencio.

Mientras nos dirigíamos escaleras abajo, vimos a Todd de pie en el sofá, sin camisa y bailando.

—¡Ni hablar, Penny! —exclamó elevando la voz—. ¡No te puedes ir!

Dio un traspié y estuvo a punto de tirarme al suelo. Ryan agarró a Todd para estabilizarlo. Mientras tanto, Diane trataba de mantener a Tracy erguida, pero ella no dejaba de apartarla a empujones.

Una auténtica pesadilla.

—Margriiita —decía Todd arrastrando las sílabas—. Margriiiita, ¿dónde estabas?

—En el jardín de atrás, hablando conmigo —respondió Ryan.

Todd le pegó un empujón.

—¡Oye, Bauer! Mira, tienes que… tienes que… no puedes…

—No hice *nada*, Todd. Cálmate —Ryan volvió a sostenerlo por los hombros—. Penny y yo sólo somos amigos. Nunca haría nada con ella. Parece mentira que no me conozcas.

Sí, y parecía mentira que yo me hubiera prestado a ir a aquella fiesta.

Para empeorar las cosas, Missy llegó como un relámpago. Se le abalanzó a Ryan y le dijo:

—¡Oye, tú, sexy! Te he estado buscando por todas partes.

Tomé a Tracy de la mano y nos encaminamos hacia el coche. Diane le abrochó el cinturón de seguridad mientras yo ajustaba el espejo retrovisor. Ryan llegó corriendo hasta el coche (de alguna manera se las había arreglado para librarse de las garras de Missy) y dio unos golpecitos en la ventanilla. La bajé.

—Lo siento. No quería darle motivos para que se enfadara todavía más.

—No pasa nada —empecé a manipular la radio del coche.

—¿Estás furiosa conmigo?

Respiré hondo. No sabía cómo estaba.

—No, estoy perfectamente, de veras. Esta noche ha sido un completo desastre.

—Ya —repuso él con una nota de suavidad—. Pues yo me la pasé bien.

—Me alegro por ti.

Arranqué el motor e iniciamos la marcha.

Doce

A la mañana siguiente el ambiente era un poco extraño… Tracy tenía cruda y se sentía fatal. Diane había quedado en venir a hablar conmigo, y me daba la impresión de que se trataba de la escena que había presenciado entre Ryan y yo.

—Hola, ¿cómo está Tracy? —dijo Diane al entrar en mi dormitorio.

—No muy bien. Está en la ducha —hice un gesto en dirección al pasillo—. No podía llevarla a su casa anoche, claro. Logré traerla aquí a escondidas.

Diane paseaba la vista a su alrededor.

—¡Vaya! Se me había olvidado lo interesante que es tu habitación.

Fijé la vista en los pósteres de los Beatles que forraban las paredes y en el corcho lleno de anuncios y entradas de conciertos. Me imagino que sí, que es bastante atractiva. Más que nada, porque me sentía en mi elemento.

—Bueno, me alegro de tener unos minutos a solas contigo, porque tengo que decirte una cosa —Diane se sentó en mi cama con aspecto nervioso.

—No hay nada entre Ryan y yo —solté de sopetón.

—¿Cómo? —repuso Diane.

Empecé a recorrer la habitación de un lado a otro.

—Me sentía fatal al llegar a la fiesta y Ryan me propuso que saliéramos al jardín para alejarnos del barullo; yo me dejé llevar. A ver, es un chico, es decir, el enemigo. Sin contar que fue él precisamente quien te rompió el corazón. Nunca, en serio, nunca haría nada con él.

Diane negó con la cabeza.

—Ya lo sé. Me sorprendió un poco verlos a los dos —se echó a reír—. Resultó un tanto incómodo, pero siempre han sido amigos. De lo que te quería hablar, en realidad, era de Tracy. Verás… anoche vi a Paul besándose con alguien.

"Oh-oh."

—Llegué a la fiesta con Audrey y Pam, y tuve que ir al baño. Subí las escaleras y me encontré con él…

Sin lugar a dudas, Tracy iba a matar al mensajero de semejante noticia.

Me tiré en la cama.

—La cosa se pone fea —le advertí a Diane—. Tracy confiaba en que Paul la invitaría a salir.

Diane se movió, incómoda, y empezó a juguetear con el extremo deshilachado de una almohada.

—¡Ya estoy mucho mejor! —Tracy entró de repente en el cuarto con una toalla enrollada en la cabeza y se dejó caer sobre la cama.

—Bueno, es hora de decidir qué vamos a hacer, después de que anoche me pusiera en ridículo de la manera más espantosa. Me parece que ahora Paul ya no me invitará a salir.

Diane y yo intercambiamos miradas, sin saber qué responder.

Tracy parecía exhausta.

—Está bien, está bien. Ya lo sé, chicas, y lo siento mucho.

¿Qué sabía exactamente?

—En primer lugar —se volvió hacia Diane—, siento haber sido tan grosera contigo. He estado tratando de ser una buena amiga, comprensiva. Y lo sé, lo sé… no debería haber probado la cerveza; pero cedí a la presión del grupo. Me he convertido en la típica adolescente consumidora de alcohol, bla, bla, bla… —Tracy se tapó la cara con las manos—. Por favor, no me digan que Paul se enrolló con una de esas novatas de tercero.

Diane me miró.

—No…

Tracy se incorporó tan deprisa que tuvo que tumbarse otra vez. Se acurrucó sobre un costado, sujetándose la cabeza con una mano.

—Genial. Pensé que lo había echado a perder…

Silencio. Miré a Diane y noté una expresión de pánico en su rostro.

Tracy frunció las cejas.

—Un momento, ¿qué pasa? —paseó la vista de una a otra—. ¿Qué me están ocultando? ¿Paul se metió con alguien anoche?

Diane me miró y yo me encogí de hombros. Quería saber de quién se trataba. Más que nada porque esa chica iba a necesitar custodia preventiva una vez que Tracy se hubiera enterado.

Antes de que Diane pudiera articular palabra, Tracy giró sobre sí misma, se colocó boca abajo y se puso una almohada sobre la cabeza.

—¡Lo sabía! ¿Por qué habría de interesarse en mí?

Le quité la almohada de un tirón.

—Tracy, no digas tonterías. Te he dicho mil veces que el chico que se quede contigo será un suertudo.

Tracy puso los ojos en blanco.

—Lo que tú digas. Pero quiero salir con Paul. ¿Por qué no le gusto? ¿Estoy gorda o qué?

—¡Tracy! ¡Basta ya!

—¿Qué es, entonces? —vi que las lágrimas se le acumulaban en el rabillo del ojo—. Dime de qué se trata y lo cambiaré: el pelo, el color de ojos, la ropa, la forma de ser. ¿Qué es lo que no le gusta de mí?

Vacilante, Diane se acercó a Tracy y le puso una mano en el hombro.

—No es nada de eso. Se trata de algo que no puedes arreglar.

Tracy se sorbió la nariz y se volteó para mirarnos.

—¿Qué quieres decir?

—Quiero decir que no eres un hombre —repuso Diane—. Me encontré con él y con Kevin Parker. Se estaban besando.

"Oh. Dios. No."

Tracy se incorporó y se secó las lágrimas.

—¿Qué? —se veía confundida.

Diane se volteó, incómoda.

—Paul Levine y Kevin Parker se estaban besando.

Tracy bajó la vista al suelo.

—¿Me estás diciendo que los números uno y tres de mi lista estaban teniendo ondas? ¿Y que Kevin Parker, el deportista superestrella al que he adorado desde hace años, es gay?

Diane se veía asustada.

—Sólo sé lo que vi.

—Bueno —Tracy sacudía la cabeza—. Supongo que eso lo explica todo.

Me sentí desconcertada.

—¿Explica qué?

—Que todo el mundo en la escuela haya tenido novio, excepto yo. ¡Hasta el maldito Kevin Parker tiene novio! —Tracy se echó a reír—. Ay, esto no está sucediendo. Me estoy quedando sin chicos que anotar en la lista, ¡y ya no digamos para salir con ellos! —la sonrisa de Tracy empezó a desvanecerse—. Soy una tonta.

Traté de protestar, pero Tracy me interrumpió.

—Mi hermano Mike siempre ha tenido novias. Se ligó a una tal Michelle el fin de semana pasado, en una estúpida fiesta de alumnos de tercero, y ahora están saliendo. Michael y Michelle —volvió a poner los ojos en blanco—. Me dan ganas de vomitar.

—¿Lo ves, Tracy? Por eso renuncié a los chicos para siempre —hice el gesto de lavarme las manos—. Listo. Hay que darle vuelta a la página. No vale la pena.

Y como si Nate hubiera percibido que mi intención era darle vuelta a la página, sonó un mensaje en mi celular.

Me quedé mirándolo, dubitativa.

Tracy se puso de pie.

—Esto es ridículo —levantó de un golpe la tapa del teléfono y leyó el mensaje—. "Es increíble que seas tan infantil". ¿Habla en serio? Qué imbécil.

Tracy empezó a pulsar las teclas del celular.

—¿Qué haces? —pregunté horrorizada—. Sólo bórralo.

—No, le estoy dejando las cosas claras.

El estómago se me contrajo.

Me levanté y traté de arrebatarle el teléfono, pero Tracy pulsó "Enviar" y cerró la tapa.

—Listo. No pasa nada por que yo le diga que se vaya al infierno, ¿verdad?

El teléfono empezó a sonar. Pos supuesto que era Nate. Cuando dejó de sonar, Tracy lo abrió de nuevo y empezó a pulsar teclas.

—Estoy cambiando su nombre por "Idiota", y silenciando su tono y su indicador. Puede que esto le calle la boca de una vez.

—Gracias —logré decir, por fin. ¿Por qué Tracy no era capaz de recuperarse así cuando los chicos la trataban a patadas a ella?

Diane esbozó una sonrisa.

—Mira, Tracy, es obvio que la idea de salir con chicos sólo te produce dolores de cabeza. Es tan absurdo… Conozco a dos chicas del equipo de porristas que salen con chicos sólo por tener pareja el día de la fiesta de ex alumnos —Diane levantó la vista en mi dirección—. Oye, Penny, ¿y si vamos juntas a la fiesta?

—¿Cómo dices? —yo seguía contemplando el teléfono.

—A la fiesta de la escuela. Tú y yo, en pareja.

—Ah. ¡Claro! Claro que sí.

—¿Están locas? —terció Tracy mientras se levantaba y guardaba el teléfono en el cajón de mi escritorio—. A ver, ¿en serio van a ir juntas a la fiesta?

Volví mi atención a la otra socia de mi club.

—¡Por supuesto! —respondí—. De eso se trata, precisamente. No necesitamos salir con chicos para pasarla bien.

—¡Ah, me encanta! —Diane se puso de pie y empezó a aplaudir al estilo de las porristas—. Además, te voy a regalar un ramo de rosas el día de San Valentín. Todos esos idiotas se van a morir de envidia —me lanzó un guiño.

Tracy soltó un gruñido y metió la cabeza debajo de una almohada.

—Tracy, lo siento mucho, de veras. Sé que lo del club no te hace mucha gracia; pero intenta verlo desde mi punto de vista.

Tracy asomó por debajo de la almohada.

—No es eso —replicó—. Gruño porque me doy totalmente por vencida. ¿Contenta? ¿Tu club está preparado para una tercera socia?

Vacilé. Aunque tenía muchas ganas de que Tracy se uniera al club, quería que lo hiciera por auténtica convicción, y no porque se sintiera excluida.

—¿Estás segura?

Asintió con un gesto.

—Sí. Además, si te pones a pensarlo, las cosas no van a cambiar gran cosa para mí.

Diane abrazó a Tracy… y, para mi sorpresa, ésta no le propinó un puñetazo en la cara.

Podía tomarse como un comienzo razonablemente bueno, reflexioné.

—¡Por el club de los corazones solitarios! —alargué la mano, y Tracy y Diane me imitaron.

—¡Por el club de los corazones solitarios!

Corrí hacia mi equipo de música y puse a los Beatles a todo volumen.

Tracy se me acercó, bailando.

—Oye, ya que tengo que aparentar que soy uno de los Beatles, ¿me dejas ser Yoko?

Sabía perfectamente cómo provocarme. Me incliné, agarré una almohada de la cama y se la arrojé. Le dio en plena cara.

—¡Oye!

Tracy se puso a perseguirme mientras yo esquivaba sus lanzamientos de almohadas. Diane tardó unos segundos en decidir qué hacer, así que Tracy se aprovechó de su indecisión y le lanzó un almohadazo en pleno estómago. Diane se quedó mirándola, conmocionada.

—Esos pompones tuyos no te van a servir de nada, Monroe —se burló Tracy. Acto seguido, Diane saltó por encima de la silla de mi escritorio y bombardeó a Tracy con un asalto de almohadones, hasta que mi habitación quedó sumida en el caos.

Cuando por fin recuperó el aliento, Diane nos dijo:

—Tienen que admitirlo: con este club no nos vamos a aburrir.

Tracy giró sobre su estómago.

—Y eso que no hemos llegado a los sacrificios de carneros vivos… ni de chicos… Todavía.

Trece

El lunes por la mañana traté de recoger los libros para la clase de Español lo más rápido posible mientras me preguntaba cómo esquivar a Todd, aun siendo compañeros de conversación.

—¡Chesney! —dijo Ryan elevando la voz.

"Genial."

Noté que un brazo me rodeaba por los hombros. Levanté la vista y vi a Todd, sonriéndome.

—Hola, Margarita. El sábado por la noche fue bestial, ¿verdad?

Esbocé una débil sonrisa.

—Aunque, claro, deberías haberte quedado hasta más tarde.

—Sí, desde luego —intervino Ryan con una sonrisa irónica—. ¿Acaso se perdió gran cosa?

Todd bajó la vista como si, sinceramente, tratara de recordar.

—Ya decía yo —Ryan sonrió y me hizo un guiño—. Buena suerte, Penny.

Ryan se encaminó hacia su salón, sacudiendo la cabeza.

Todd me seguía abrazando por los hombros y aceleré el paso para soltarme.

—¡Oye! Ve más despacio —me agarró por la cintura—. Tu chico aún no se ha recuperado del fin de semana.

—Esteee... tengo que hablar con la maestra Coles de... eh... cierto asunto, antes de la clase —le aparté la mano de mi cintura y prácticamente salí corriendo hacia el salón.

Me pregunté si habría resultado demasiado sutil ponerme una camiseta que dijera: "Gracias por tu interés, pero ya no salgo con chicos."

Sabía que Todd no era muy aficionado a la lectura, aunque sí solía observar mis camisetas con atención.

—Tengo que hacerte una pregunta un poco rara —me dijo Morgan mientras nos dirigíamos a Biología.

—¿Ah, sí?

—¿Alguna vez le has pedido a alguien que salga contigo?

—No, ¿por qué?

Aminoró la marcha.

—Bueno, me gusta un chico; pero es un poco tímido, y no creo que se atreva a dar el primer paso.

—Ya —eso me había ganado por pedirle a Morgan que se apuntara a mi club—. En realidad, no soy la persona más indicada para hablar de chicos. Renuncié a ellos después de... ya sabes.

—Sí, claro. Lo siento —se mordió el labio inferior.

—No te preocupes. ¿Quién es él? —pregunté mientras entrábamos en clase.

Morgan señaló al compañero que se sentaba en primera fila.

Vi a Tyson Bellamy, de segundo de bachillerato, encorvado en su asiento, con el pelo sobre la cara, haciendo frenéticas anotaciones en su cuaderno.

—Es un encanto, ¿verdad? —Morgan se sonrojó. Tyson levantó la vista hacia el frente del salón con un gesto de concentración en el semblante.

Aunque yo hubiera estado interesada en los chicos, Tyson no era mi tipo, la verdad: melena larga y negra, flaco a más no poder, y con camisetas de antiguas bandas de rock. En pocas palabras, convertía en una ciencia el misterioso mundo de los rockeros. Sin contar que era la encarnación del diablo (por ser hombre y todo eso), parecía apropiado para Morgan, absoluta fanática del punk rock. Era una de mis escasas amigas que entendían la importancia cultural de los Beatles.

—¿Me acompañarías a uno de sus conciertos de los viernes?

No tenía ganas de actuar de celestina, pero después de la movida con Tracy en el partido de futbol de la semana anterior, me venía bien una excusa para no asistir al de aquella semana.

—Claro. Eso sí, Morgan, no voy a ser una buena intermediaria, te lo advierto.

Se echó a reír.

—De acuerdo, pero eres mi acompañante al concierto. Tienes que venir conmigo. No hace falta que hablemos con ningún chico. Sólo escuchamos la música y después nos vamos.

Me sonó a la noche perfecta.

—Entonces, ¿vamos a establecer las reglas del club antichicos, o qué? —preguntó Tracy durante el almuerzo.

—Se llama club de los corazones solitarios —puntualicé.

—Ajá. ¿Y vamos que tener que usar camisetas idénticas o cinturones de castidad o algo por el estilo? No puedo esperar a ver *ese* logotipo.

—Mira, Tracy…

—Yo creo que estaría bien tener normas o directrices o alguna clase de fórmula ritual —intervino Diane con voz animada, desactivando lo que podría haber supuesto la primera pelea oficial del club.

Como todavía hacía buen tiempo, habíamos decidido comer afuera. Me apoyé sobre un enorme roble mientras comía una manzana.

Tracy se incorporó.

—Por favor, déjenme redactar las normas. ¡Será divertidísimo!

—Perfecto —respondí—. ¿Qué quieres…?

Tracy agarró su cuaderno y empezó a escribir sugerencias. Me recosté sobre el tronco y entorné los ojos.

—De acuerdo, prepararé un borrador y lo presentaré en nuestra reunión oficial, el sábado por la noche —indicó Tracy con voz lastimera—. ¿Te parece bien, jefa?

¿En qué lío me había metido?

—Hey, chicas, ¿qué onda? —preguntó Morgan mientras ella y Kara se unían a nosotras.

—Hablamos de nuestro nuevo club —repuse yo.

Kara miró el cuaderno de Tracy.

—¿El club de los corazones solitarios?

—Las tres hemos decidido no volver a salir con los idiotas de esta escuela... ni de ninguna otra, claro —esbocé una sonrisa.

Morgan abrió los ojos como platos.

—Entonces, ¿no bromeabas cuando me hablaste de renunciar a los chicos?

—¡No!

—Pues no lo entiendo —terció Kara.

—En realidad, no hay mucho que entender —expliqué—. Acabo de terminar con los chicos. Lo único que han hecho es darnos problemas a mis amigas y a mí.

Diane y Tracy asintieron.

—¿Y no vas a volver a salir con ninguno, nunca más?

—Nunca más, no; sólo mientras siga en la escuela.

—Ah —Kara bajó la vista y la fijó en su botella de agua. Por la forma en que los chicos como Todd la habían tratado en el pasado, habría sido de esperar que lo entendiera.

Morgan se quedó mirándome.

—¿Me odias por querer ir al concierto?

—No, para nada —le aseguré—. Sólo me refería a que no soy la persona más indicada para animarte a salir con alguien, ya que estoy segura de que Tyson es la encarnación de Satán.

—¿Qué tiene Tyson de malo? —replicó Morgan a la defensiva.

—A ver, es un chico…

Tracy intervino.

—Pen, creo que ya entendieron.

—Oye, Tracy —Jen Leonard nos llamó desde el árbol de al lado—. ¿De qué están hablando? Si están criticando a los hombres, tengo varias historias para ustedes.

Tracy le hizo señas para que se acercara.

—Ven aquí, amiga mía. Deja que Penny, nuestra líder, te enseñe el camino.

—Tracy…

Jen y Amy Miller, ambas compañeras de clases con las que me había relacionado desde primaria, se acercaron. Amigas inseparables, parecían muy diferentes a primera vista. Jen era la deportista, capitana de casi todos los equipos femeninos, mientras que Amy era bastante esnob y, por lo general, usaba vestidos o chaquetas tipo blazer, como si acudiera a trabajar a una oficina en vez de ir a la escuela.

Tracy, emocionada, les informó con detalle acerca del club. Morgan y Kara permanecieron en silencio durante la explicación. Seguramente se preguntaban en dónde se habían metido.

—Un momento —interrumpió Amy—. Creí que esta mañana, en la clase de Arte, habías dicho que ibas a ir de compras, a buscar un vestido para la fiesta de ex alumnos. ¿Quién va a ser tu pareja?

—Vamos a ir juntas —expliqué—. Pensamos que será mucho más divertido que ir con chicos que nos dejarán plantadas para hablar de lo que quiera que hablen entre ellos.

—De la tiña inguinal, por ejemplo —apuntó Tracy con una sonrisa pícara.

Amy y Jen intercambiaron miradas. Entonces, Amy se volvió hacia nosotras y dijo:

—A mí me suena genial… ¿Puedo unirme a ustedes?

—¡Amy! —protestó Jen—. ¿En serio piensas dejar de salir con chicos durante los próximos dos años, así, por las buenas?

Amy echó hacia atrás su larga melena oscura y ondulada.

—Por favor, Jen, es una decisión bien fácil. Terminé con los chicos de esta escuela, sobre todo después de lo que me hizo Brian Reed en primero de secundaria.

Tracy y yo intercambiamos una mirada de desconcierto.

—¿Qué te hizo Brian? —pregunté.

Amy abrió los ojos de par en par.

—¿No te acuerdas?

Negué con la cabeza.

Amy suspiró.

—Bueno, ya pasó mucho tiempo. Pero siempre me acuerdo porque, desde entonces, los chicos no han cambiado. Me refiero a lo infantiles que son.

—¿Qué pasó? —Kara se sumó a la conversación.

Amy se incorporó.

—Bueno, Brian y yo estábamos saliendo, y utilizo el término "salir" muy a la ligera. De vez en cuando me acompañaba a casa después de clase, y los viernes por la tarde íbamos a los juegos recreativos, donde lo miraba mientras él se entretenía con los videojuegos. Un día, sin previo aviso, se acerca a mí durante el almuerzo y, delante de *todo el mundo,* me suelta: "Lo siento mucho, Amy, pero no te quiero ver. La basura que se tira no se vuelve a recoger". Todos los idiotas de la mesa de los deportistas se quedaron ahí parados, partiéndose de risa.

—Ah, sí. Ya me acordé —repuso Diane con voz amable—. A veces, Brian se comporta como un tonto integral.

—El trauma me duró el año entero. Los cretinos de sus amigos me arrojaban basura cuando pasaba cerca de ellos. Hasta hoy, sigo sin comprender qué hice para merecer aquello. Y resulta que, hace poco, Brian tuvo la cara dura de ponerse a hablar conmigo, como si no me hubiera humillado, como si no me hubiera arruinado el año entero cuando estábamos en primero.

Jen frotó el hombro de Amy.

—No sabía que te siguiera afectando tanto.

—Tenía doce años. Me traumatizó por completo —respondió Amy—. Créanme, ya lo superé. Pero aquella fue la primera de mis desastrosas experiencias con los chicos. Las otras historias no son dignas de contar. Me encanta la idea de borrar a esos estúpidos de mi memoria.

Jen, conmocionada, se quedó mirando a Amy.

—Pero…

Amy levantó la mano para silenciarla.

—Ay, ¡mira quién habla! A ti te han hecho más jugarretas que a mí.

—No, yo…

—Josh Fuller.

Al oír el nombre de Josh, Jen se desplomó sobre el césped.

—¿Quién es Josh Fuller? —preguntó Diane mientras daba palmaditas a Jen en la rodilla.

Jen se pasó las manos por su corto pelo rubio.

—El chico que me rompió el corazón. Este verano, entrenábamos basquetbol como monitores de tiempo libre y él…

—Le tomó el pelo —concluyó Amy—. Coqueteaba con ella sin parar, la engatusaba, incluso salieron una vez. Y de pronto, se acabó. Siguió coqueteando, pero no volvieron a salir. En cambio, cada semana paseaba por el parque a una chica espectacular y luego le decía a Jen lo estupenda que ella era. Josh…

—Basta —cortó Jen—. Ya entendieron —sacudió la cabeza—. Es absurdo, pero la verdad es que no había conocido a ningún chico con el que hubiera congeniado tanto; daba la impresión de que lo tenía todo. Demasiado bueno para ser verdad.

Asentí, pues entendía a la perfección cómo se sentía. Una oleada de energía me invadió de repente.

—Ándale, Jen, únete a nosotras —la animé—. No los necesitamos, ¿verdad?

Jen esbozó una sonrisa.

—Puedes apostar que no.

—¡Perfecto! —Diane movió la cabeza en señal de asentimiento—. Ya somos cinco en el club. ¿Kara? ¿Morgan?

Kara y Morgan se habían pasado en silencio los últimos cinco minutos.

—Mmm, tengo pareja para la fiesta de ex alumnos... —respondió Kara, fijando la vista a su almuerzo, intacto—. Es que...

—No pasa nada —terció Diane.

—Y yo... —Morgan se mostraba visiblemente incómoda—. Lo siento, chicas, es que tengo que...

—No hay problema —les aseguré—. Entiendo que es mucho pedir. Cuando estén dispuestas, allí nos encontrarán.

Conociendo a los chicos de nuestra escuela, me imaginé que no tardarían mucho en unirse al club.

Catorce

Gracias a dios Todd Chesney era una calamidad en las clases de Español.

Llevaba toda la semana tratando de ligar conmigo y pedirme que fuera con él a la fiesta de ex alumnos, pero como era tan malo en Español, me limitaba a mirarlo, desconcertada, y fingía no saber de qué me estaba hablando. Y como era semejante nulidad en el idioma, se lo creyó.

El jueves por la mañana, justo antes de que sonara el timbre, me dispuse a mi costumbre de tomar los libros a toda prisa y salir corriendo del salón.

—¡Oye! Margarita, espera —Todd me agarró del brazo antes de que tuviera oportunidad de lanzarme al pasillo.

—¿Sí? —traté de fingir sorpresa.

—Tengo que hablar contigo —Todd me acompañó al salir por la puerta—. Estaba pensando…

El asunto tenía mala pinta.

—…que tú y yo deberíamos, ya sabes, ir en pareja a la fiesta.

Se detuvo a la mitad del pasillo y me miró. Aunque era bastante más alto que yo y pesaba un montón de kilos más, se veía de lo más cohibido. Me sentí tan mal que casi acepté. *Casi.*

—¡Ay, Todd! —procuré mostrarme asombrada—. El caso es que ya hice planes para la fiesta.

—¿Con quién vas a ir? —en su voz se apreciaba una nota de crispación—. ¿Con Bauer?

—¿Con Ryan? No, ¿por qué iba a…? Da igual —eso me libró.

—Todas las chicas de la escuela están deseando que Bauer las elija como pareja para la fiesta. Más vale que se lo pida a alguien cuanto antes —se cruzó de brazos con aire impaciente.

—Ah. Bueno, mira, no voy a ir con un chico, sino con unas amigas, nada más.

—¿Y eso por qué? —parecía desconcertado—. Mira, Penny, si no tienes ganas de acompañarme, más vale que me lo digas.

—No, no es eso, de veras. Ya…

—Está bien —Todd se alejó caminando.

"Bueno, no estuvo tan mal."

A pesar de la reacción de Todd, por primera vez desde mi llegada a la escuela esperaba con ilusión la fiesta de ex alumnos. Cada vez que me preguntaban con quién iba a ir, respondía la verdad, sin importarme que a la gente le extrañara el hecho de que un puñado de chicas acudiera en grupo.

—Oye, forastera, ¿qué ya no te acuerdas dónde está tu casillero? —me dijo Ryan después de clases.

—Sí, bueno, yo…

—Está bien. Lo entiendo.

Ignoraba por completo a qué se refería. Yo había estado evitando rondar por mi casillero para no tener que aguantar a Todd.

Seguí sacando los libros, pero Ryan no se movió.

—Todd me contó.

Me di la vuelta y apoyé la espalda en el casillero.

—¿Hasta qué punto me odia?

Ryan se desplazó y colocó la cabeza al lado de la mía.

—No es para tanto. Le dije que de veras ibas a ir a la fiesta con unas amigas. Lo lamento.

—¿Y por qué lo lamentas?

Una sonrisa se le extendió por el rostro.

—Bueno, me imagino que volverá a querer ligar contigo una vez que la fiesta haya pasado.

—Entiendo.

—En todo caso, deberías ser tú quien me pida disculpas.

—¿Por qué?

Ryan abrió su mochila y empezó a meter objetos en su casillero. Fingía no oírme.

—¡Oye! —le propiné un puntapié en la pierna—. ¿Qué hice? O sea, no tengo ni idea de qué me hablas, puesto que soy una mojigata y todo lo demás…

—Habría estado bien que le advirtieras a Chesney que no estás en el mercado.

—Qué bien suena: "No estás en el mercado". Ya sé que Todd me ve como si fuera una pieza de carne, pero esperaba un poco más de ti —me burlé.

—Me cuesta trabajo creer que tenga que enterarme de tus cosas a través de Diane.

—¿Y qué te dijo Diane, exactamente?

Se mostró confundido.

—Que van a ir juntas a la fiesta. ¿Qué, hay algo más o qué?

Negué con la cabeza.

—No, nada más. Eso es todo.

El viernes por la noche asistí con Morgan al concierto de Tyson. Nunca me había sentido tan fuera de lugar. Examiné la sala y no vi más que piercings, delineador de ojos negro y melenas sucias. La expresión de todos los presentes parecía indicar que preferirían estar en cualquier otro sitio.

Bueno, pues ya teníamos algo en común.

Morgan me agarró del brazo.

—Deberíamos colocarnos adelante; no demasiado cerca, pero a poca distancia.

Nos abrimos camino hasta la parte delantera del taller de coches que servía de sala de conciertos. Pensé que Tyson vería a Morgan sin problemas; sólo había unas treinta personas en total. Morgan metió la mano en su bolso y se aplicó otra capa de lápiz labial.

Se produjo un movimiento en la parte delantera a medida que la banda llegaba al escenario: Pete Vauhn, sentado a la batería, empezó a girar las baquetas en el aire; Brian Silverman y Trant Riley efectuaron su entrada con sus respectivos instrumentos: la guitarra y el bajo, y Tyson irrumpió con su guitarra. De inmediato, la banda se estrenó con *London calling*, de The Clash. Me sorprendió que Tyson, tan tímido en clase, dominara el escenario. Se movía al ritmo de la música, manejaba al público a su antojo, y se comportaba como un experimentado profesional. Y la música no estaba nada mal.

La canción terminó y todo el mundo se puso a lanzar ovaciones.

—¡De acuerdo! —Tyson agarró el micrófono—. Ya está bien de covers, tenemos una nueva canción que vamos a tocar para ustedes. ¡Que se oigan esos aplausos!

Era la mayor cantidad de palabras que lo había escuchado pronunciar.

—Ay, me muero de ganas de escuchar las novedades. Tyson escribe las letras de todas las canciones —Morgan se quedó mirándolo como un cachorro enamorado.

Tyson empezó a puntear. Su melena negra le caía sobre los ojos al sacudir la cabeza de arriba abajo. El resto de la banda se unió a él, y me descubrí bailando al compás de la música. Había algo intenso en el compás. Miré a mi alrededor y vi que todo el mundo movía la cabeza al ritmo del bajo.

Tyson cantaba por el micrófono, y su voz me sorprendió: tan clara, tan potente y, en cierta forma, tan hermosa. La letra era mucho más profunda de lo que me habría imaginado.

Tyson cerró los ojos y alargó la mano en dirección al público: "Eres la sombra que me persigue, la visión de quien quiero ser...".

A pesar de que Tyson era un chico, me empecé a preguntar si habría estado equivocada con respecto a él. No en cuanto a la parte de ser la escoria de la Tierra por el simple hecho de haber nacido varón, sino porque, durante muchos años, lo había desechado sin pensarlo dos veces. ¿Acaso había permitido yo que su aspecto y su timidez eclipsaran lo que, por momentos, iba quedando a la vista?

Tyson Bellamy no era un aspirante a punk. Era un prodigio musical.

Cuando la banda terminó su última canción, Morgan se volvió hacia mí y declaró:

—Las promesas hay que cumplirlas. Nos vamos.

Nos dispusimos a salir, pero un grupo de personas nos lo impedía. Decidí atajar por un lateral de escenario, y me tropecé con el cable de un amplificador.

—¿Estás bien? —una mano me sujetó para que recobrara el equilibrio.

Levanté la vista.

—Sí, gracias, Tyson. Magnífico concierto.

—Gracias, Penny —respondió con una sonrisa tímida—. Me puse un poco nervioso al verte aquí.

"¿En serio?"

—¿En serio?

—Sí —noté que se sonrojaba por detrás de la cortina de pelo—. Bueno, es que, te llamas como una canción de la banda de rock más grande de todos los tiempos.

—¡Ah! —solté una carcajada—. Mmm, conoces a Morgan, ¿no? —señalé a mi amiga, que trataba de ocultarse a mis espaldas. Y eso que me había propuesto no hacerla de casamentera.

—Sí, hola —dijo Tyson, bajando la vista.

—Hola —respondió Morgan, también mirando hacia abajo.

—Esteee… ¿así que aquí es donde ensayan? —pregunté, tratando de restarle importancia a la situación para que no resultara tan incómoda.

Tyson asintió con la cabeza.

—Sí, por las noches —no levantó la vista.

—Ajá. Bueno, qué… interesante.

Morgan me propinó un codazo.

Tyson asintió de nuevo y, alzando la vista un instante, sonrió.

—¡Me voy a morir! —gritó Morgan a medida que abandonábamos el garaje—. Qué vergüenza pasé. No podía haber mostrado menos interés en mí.

—Es tímido, nada más —le aseguré, convencida sólo a medias de que esa fuera la razón.

Morgan abrió las puertas de su coche y nos subimos.

—Penny, ¿sabes desde cuándo me gusta Tyson?

Negué con la cabeza.

—Desde tercero de secundaria. Dos años. Por fin decidí que este año iba a hacer algo al respecto. Está en el último grado, así que el tiempo se agota. Pero es evidente que no le importo —Morgan apoyó la cabeza en el volante—. ¡Me da tanta vergüenza!

—No tienes de qué avergonzarte. No necesitas a Tyson para...

Me interrumpí. No tenía ganas de una repetición de nuestro almuerzo, a principios de la semana.

—¿No lo necesito para qué? —Morgan me miró, expectante.

—No lo necesitas.

Morgan asintió con lentitud.

—Tienes razón. No lo necesito. Ya he desperdiciado demasiado tiempo por su culpa —suspiró—. Oye, ¿hay lugar en tu club para otra socia?

Sonreí.

—Desde luego. ¿Tienes algo que hacer mañana en la noche?

Quince

—Chicas, pórtense bien —advirtió mi padre el sábado por la noche mientras se enfundaba el abrigo—. ¿Eh, Penny Lane? Sólo estaremos fuera un par de horas. Nada de chicos.

Me esforcé por no reírme. Si ellos supieran...

Mientras mis padres se preparaban para salir a cenar, Tracy y yo nos ocupábamos de preparar las provisiones imprescindibles para nuestra primera reunión oficial del club de los corazones solitarios: una bolsa de papas fritas, salsa para mojar, pizza y una selección de comedias románticas.

—No se preocupe, doctor Bloom. Si Paul o Ringo pasan por aquí, seremos las anfitrionas perfectas —a Tracy le encantaba que mis padres fueran tan poco... normales.

—Gracias, Tracy —respondió mi madre—. Sabemos que lo harán —me dio un beso en la mejilla y luego se encaminó a la puerta principal.

—¿Por qué les fomentas la obsesión? —le pregunté a Tracy.

—Porque te pone de nervios.

Sonó el timbre (con la melodía de *Love me do*, claro está).

—¡Queda inaugurada la fiesta! —declaró Tracy.

Me había pasado toda la semana esperando la reunión. Sólo chicas, pasando el rato juntas. Aun así, una parte de mí confiaba en que tal vez, sólo tal vez, acabara convirtiéndose en algo más importante.

Una vez que Tracy, Diane, Jen, Amy, Morgan y yo nos hubimos instalado en el sótano, cómodamente arrellanadas en los sofás, y empezamos a comer papas fritas, Tracy se levantó y nos fue entregando una hoja de papel a cada una.

Bajé la mirada y leí: *Reglamento oficial del club de los corazones solitarios, de Penny Lane*.

—¡Eh! —protesté—. El club no es sólo mío...

Tracy me lanzó una papa frita.

—¿Te importaría leerlo primero?

Reglamento oficial del club de los corazones solitarios, de Penny Lane

El presente documento expone las normas para las socias del "club de los corazones solitarios, de Penny Lane". La totalidad de las socias deberá aprobar los términos de este reglamento pues, de lo contrario, su afiliación quedará anulada automáticamente.

Todas las socias del club se comprometen a dejar de salir con hombres (o "niños", en el caso de la población masculina de la escuela McKinley) durante el resto de su vida escolar. Si las mencionadas socias decidieran reanudar las citas una vez que abandonen la escuela, procederán por su cuenta y riesgo. El incumplimiento de esta norma, la más sagrada, tendrá como consecuencia el mayor castigo impuesto por la ley: correr desnudas por los pasillos de McKinley después del almuerzo.

Las socias asistirán juntas, como grupo, a todos los eventos destinados a parejas incluyendo (pero no limitándose a) la fiesta de ex alumnos, el baile de fin de cursos, celebraciones varias y otros acontecimientos, aun a riesgo de ser tachadas de frikis y de ser objeto de miradas envidiosas por parte de los chicos que, habiendo deseado contar con ellas como pareja explosiva, tienen que conformarse con patéticas aspirantes.

Los sábados por la noche se celebrarán las reuniones oficiales del club de los corazones solitarios, de Penny Lane. La asistencia es obligatoria. Únicamente se aceptarán excepciones a causa de emergencias familiares o en los días de cabello en mal estado.

Las socias deberán apoyar a sus amigas, a pesar de posibles elecciones equivocadas por parte de éstas en cuanto a ropa, peinado y/o música.

La violación de las normas conlleva la inhabilitación como socia, la humillación pública, los rumores crueles y la posible decapitación.

Me encantó. De acuerdo, resultaba un tanto melodramático en algunas expresiones (típico de Tracy); pero, en general, funcionaba.

Jen se quedó mirando la lista y exhaló un suspiro.

—Desde que me hablaron del club, he estado pensando en todas las desgracias que me han ocurrido por culpa de los chicos. Por ejemplo, hace poco me enteré de que, el año pasado, tres chicos del equipo de basquetbol apostaron quién me haría perder la virginidad. ¿Habían oído algo más absurdo? —Jen puso los ojos en blanco.

—Sí. Por desgracia, Jon Cart tuvo ese privilegio conmigo el año pasado —Amy sacudió la cabeza—. Ojalá pudiera recuperar esos cuarenta y cinco segundos de mi vida.

—¿QUÉ? —preguntó Tracy con un alarido.

Amy se cubrió la boca.

—Sí, odio tener que decirlo, pero el caso es que perderla no es muy divertido que digamos.

Tracy se mostró desilusionada.

—No es que yo vaya a enterarme, la verdad —se abrazó el cuerpo con los brazos y, en plan bromista, se enfurruñó—. Maldito club.

—Sí, y para no romper la tradición de que los chicos me tratan fatal sin ningún motivo, al segundo de haber terminado, literalmente, perdió todo interés por mí.

—Qué típico —coincidió Jen.

—Lo que sale en televisión y en las películas es una tontería. No vi fuegos artificiales ni me pasó por la cabeza ninguna sinfonía arrebatadora —Amy volteó a ver a Diane—. Aunque seguro que en el caso de Ryan y tú hubo velas encendidas y pétalos de rosa.

Diane se sonrojó.

—Mmm, no exactamente.

Yo no estaba muy segura de querer enterarme.

—Por favor, dime que al menos había sábanas de seda —insistió Amy.

Diane respondió, pero en voz tan baja que resultaba inaudible.

—Bueno, ¿y si cambiamos de tema? —propuse.

Diane paseó la vista por el grupo y sonrió.

—Está bien. Es sólo que... soy virgen.

—¿ERES QUÉ? —chilló Tracy, al tiempo que se levantaba de un salto del sofá. Por toda respuesta, Diane se encogió de hombros.

"Imposible."

Ella y Ryan llevaban juntos tanto tiempo que prácticamente estaban casados. Bueno, a lo mejor era verdad eso de que la gente casada no practica el sexo.

—¿En serio? —preguntó Tracy, con otro grito.

Diane asintió.

—En serio.

—Guau.

Tras una incómoda pausa, Diane se levantó y se acercó a Tracy.

—Gracias, Tracy —dijo con un travieso parpadeo—. Muchas gracias por haber pensado todo este tiempo que era una zorra hecha y derecha.

Tracy se encogió de hombros.

—Oye, sólo estoy aquí para criticar a mis amigas, qué creías.

—Penny, ¿y si ponemos música para dejar de oír a Tracy? —me propuso Diane con una sonrisa.

—Sí, como si un simple altavoz fuera capaz de callarme —contraatacó Tracy.

Aprobé completamente la sugerencia de Diane. Sabía muy bien qué canción poner a todo volumen.

¿Cuál si no?

Come together. (Juntémonos.)

—No tienes que preocuparte por limpiar, en serio —le insistí a Diane una vez que todo el mundo se hubo marchado. Enjuagué unas cuantas latas de refrescos que había que reciclar.

—Es que te quería hacer una pregunta.

Me senté a la mesa de la cocina, a su lado.

Se rebulló, incómoda, en el asiento.

—¿Te parece raro?

—¿El club?

—No, no. El hecho de que Ryan y yo no...

—Mmm, bueno, yo había supuesto... ya sabes.

Bajó la vista al suelo.

—Sí, ya lo sé. Es sólo que... ¿Te puedo decir algo?

Asentí.

—Nunca se lo he contado a nadie, pero una vez lo intentamos. La Nochevieja pasada pensábamos... Lo teníamos todo planeado. Mis padres iban a pasar la noche en la ciudad, así que fuimos a mi habitación después de la fiesta de Todd y, efectivamente, había velas. Y, efectivamente, me regaló rosas... —Diane se echó a reír—. Me imagino que éramos de lo más predecible —su sonrisa se fue desvaneciendo, y se quedó callada unos instantes.

Asentí indicándole que comprendía. Me empezaron a asaltar recuerdos de mi embarazosa y catastrófica velada con Nate.

—Me acuerdo de que estaba segura con respecto a Ryan, de que estaríamos juntos para siempre. Todo resultaba tan romántico, tan perfecto... Pero entonces... me asusté. No es que me sintiera un poco inquieta, no. Perdí los nervios por completo. No habíamos llegado muy lejos, aún teníamos puesta casi toda la ropa pero me eché a llorar. Ryan se incorporó de inmediato y encendió la luz. Parecía tan preocupado que me sentí todavía peor. "Aún sigo sin entender qué pasó. Supongo que me entró el pánico. Estuvimos tumbados, juntos, hasta la mañana siguiente. Y Ryan me abrazaba mientras yo seguía llorando. Después de aquella noche, las cosas entre nosotros cambiaron. Creo que a Ryan le preocupaba haber hecho algo malo, así que nunca más trató de llegar tan lejos. Ambos estábamos tan avergonzados que no volvimos a hablar del tema. Apenas si hicimos algo el último par de meses que estuvimos saliendo. Por eso nos ha resultado fácil seguir siendo amigos, porque eso es lo que hemos acabado siendo, al final... sólo amigos.

Diane se mostró triste unos momentos, luego levantó la vista para mirarme y esbozó una débil sonrisa.

—Todo el mundo quiere enterarse de qué pasó, por qué tronó la pareja "perfecta". Creo que, para nosotros, esa noche fue el principio del fin. No porque fuéramos a tener sexo, sino porque ambos nos dimos cuenta de que nos estábamos obligando a algo que ninguno de los dos quería, en realidad.

Diane me miró y se encogió de hombros.

—Estoy harta de hacer cosas por otras personas, o porque sea lo que se espera de mí. No pienso volver a repetirlo, nunca más.

—Bien dicho.

Diane me sonrió.

—Hay otra cosa que quiero que sepas.

Me incliné hacia delante, preguntándome qué más podría venir a continuación.

—Después de la temporada de futbol americano, voy a dejar el grupo de porristas.

Semejante noticia podría haber supuesto una sorpresa aún mayor que la de su ruptura con Ryan.

—¿De veras?

—Sí. Además, voy a meterme al equipo de basquetbol. Y lo hago sólo por mí —se le iluminó la cara, y se notaba que hablaba muy en serio.

—Ay, Diane —me había quedado sin palabras.

La cabeza me estallaba con toda la información acumulada aquella noche. Aunque no era más que nuestra primera reunión oficial, la mayoría del grupo estaba cambiando y un montón de secretos se estaban dando a conocer.

Seguro que, con el tiempo, más secretos saldrían a la luz.

Puede que, incluso, algunos de los míos.

Dieciséis

La primera salida oficial de nuestro club ocurrió el sábado siguiente: fuimos de compras en busca de vestidos para la fiesta de ex alumnos. Estaba súper emocionada porque Rita había regresado a casa de la universidad de Northwestern y la habíamos nombrado socia honoraria para la ocasión.

Pero antes teníamos que sobrevivir a la cena con nuestros padres, el viernes por la noche.

—Ah, qué alegría tener a mis dos niñas en casa —repetía mamá sin parar.

Traté de ignorar sus comentarios mientras examinaba la carta del restaurante favorito de la familia, The Wilderness, es decir, la tierra salvaje. (Nunca llegué a entender qué tenía de salvaje un restaurante familiar pegado a un centro comercial.)

El camarero se acercó a tomar nota de nuestro pedido y bajé la vista para que Rita fuera la primera en ordenar. Siempre se mostraba mucho más valiente que yo con nuestros padres.

—Yo quiero el *filet mignon* con puré de papa y ajo —pidió, mirando directamente a mamá, desafiándola.

—Rita… —dijo mamá con evidente desaprobación.

Rita tomó la servilleta de su plato y se la colocó en el regazo.

—Madre, las chicas jóvenes necesitan proteínas. Penny, ¿qué vas a pedir?

El camarero me miró, evidentemente desconcertado. Esbocé una sonrisa mientras pedía una hamburguesa, no muy cocida.

Mamá intervino, entrecerrando sus grandes ojos castaños —igualitos a los míos— y sosteniendo la mirada de Rita.

—Rita… Penny Lane… —ah, genial, también yo me había metido en un lío—. Ya saben que respetamos su decisión de comer lo que quieran, pero me encantaría que trataran de entender los argumentos de sus padres.

—Verás, mamá, conozco sus argumentos —Rita levantó las manos e hizo un gesto dramático—. Sé cómo actuaría Paul en una situación así, pero no soy Paul McCartney. Soy Rita Bloom, y decido comer carne. Montones de carne.

Mientras la mayoría de la gente opta por hacerse vegetariana por razones éticas o de salud, mamá y papá lo habían hecho, sencillamente, porque Paul McCartney los había convencido.

Percibiendo la tensión que reinaba en la mesa, papá volteó hacia mí.

—Y dime, Penny Lane, ¿qué planes tienes este fin de semana con tu hermana mayor?

Estaba a punto de hablarle del día de compras cuando Rita interrumpió:

—Estoy encantada, porque voy a conocer a las socias del club de Penny.

"Oh-oh."

—¡Cariño, te inscribiste en un club! ¡Qué bien! —exclamó mamá mientras tomaba un sorbo de agua.

—Sí, qué bien. ¿Qué clase de club, hija? —papá se inclinó hacia mí, interesado.

—Bueno, esteee... en realidad, no es un club oficial.

Fulminé a Rita con la mirada. La situación resultaba humillante. ¿Qué iba a decir? "Miren, papá y mamá: estoy harta de los chicos porque el hijo de sus mejores amigos se portó como un cerdo conmigo, de modo que he decidido unirme con mis amigas y olvidarme por completo de los chicos."

—Lo fundó Penny. Se llama el club de los corazones solitarios —apuntó Rita.

—Ay, Penny, qué maravilla —mamá se llevó la mano al pecho, entusiasmada porque su hija hubiera utilizado un nombre de los Beatles, aunque no tuviera ni idea de qué era el club. Podía haber fundado un club llamado "el submarino amarillo", cuyos miembros salieran de fiesta en el océano y ligaran con cachorros de foca, y mis padres seguirían sintiéndose orgullosos.

—Hija, es magnífico que pongas tanto interés en tus raíces. Bien hecho, muy, muy bien —papá esbozaba una amplia sonrisa de satisfacción.

¿Mis raíces? Mi bisabuelo paterno era inglés, de acuerdo; pero para nada de los alrededores de Liverpool. Y la familia de mi madre procedía de Alemania.

—¿Quieren saber de qué se trata el club? —pregunté—. Unas amigas y yo hemos decidido dejar de salir con chicos... al menos hasta que no abandonemos McKinley.

Los ojos de papá se iluminaron.

—Penny Lane, ¡es una idea magnífica para formar un club!

Mamá se quedó pensativa unos instantes, y luego tomó la palabra.

—Penny Lane, ¿hay alguna razón para que hayas dado este paso?

El corazón me empezó a latir a toda velocidad. Mamá lo sabía. Negué con la cabeza.

—En realidad, no. Habrá sido un conjunto de factores, supongo. Pero es que estoy harta de que mis amigas sufran...

—Bueno, Penny Lane, te repito que me parece genial —papá alargó el brazo encima de la mesa y me tomó la mano—. Quiero que sepas que estaré encantado de bajar más mesas al sótano cuando esto despegue. ¡Y pensar que nuestra niña ha fundado un club de los Beatles!

—¡No es un club de los Beatles! —aparté la mano de un tirón.

Papá me guiñó un ojo.

—Bueno, un padre tiene derecho a soñar, ¿no te parece?

Mamá permanecía en silencio. Me costaba trabajo averiguar su opinión. Pero no pronunció palabra cuando llegó la comida y Rita y yo nos abalanzamos sobre nuestra carne roja y disfrutamos de lo lindo.

Resultaba extraño. Desde la primaria había asistido a innumerables bailes y eventos de cierta formalidad. Pero era la primera vez que salía en busca de un vestido con un grupo de amigas. Sin duda cimentaba la importancia de nuestro club, y demostraba lo bien que podíamos pasarla sin necesidad de chicos. Me dio la impresión de que a las dependientas no les hacía mucha gracia tener que aguantar a seis chicas correteando de un lado a otro de la sección de vestidos, lanzándose gritos entre sí; pero Rita no tardó en ponerse al mando.

—En una escala de calor, ¡estás que ardes, muñeca! —le dijo a Amy mientras ésta salía del probador enfundada en un vestido negro.

Mientras yo observaba la escena, mi hermana agarró su celular y se puso a imitar a la presentadora de uno de esos programas femeninos de televisión.

—A continuación, tenemos a Amy Miller con un vestido de raso negro. Fíjense en el detalle de pedrería en las mangas tipo casquillo, y en el corte estilo imperio que acentúa su generoso busto…

Amy se sonrojó, efectuó una pequeña pirueta e hizo una reverencia.

Se abrió la puerta del probador de al lado.

—¿Están listas para verme? —preguntó Tracy mientras salía para que admiráramos su vestido… o lo que fuera.

Nos quedamos mirándola fijamente. Tracy llevaba lo que podía describirse como una especie de bata, una espantosa bata de flores que ni siquiera mi abuela habría osado lucir en público. Tracy se dirigió, contoneándose, al espejo de tres cuerpos.

—Oye, Pen, se me ha ocurrido que podríamos ir preparando el guardarropa para cuando seamos solteronas —sonrió mientras se quitaba la bata y dejaba al descubierto un ajustado vestido de seda roja con cinturón de lentejuelas a juego. Estaba impresionante—. Vamos, Rita, ¿qué puntuación me das en tu escala de calor?

—Sin duda alguna: ¡al rojo vivo!

Tracy dio una palmadita y se puso a pegar de saltos. Me di cuenta de que cada día se parecía más a Diane. Si alguna vez llegara a comentárselo, me mataría.

—Por lo que se ve, todas han encontrado vestimenta —indicó Rita al tiempo que nos examinábamos unas a otras. Diane había elegido un vestido rosa estilo años veinte; Jen llevaba el clásico vestido negro sin tirantes y Morgan, uno de seda roja de corte imperio, mientras que yo había optado por un conjunto negro de top atado al cuello y falda estrecha de encaje.

Nos colocamos en línea ante los espejos para vernos mejor.

—¿Saben? —dijo Jen—. Me encanta haber elegido un vestido sólo para mí. Antes siempre me detenía a pensar si le gustaría lo suficiente a mi pareja…

—Sí —interrumpió Amy—. Lo suficiente como para quitártelo.

Jen esbozó una sonrisa.

—En serio, es como si me hubiera quitado un peso de encima.

Diane se mordió el labio inferior con ademán nervioso.

—A mí también me pasa, sobre todo porque ahora puedo concentrarme en otras cosas. De hecho, necesito tu ayuda, Jen. Decidí dejar de ser porrista después de la fiesta de ex alumnos y... presentarme a las pruebas de basquetbol.

Se escucharon gritos ahogados. Rita se puso a aplaudir.

—¡Madre mía! —exclamó Tracy—. ¡Diane! Vas a...

—Diane se sonrojó y bajó la mirada— dejar a todos con la boca abierta.

A Diane se le iluminó la cara.

—¿Eso crees?

—¡Pues claro que sí! Me muero de ganas de que el director Braddock se entere de la noticia. Le va a dar un ataque cuando sepa que una de sus queridísimas porristas va a... mmm... a cambiar de equipo, digamos.

Diane se echó a reír.

—Ya me imagino los rumores que van a correr por todas partes cuando se lo diga a las chicas.

—¿Puedo preguntarte cuándo decidiste unirte al equipo? No es tan fácil como parece —dijo Jen.

—No pienso que sea fácil, para nada. Siempre me ha encantado el basquetbol, y a veces iba a practicar con mi padre, porque no tenía un hijo varón con quien jugar, me imagino. Pero quiero formar parte de un equipo. Quiero probar algo diferente. Puede que les parezca un poco egoísta, pero estoy harta de animar a otras personas. Ahora quiero que me animen a mí.

—¿Te gustaría venir este fin de semana y practicar unos tiros? —propuso Jen.

Diane sonrió.

—Será alucinante. Ryan está repasando jugadas conmigo; hemos estado entrenando los fines de semana.

—¿En serio? —preguntó Tracy.

—¡Sí! —la expresión de Diane cambió rápidamente—. Un momento, no hay nada entre nosotros. Confío en que no sea eso lo que estás pensando.

Tracy se encogió de hombros.

—Lleva tiempo animándome a dar el paso, y yo necesitaba un poco de práctica para ver si era o no una nulidad. Pero, por lo visto, Ryan opina que me irá bien. No es que pretenda empezar siendo titular ni nada parecido, aunque, la verdad, no me importa. Lo que quiero es formar parte del equipo.

Jen asintió.

—¡Así me gusta! Y estoy segura de que serás estupenda.

—No sé…

Todas la bombardeamos con palabras de aliento. Me fijé en que la seguridad de Diane iba en aumento al contar con el apoyo general.

Tracy alargó la mano y nos quedamos mirándola unos segundos.

—Vamos… — exhortó.

Coloqué mi mano encima de la suya y, una por una, las demás nos siguieron. Allí estábamos, con nuestros vestidos nuevos, frente a una hilera de espejos.

Tracy me miró antes de tomar la palabra.

—¡Por nuestras nuevas socias, nuestros increíbles vestidos de fiesta y por Diane Monroe, diosa de la canasta!

Lanzamos gritos y vítores. Las pobres dependientas estuvieron a punto de que les diera un síncope sobre sus cajas registradoras.

Una vez que pagamos los vestidos, Tracy sugirió "ponernos como cerdas" hasta que ya no cupiéramos en ellos. Nos esforzamos al máximo.

Después de despedirnos del grupo, Tracy nos llevó a casa a Rita y a mí. Metió un CD en el estéreo del coche.

—Señorita Penny Lane, tengo una sorpresa para usted —anunció. La música de los Beatles inundó el ambiente.

—¡Guau, Tracy! No puedo creerlo…

—Sí, bueno, me gusta pensar que yo también estoy llena de sorpresas —me hizo un guiño.

Rita se inclinó hacia delante, entre el asiento del conductor y el del acompañante.

—¿Sabes una cosa, Pen? Se van a hacer cada vez más populares. A este paso, papá va a tener que ampliar el sótano para que quepan todas.

Sonreí. Tal vez Rita tuviera razón. Tal vez sólo fuera el principio.

Tracy subió el volumen y las tres empezamos a corear la canción.

I've got to admit it's getting better… (Tengo que admitir que está mejorando…)

Diecisiete

Una semana después llegó el momento de ir al baile y me envolvía tremenda desesperación.

¿En qué había estado pensando? Mi mente corría a toda velocidad. ¿Por qué le había dado tanta importancia al hecho de acudir en grupo a la fiesta de ex alumnos? ¡No podía presentarme en público con aquel aspecto!

Escuché unos golpes en la puerta de mi baño. Era Diane.

—Vamos, Penny, ¿qué haces ahí metida? Nos morimos por verte.

Estaba segura de estar sufriendo un ataque de pánico.

—Sí, un segundo…

Traté de ajustarme el vestido por enésima vez, pero resultaba inútil. De ninguna manera podía salir así de casa. Quería llegar al baile con la frente en alto. Hubiera jurado que en la tienda me sentaba mucho mejor. Noté que una capa de humedad se concentraba alrededor de mis ojos. Genial, no sólo tenía un aspecto ridículo, sino que también iba a echar a perder el maquillaje al que Diane había dedicado tanto tiempo.

—Penny Lane, ¡sal de ahí ahora mismo! —rugió Diane, aporreando aún más la puerta.

De acuerdo: eran mis amigas, tenían que ser sinceras. Decidí salir a ver qué tenían que decir. Quizá mi actitud fuera un poco exagerada.

O tal vez, en efecto, me pondría a vomitar.

Abrí la puerta...

—*¡Tarán!* —hice lo posible por efectuar una entrada espectacular, aunque fui incapaz de mirarlas a los ojos.

—Penny, estás preciosa —Diane sonreía, satisfecha—. Estoy tan acostumbrada a verte con camisetas y pantalones de mezclilla... Pero, ¡mírate! —daba saltitos. Nunca había visto a ninguna persona tan emocionada por ir a un baile... con un puñado de amigas.

Sabía que Tracy no tendría pelos en la lengua.

—Y mírate ese pecho. ¿Quién iba a imaginar que tenías semejante delantera?

Diane golpeó a Tracy en el brazo.

—Ya lo sé —repuse yo—. Estoy horrorizada. No me veía así cuando me lo probé. Puede que sea el sostén —bajé la vista y lo único que pude ver fue el escote.

—¡Por favor! —replicó Diane—. Tienes un cuerpo de aullido; hay que empezar a enseñarlo.

—Es verdad. Penny desvaría —intervino Morgan—. ¿Sabes la suerte que tienes de no tener que vigilar lo que comes?

Diane se acercó y se puso a retocarme el peinado.

—No te preocupes, estás impresionante. Además, no es tan malo como piensas. Mírate el cuerpo entero en el espejo, no sólo el pecho. Eres una preciosidad.

Al llegar a la escuela volvimos a retocarnos el peinado y el maquillaje. Me sentía más segura con mi conjunto y, aunque odiaba reconocerlo, una parte de mí se moría por ver la reacción de algunos de los chicos.

Sentí la vibración de la música antes incluso de que abriéramos la puerta principal. Aceleré el paso, de pronto deseosa de llegar al gimnasio y acabar de una vez con la entrada triunfal. Me apresuré a pasar al interior, sin saber bien qué esperar. Al menos, nadie se reía ni nos señalaba.

Entonces lo escuché: el típico chillido agudo y penetrante de las adolescentes cuando se divisan unas a otras en un evento formal.

—¡AAAMMMMMYYYYYY! ¡Qué guapísima estás!

—OHDIOSSANTOJEN, ¡qué vestido!

—¡Mírate!

—¡No, mírate TÚ!

—Vete de aquí. No puedo creer que te hayas puesto ese color.

—No, vete TÚ.

Kara, que al final acudió con pareja, se nos quedó mirando a la seis y comentó:

—Chicas, así que va en serio lo del club, ¿eh?

—Pues claro que sí —respondió Diane con tanto entusiasmo que pensé que probablemente era la más emocionada del grupo.

—Bueno... me alegro —Kara envolvió con un chal su delgado cuerpo—. Creo que jamás podría hacer una cosa así; pero me alegro por ustedes, chicas.

Diane me agarró del brazo.

—Anda, vamos a bailar.

Las seis nos abrimos paso hasta la pista de baile y empezamos a movernos al ritmo de la música. Algunas amigas se sumaron a nosotras. La música estaba demasiado alta como para mantener una conversación, pero me encontré hablando de nuestro club cada vez que otra persona se nos unía.

Al darme la vuelta, me quedé sorprendida cuando descubrí que nuestro grupo de seis se había duplicado. Kara se había sumado a nosotras, junto con varias alumnas de primero y de segundo de bachillerato.

Después de una hora de bailar sin descanso, me tomé un respiro para ir al baño y asegurarme de que me quedaba algo de maquillaje. La estaba pasando tan bien que casi me olvidé de las parejas del baile. Sonreí al pensar en la cantidad de chicas que se pasaban más tiempo en la pista, con nosotras, que con sus respectivos acompañantes.

Marisa Klein, la reina de la fiesta, estuvo tanto rato con nuestro grupo que su novio, el rey de la fiesta, Larry Andrews, tuvo que separarla por fin de un tirón para poder bailar con ella.

Jessica Chambers y su novio tuvieron una bronca porque él la acusó de no prestarle atención. La verdad es que se peleaban por casi todo. A él no lo conocía bien porque iba a otra escuela; pero sabía que Jessica se merecía alguien mejor.

—Me da la impresión de que esta noche somos nosotras quienes atraemos las miradas —comentó Tracy entre risas mientras regresábamos a la pista.

Entonces, el DJ cambió la música pop por una balada y Tracy y yo nos quedamos inmóviles, sin saber qué hacer, mientras las parejas empezaban a pasar junto a nosotras, tomadas de la mano.

—Mmm, ¿se les antoja algo de beber? —preguntó Tracy cuando las demás se unieron a nosotras.

Las seis encontramos refugio alrededor de una mesa, y sentí gran alivio al tomar asiento y descansar los pies.

—Oh, Dios santo, Diane —dijo Tracy, inclinándose sobre la mesa—. ¿Ya viste con quién está Ryan?

"¡¿CON QUIÉN?!"

Lo busqué con la mirada con aire despreocupado. Había estado tan absorta con el club que ni siquiera había reparado en su presencia.

—Tranquilas, chicas —respondió Diane. ¿Tranquilas? ¿Acaso se había vuelto loca?—. Ya sabía que vendría con Missy. No hay problema.

¿En serio? ¿Por qué Diane se lo tomaba con tanta calma? Por fin me di cuenta.

—Un momento, ¿Missy Winston? —dije yo—. ¿Ésa de tercero que le tiró el refresco encima a Kara? ¡Debes estar bromeando!

—En serio, Penny, no es para tanto. Por lo visto, Missy le pidió ser su pareja después de un partido de futbol americano contra Poynette. A Ryan le desconcertó un poco que ella se lo pidiera, pero parece ser que la persona que él quería como pareja tenía otros planes.

—¿A quién se lo iba a pedir? —por algún motivo, el corazón me retumbaba en el pecho.

—No me lo dijo. Le expliqué que ya no salgo con chicos, así que no veo por qué iba a pensar que me molestaría.

La actitud de Diane era mucho más madura de lo que habría sido la mía. Me levanté y decidí que había llegado el momento de dar una vuelta. Erin Fitzgerald me estaba contando algo sobre la obra de teatro de la escuela cuando sentí un golpecito en el hombro.

Al voltear casi me quedo sin aliento. Ryan llevaba un precioso traje negro con camisa azul celeste y corbata azul que resaltaban aún más el color de sus ojos.

—Hola, Penny. Estás preciosa.

—Hola.

Noté que bajaba la vista a mi escote y rápidamente la volvía a subir. Las mejillas se le sonrojaron y se aclaró la garganta.

—Bueno, por lo que se ve, la están pasando de maravilla esta noche. Ahora entiendo por qué decidieron asistir en grupo —se inclinó hacia mí y me colocó la mano en la parte baja de la espalda—. Aunque, aquí entre nos, el hecho de que las mejores chicas de la escuela hayan decidido venir juntas al baile nos complicó las cosas a los chicos a la hora de elegir pareja.

"¡Por favor! El típico coqueteo vacío de siempre", dije para mis adentros.

—Bueno, ya sabes… tenemos que hacerlos sudar un poco —le propiné un ligero puñetazo en el hombro, de una manera un tanto coqueta; pero, al final, el golpe fue más fuerte de lo que calculé.

—¡Ay! —exclamó Ryan—. Órale, Penny, ¿quién iba a creer que tenías tanta fuerza?

Bueno, la cosa marchaba bien.

Nos miramos en silencio el uno al otro mientras la música volvía a cambiar a una balada.

Ryan se pasó los dedos por el pelo.

—Oye, Penny, ¿les importará a tus parejas si bailas conmigo?

Antes de que pudiera responder, se escuchó una aguda voz nasal.

—No, pero sí le importa a TU pareja.

Ryan se puso incluso más nervioso que antes.

—Ah, hola, Missy. No sabía cuándo ibas a volver. Mmm, conoces a Penny, ¿verdad?

Missy me miró de arriba abajo con evidente desaprobación. ¿Por qué se enfadaba? Rodeó con sus brazos la cintura de Ryan y traté de reprimir la risa cuando vi que Ryan daba un respingo.

—Sí, he oído hablar de ti. ¿No es tu padre uno de los Rolling Stones, o algo parecido?

"Tiene que ser una broma."

—Me llamo como un tema de los Beatles: Penny Lane.

Missy se me quedó mirando como si yo fuera una especie de lunática.

—Como tú digas —se limitó a responder—. Ryan, me encanta esta canción. Vamos a bailar —lo agarró de la mano y lo arrastró hasta la pista de baile. Para ser un palillo de metro y medio carente de alma, tenía la fuerza de un centenar de defensas de la liga norteamericana.

La furia y el resentimiento empezaron a bullir en mi interior. Una parte de mí quería interrumpirlos. Sólo para fastidiar a Missy.

Pero había abandonado aquel juego. Estaba con mis chicas.

Aunque me reventaba que Missy hubiera ganado aquel asalto.

Revolution

"We all want to change the world . . ."

Revolution

Dieciocho

Me imaginaba que los bailes se celebraban los sábados por la noche para que la agitación se pudiera disipar a lo largo del domingo, y el lunes fuera un día normal en la escuela.

Bueno, pues en cuanto abrí la puerta del coche de Tracy por la mañana, supe que no iba a ser el caso.

—¡Cierra el pico de una vez! —gritaba Tracy.

Tiré de la manija cautelosamente, confiando en que fuera lo que fuese que estuviera pasando, se detendría una vez que me hubiera subido.

—Eres una fracasada —le gritó Mike a su hermana cuando me instalé en el asiento.

—Sí, y TÚ eres un *friki* —replicó Tracy.

Nadie parecía notar mi presencia en el coche.

—Mmm, chicos... —traté de captar la atención de ambos, pero no funcionó.

—YO no tengo la culpa de que esa novia tuya se la pasara mejor con nosotras —espetó Tracy mientras arrancaba.

—Aléjate de mí, y de todo el mundo que conozco. Me da vergüenza que seas mi hermana.

Tracy pisó el freno a fondo.

—En ese caso, ¡fuera!

Mike abrió la puerta y se dispuso a bajar del coche en mitad de la calle.

—Mike, no… —supliqué.

Se bajó, cerró la puerta de un golpe y echó a correr por la acera.

—Tracy, ¿qué demonios está pasando? Ve a buscarlo. No se puede ir caminando.

Tracy apretaba el volante con las manos.

—No.

—Llegará tarde a clases.

—Por mí, genial.

—De acuerdo, ya basta. ¿Me quieres decir qué pasa?

Tracy volvió a arrancar y mantuvo la vista al frente cuando pasamos de largo a Mike.

—Ayer me hizo un escándalo sólo porque su estúpida novia se pasó casi toda la fiesta con nosotras, en vez de con él.

—¿En serio? ¿Quién era? —me puse a repasar las chicas que habían bailado con nosotras, pero perdí la cuenta.

—La morena menuda con esa falda tan mona de vuelo, color lila.

—¡Órale! ¿Es la novia de Mike?

Tracy asintió mientras detenía el coche en el estacionamiento.

—Pues no entiendo por qué Mike y tú han armado semejante bronca por eso, la verdad.

—Él empezó. Yo ya sabía que encontraría la forma de arruinar una noche increíble —una sonrisa se extendió por el semblante de Tracy—. En serio, ¡pusimos de cabeza ese baile! Las chicas no paraban de decir que sus acompañantes eran unos sosos. ¿Viste a algún chico en la pista que se la pasara bien? No, se sentaron en un grupo enorme y se pusieron a hablar de deportes... —cambió la voz para efectuar su mejor imitación de Mike—. ¡Lo que tú digas, amigo!

Cuando entramos en la escuela me repetía a mí misma sin parar que era otra semana más, que no tenía por qué ponerme nerviosa. Pero mi estómago daba un salto cada vez que me acordaba de Ryan en la fiesta, atrapado entre las garras de aquel monstruo de tercero. Decidí caminar más despacio que de costumbre. Tal vez él no estuviera allí. Tal vez llegaría a convencerme de que no estaba loca. Tal vez...

Cuando doblé la esquina en dirección a mi casillero, lo vi, quitándose la chamarra. Sentí un gran alivio al comprobar que no había señal de La Innombrable.

Empecé a manipular la combinación del cerrojo y noté que Ryan se daba la vuelta. Nos miramos a los ojos. Sonrió, y estaba apunto de decir algo pero...

—Esteee... ¿Penny? —me sobresalté y casi dejé caer mi bolsa de lona. Al voltear vi a Eileen Vodak y Annette Ryan, ambas de tercero, que revoloteaban a mi alrededor.

—Bueno, estee... pensamos que son divertidísimas y la pasamos en grande, esteee... con ustedes, chicas —Eileen se sonrojó y, con ademán nervioso, empezó a enroscarse en el dedo un mechón de su larga melena castaña.

"¿Estuvieron el sábado con nuestro grupo?"

—Verás, mmm, las admiramos mucho. Lo que hicieron fue genial.

—Gracias —respondí en voz baja, confiando en que Ryan no estuviera escuchando.

Annette le dio un empujón con el hombro a Eileen.

—Ah, sí, queríamos saber si su club es sólo para chicas de primero de bachillerato, o si contemplarían la posibilidad de que se apunte gente de tercero...

Me quedé mirando a Eileen unos segundos, mientras trataba de procesar lo que estaba oyendo.

—Ya sé que somos de secundaria, pero...

Abrí los ojos como platos cuando caí en la cuenta de lo que me estaban pidiendo.

—Claro que sí. Cuantas más seamos, ¡más divertido!

Los rostros de Eileen y de Annette se iluminaron.

—Ay, Penny, muchísimas gracias. Sólo dinos qué tenemos que hacer.

Ni siquiera sabía lo que yo misma hacía.

—De acuerdo, les diré.

Cuando se fueron, me volví hacia mi casillero. Ryan cerró el suyo y se inclinó hacia mí.

—Hola.

—Hola —respondí. Por un momento creí que sería incapaz de contener el impulso de zarandearlo y preguntarle en qué diablos estaba pensando al acudir a la fiesta con tan abominable criatura.

—Hola, Penny —me giré mientras Jen y Amy se acercaban.

Dediqué a Ryan una sonrisa de disculpa, aunque sentí alivio por la interrupción. Ryan asintió con la cabeza y se encaminó a su clase.

—Un par de chicas del equipo de basquetbol que tenían pareja me llamaron para hablar del club —explicó Jen—. ¿Crees que podríamos añadir algunas socias más?

Mientras me dirigía a la clase de Español, me fijé en la gran cantidad de chicas que me saludaban.

—*Hola,* Margarita —me saludó Todd en español cuando tomé asiento.

—*Hola* —saqué mi libro y lo abrí en la nueva lección.

Todd se desplazó para acercarse más a mi mesa.

—Oye, Penny, ¿qué tal estuvo tu exhibición de chicas el sábado por la noche?

—Bueno, *nosotras* nos la pasamos en grande. No veo qué tiene de particular —empezaba a sentirme un tanto a la defensiva.

—¿Y qué diablos es eso de que Diane va a dejar el equipo de porristas? —se puso a sacudir la cabeza—. Últimamente hay unas movidas muy raras.

—No es tan raro, creo yo. En todo caso, ¿qué tal te fue con…?

—Hilary —repuso él con una nota de enfado.

—Ah, sí, ¡Hilary! Es una chica genial. Seguro que la pasaron bien —traté de animar un poco a Todd, pues me resultaba extraño que no se estuviera haciendo el tonto.

—No sé cómo es, la verdad. Se pasó casi toda la fiesta bailando con ustedes.

"Ay, es verdad."

Todd abrió el cuaderno y fingió gran interés en sus apuntes. No era su conducta habitual, para nada. Me convencí de que pronto se le pasaría. Tampoco era para tanto.

—¿Por qué habría de importarte lo que piense Todd Chesney? —me preguntó Tracy mientras ella y yo nos dirigíamos a almorzar con Jen y Amy a nuestra mesa de costumbre.

—No es sólo él. Todo el día me han estado llegando vibraciones negativas de los chicos —arrojé sobre la mesa la bolsa con mi almuerzo—. Y un montón de chicas han venido a hacerme comentarios de lo más agradables.

—Ya lo sé, ¿no es genial? —repuso Tracy.

—Hey, chicas, ¿les parece bien que Kara se una a nosotras? —preguntó Morgan, a la que seguían Diane y Kara.

—Claro que sí —respondió Tracy—. Nos encanta que hayas vuelto, Kara.

Kara se sonrojó.

—Bueno, me dijeron que podía volver cuando estuviera preparada…

Tracy abrió los ojos de par en par.

—¡Desde luego! ¡Bienvenida al lado oscuro! —se echó a reír—. Deberíamos juntar esa otra mesa para tener más espacio.

Como era de esperarse, Teresa Finer y Jessica Chambers nos preguntaron si se podían sentar con nosotras. Al poco rato, nuestra mesa estaba abarrotada de chicas que comentaban la fiesta de ex alumnos. Teresa mencionó que su pareja llegó a buscarla cuarenta y cinco minutos tarde y, por lo visto, la "cena especial" que la pareja de Jessica le había prometido resultó ser en un Burger King de los que sirven en el coche. La pareja de Kara se pasó la fiesta ligando con otra chica.

—Chicas, tenían razón —Kara negó con la cabeza y se puso a juguetear con el rabillo de su manzana.

—No se trata de tener razón o no; de lo que se trata es de estar con la gente que te aprecia de verdad —apuntó Diane—. Me alegro mucho de que hayas venido, Kara.

Kara esbozó una sonrisa y le dio un mordisco a la manzana.

—Así que, resumiendo, yo tuve las mejores parejas del baile —concluyó Tracy.

Mientras Diane, Jessica y Jen hacían planes para jugar basquetbol durante el fin de semana, me quedé maravillada al ver que Diane no mostraba la más mínima vacilación a la hora de hablar de su gran cambio. No se le notaba arrepentimiento ni angustia alguna. Sabía que estaba tomando la decisión correcta, incluso aunque al final no la escogieran para el equipo.

Al parecer, ahora teníamos un equipo propio.

Diecinueve

Llegó un momento en que perdí la cuenta de las chicas que nos íbamos a reunir en casa el sábado por la noche. Desde luego, eran muchas las que habían confirmado su asistencia. Tracy me había comentado que Michelle, la novia de Mike, había roto con él únicamente para poder asistir. Él, por su parte, se había buscado a otra persona que lo llevara en coche a la escuela. Yo me sentía dividida: no quería que Mike sufriera, pero si Michelle era capaz de abandonarlo por algo como el club, seguramente la relación no estaba destinada a durar mucho tiempo.

—¿Todo bien, hija? —me preguntó mi padre justo antes de que llegaran mis amigas. Mamá había salido sola porque papá se estaba recuperando de un catarro—. Si te preocupa que pueda interrumpirlas, puedes estar tranquila: tengo una taza de té y un periódico, y me quedaré en mi habitación sin dar lata.

—Todo está bien, papá. Sólo estoy un poco inquieta por la cantidad de gente que se pueda presentar.

—Penny Lane, tu madre y yo estamos muy orgullosos de ti, así que no te inquietes por el número de chicas que vaya a venir. Marisa Klein estuvo haciendo la limpieza esta mañana y me contó que tú y tu club de los Beatles son todo un éxito en la escuela.

—Papá, te dije...

—Sí, ya lo sé —levantó la manos en el aire—. Aun así, sigo estando orgulloso de ti, hija mía.

Sonó el timbre y me dispuse a abrir la puerta.

—Vete arriba y mejórate —le dije mientras se encaminaba a las escaleras.

Tracy y Diane fueron las primeras en llegar.

—¡Esta noche la vamos a pasar en grande! —exclamó Diane.

Miré hacia la calle y vi una hilera de coches que se iban deteniendo. Jen y Amy habían traído a Jessica Chambers y a Teresa Finer. Maria Gonzales y Cyndi Alexander estacionaron la camioneta de Maria detrás de ellas.

—Hola, chicas. Vamos, entren.

Nos encaminamos hacia el sótano y el timbre volvió a sonar: Hilary Jacobs, Christine Murphy, Meg Ross y Karen Brown.

Al poco rato: Jackie Memmott y Marisa Klein, con Erin Fitzgerald y Laura Jaworski, ambas de segundo de bachillerato.

Y después, Michelle —ahora ex novia de Mike—, Eileen Vodak y Annette Ryan: el contingente de tercero de secundaria.

Y para rematar, Morgan y Kara con Paula Goldberg.

Bajé al sótano y me costó creer que hubiera más de veinte chicas de la McKinley: de tercero y cuarto de secundaria, de primero y segundo de bachillerato.

Todas me clavaban la mirada. Me quedé petrificada. Contaban con que les dijera algo, y yo sólo había pensado en ver una película y comer pizza, o algo parecido.

—¡Bravo, Penny! —gritó Hilary, y se puso a aplaudir. La concurrencia completa estalló en aplausos.

¿Yo había provocado todo aquello? Me volteé, esperando encontrarme con algún famoso que se hubiera colado en el sótano.

—¡Shh! ¡Que hable Penny!

¿Quién había dicho eso? No tenía ni idea de lo que esperaban de mí. Abrí la boca al tiempo que elevaba una plegaria para poder salir del paso.

—Gracias, muchas gracias por venir. Mmm, me sorprende un poco el número de asistentes. No sé muy bien qué esperaban, pero…

Miré a Diane y a Tracy en busca de ayuda, y vi que ambas me sonreían. Se notaba que confiaban en mí; ojalá me pasara lo mismo.

—La verdad es que no sé muy bien por qué decidieron asistir a esta reunión. Yo sólo puedo explicarles mis propios motivos para estar aquí, aparte del hecho de que es mi casa, claro está —todo el mundo se echó a reír mientras yo respiraba hondo—. Para ser sincera, ya estoy harta. De los partidos… de los chicos… de todo. Dudo que haya una sola chica entre nosotras que no se haya obsesionado por si un chico la va a llamar o no, o por si va a tener pareja para asistir a una fiesta. Y por culpa de la presión de conseguir un chico para ir aquí o allá, acabamos conformándonos con alguien que no nos merece.

"Entonces, cuando de veras encontramos un chico al que consideramos especial, nos olvidamos de nuestras amigas —procuré no mirar a Diane—. O bien cambiamos de costumbres para agradarle, en vez de hacer lo que queremos o lo que sabemos que es correcto.

"¿Por qué? ¿Por qué tenemos que pasar por eso? Noté que mis nervios se mitigaban y me percaté de que todas y cada una de las presentes asentía en señal de que estaban de acuerdo.

—Sé que habrá quien piense que soy pesimista, pero en serio, examinemos la población masculina de la McKinley, ¿les parece? —las risas resonaron en la estancia—. No es precisamente que tengamos un montón de chicos pasables entre los que elegir.

Algunas socias aclamaron:

—¡Eso, eso!

—A ver, no estoy diciendo que tengamos que renunciar a los chicos por el resto de la vida. No estoy loca hasta ese punto. Pero sé que no deberíamos conformarnos, sé que quiero pasar mis últimos dos años en la escuela McKinley divirtiéndome con mis amigas. Y los chicos no harían más que estropearlo.

"Si miran a su alrededor, verán que hoy hemos reunido a un increíble grupo de gente, un sistema de apoyo perfecto. Si nos unimos, podemos hacer cualquier cosa. Sólo debemos tener fe en nosotras mismas. Y nos merecemos todo aquello que queramos. Si una de nosotras necesita ayuda con un examen, allí estaremos con ella. Si una de nosotras quiere perseguir sus sueños a pesar de lo que puedan pensar los demás —le hice un guiño a Diane—, allí estaremos con ella.

"Así que lo único que pedimos es que las socias se coloquen a ellas mismas y a sus amigas por delante de los chicos. Los sábados por la noche tenemos una cita permanente unas con otras. Tenemos que estar aquí unas por otras, para recordarnos lo especiales que somos.

"¿Y lo mejor? ¡No habrá que soportar más bobadas por parte de los chicos!

Amy se levantó.

—¡Viva Penny!

—No —protesté—. No se trata de mí, se trata de *nosotras*. ¡Viva el club de los corazones solitarios!

El sótano se inundó de escandalosos vítores. Diane se acercó al equipo de música y dio entrada a los únicos varones permitidos en las reuniones del club: los Beatles.

—¿Sabes, Penny? —me dijo Diane por encima de la música—. De haber sabido que el plantón que me ha dado Ryan iba a tener una influencia tan positiva en tanta gente, le habría pedido que rompiera conmigo mucho antes.

Solté una carcajada. No sabía si era por el entusiasmo que me provocaba el club, por la música, o por el sentido del humor de Diane, pero por algún motivo me pareció lo más gracioso que había oído en mi vida.

—¿De qué se ríen tanto? —preguntó Tracy, moviendo las caderas de un lado a otro al ritmo de la música. Golpeó su cadera contra la mía y estuve a punto de tropezarme—. Penny Lane, ¿tienes idea de lo que has organizado? Nosotras solas hemos cambiado la estructura social de la McKinley. ¿Sabes lo que significa?

Nunca me lo había planteado de esa manera.

—¿Qué?

Sonrió.

—Bueno, antes de esto ya pensábamos que los chicos son unos cretinos, ¿no? Pues te garantizo que a partir de ahora se mantendrán a *kilómetros* de distancia.

Las tres intercambiamos miradas y volvimos a reírnos.

Si estar sin pareja el resto de mis años escolares iba a ser así, no me importaba en lo más mínimo.

Veinte

ola, Penny. Soy Ryan.

Me quedé mirando el número que aparecía en mi teléfono. ¿Por qué me llamaba Ryan? Era martes por la noche, y unas horas antes lo había visto en la escuela. Como desde la fiesta únicamente habíamos mantenido conversaciones intranscendentes, escuchar su voz resultaba aún más extraño.

—¿Hola? ¿Penny?

"¡Habla! ¡Di algo!"

—Sí, Ryan. ¿Cómo te va?

—No demasiado mal. Tenía una pregunta sobre Historia. No sé si anoté bien la lección que debemos repasar. ¿Es la doce?

—Un momento, voy a comprobarlo… —salí corriendo hacia mi escritorio para tomar el libro.

—¡Mierda! —un latigazo de dolor me fustigó el dedo gordo del pie izquierdo al golpearme contra la pata de la silla. Genial—. Sí, lección doce.

Se produjo una pausa al otro extremo de la línea.

—¿Estás bien?

Pues no, no estaba bien.

—Sí, perfectamente. Me lastimé el dedo gordo...

—De acuerdo. Gracias, Penny —otra prolongada pausa—. En realidad, hay algo más que quería preguntarte... Estee... mis padres compraron entradas para el concierto de ese grupo que canta canciones de los Beatles. Es en el Centro Municipal, dentro de unas semanas; pero se dieron cuenta de que tienen que ir a una boda fuera de la ciudad, y pensaban averiguar si alguno de sus amigos las quería. Bueno, se me ocurrió que estaría bien ir... si tienes ganas.

Ryan hablaba mucho más deprisa que de costumbre, por lo que tardé unos instantes en comprender lo que decía.

No me estaría proponiendo una cita, ¿verdad?

Pues claro que no. Qué estupidez. Ryan estaba saliendo con esa *cosa* bajita de pelo rizado.

Yo era su amiga. Una amiga que, para colmo, se llamaba como una canción de los Beatles. Tenía sentido que me pidiera una "no cita" para ver a una banda que imitaba a los Beatles.

—¿Hola? ¿Penny?

"Ups."

—Mmm, suena genial.

Podía seguir siendo amiga de los chicos. Ryan y yo siempre habíamos sido amigos, y no había forma de que llegara a verme de otra manera. ¿Qué había dicho en la fiesta de Paul? "Nunca haría nada con ella."

—Estupendo —respondió Ryan—. Diane me ha contado que tus padres están en contra de los grupos que hacen versiones y cosas por el estilo, pero le pareció que a ti te podría gustar.

¡Diane lo sabía! ¿Por qué no me había advertido de que Ryan iba a invitarme... a... una especie de cita de cortesía?

Me aclaré la garganta.

—Será divertido. Gracias por pensar en mí.

—¡Pues claro! Será genial ir a un concierto de homenaje con la mismísima Penny Lane.

"¡Uf!"

—Ya hablaremos de los detalles pero, si quieres, podemos ir al centro temprano y tomar algo antes de la función. ¿Te parece bien?

—Me parece genial, Ryan. Hasta mañana.

Colgué y me quedé mirando el teléfono.

Entonces caí en la cuenta. Había accedido a asistir con Ryan Bauer a un concierto en homenaje a los Beatles. Y ahora tenía que decírselo a la única persona a quien la idea le iba a horrorizar.

—¡Ay, Penny Lane! No, no y no. Me has desilusionado. ¿Pero cómo pudiste?

Iba a resultar más difícil de lo que me imaginaba.

Me senté a la mesa de la cocina.

—Vamos, mamá, no es para tanto.

Mi madre soltó su taza de café y me miró como si yo fuera un monstruo de dos cabezas.

—Mira, Penny Lane: creía que, por la educación que tu padre y yo te hemos dado, nunca se te ocurriría ir a

escuchar a una banda que se dedica a plagiar. Es tan...
¡Dave, échame una mano!

Papá dejó de atrincherarse detrás del periódico y lo
apartó.

—Verás, Becky, no creo que sea necesariamente algo
malo. Al menos, Penny Lane se interesa por sus raíces.
Además, considero que debemos darle un voto de confianza, en el sentido de que sabrá distinguir que lo que
escucha no es nada comparado con lo auténtico, lo de
verdad. ¿Te acuerdas de la vergüenza que le dio aquella
masacre en la graduación de Lucy?

Sí, me había muerto de vergüenza en la graduación
de Lucy pero, por desgracia, las armas de humillación
masiva fueron precisamente mis progenitores. Un pobre
graduado hizo una interpretación no demasiado satisfac-
toria de *Yesterday*, y mis padres estuvieron a punto de
abandonar el auditorio. Se negaron incluso a aplaudir.
No habría estado tan mal si los padres del chico no hubieran estado sentados a nuestro lado, grabándolo todo.
Seguro que les encantó el video con la banda sonora de
los comentarios de sus vecinos: "Bah, qué horror... ¿Por
qué la gente se empeña en manipular a los clásicos?...
Sólo existe un Paul McCartney y tú, niño, no eres Paul".

—Sí, papá. Fue terrible —me levanté y me puse a
vaciar el lavavajillas. Pensé que tal vez eso ayudaría a que
el humor de mi madre mejorara.

—¿Qué dices, Becs? —papá alargó el brazo sobre la
mesa y le dio un apretón en la mano a mamá.

—De acuerdo... —mamá parecía derrotada.

Traté de no echarme a reír mientras abría la alacena superior para guardar los vasos.

—Vamos, anímate. Y, recuerda, ¡dentro de unas semanas tendremos invitados! —papá se esforzaba para que sonriera.

—¡Es verdad! Penny Lane, se nos ha pasado decírtelo. Tenemos una noticia magnífica: los Taylor van a pasar el Día de Acción de Gracias con nosotros. ¿No es…?

Parpadeé varias veces para recobrar la concentración mientras notaba que un vaso se me escurría de la mano. Se produjo un estallido en el suelo. Alcé la mirada y vi un gesto de conmoción en el rostro de mis padres.

¿De veras acababan de decir…?

—Ay, Penny —mamá se levantó y sacó la escoba y el recogedor del armario de la limpieza. Me quedé ahí, parada, mientras se ponía a limpiar a mi alrededor—. ¿Qué te pasó?

No podía siquiera empezar a explicarlo.

Era una auténtica pesadilla.

Veintiuno

A la mañana del día siguiente continuaba en estado de *shock*. Me senté, aturdida, mientras esperaba a que Tracy viniera a buscarme. Tras la espantosa noticia de la noche anterior, necesitaba más que nunca a mi mejor amiga.

El coche giró en Ashland y prácticamente me planté corriendo en mitad de la calle. No había llegado a detenerse del todo cuando abrí la puerta y me subí al asiento del acompañante.

—Madre mía, conozco a una que se muere por llegar a la escuela —bromeó Tracy.

—¡No vas a creer lo que pasó anoche! —la voz me temblaba, y me encontraba a punto de una crisis nerviosa en toda regla.

—¡Caramba, Pen! ¿Qué demonios te pasa? Con lo que ha ocurrido en las dos últimas semanas, no puede ser tan malo.

—¡Ay! ¡En serio, en serio, en serio...! Vas a tener que detenerte para escuchar esto.

Tracy detuvo el coche y le conté la noticia. Las palabras salían de mis labios como si me hubieran estado infectando por dentro desde hacía semanas, en vez de horas.

—¡¡¿CÓMO?!!! ¿Por qué no me llamaste?

—Te dejé unos catorce mensajes.

Tracy metió la mano en el bolso y empezó a soltar palabrotas mientras encendía el teléfono celular.

Continué:

—Es... es... tan horrible. No quiero volver a verlo. ¿Qué se supone que voy a hacer? —las lágrimas se me agolpaban bajo los párpados.

—¿Aparte de asesinarlo, quieres decir? ¿Qué te dijeron tus papás, exactamente? Y otra cosa, ¿les explicaste que ese idiota no es bienvenido en tu casa?

Negué con la cabeza.

—Pues claro que no. Sabes que mis padres no tienen ni idea de lo que pasó con Nate este verano. A veces juraría que no se enteran de nada.

—De acuerdo, hazme un resumen. Y luego voy a convocar una reunión de emergencia del club de los corazones solitarios a la hora del almuerzo, para que podamos juntarnos y echarte una mano.

No sólo estaba pasando la mañana más terrible de mi vida, sino que también me fue de la patada en las clases.

Por suerte me tocó Tyson de compañero de laboratorio para la disección de un feto de cerdo, y aparentemente sabía de biología tanto como de *punk rock*. Yo debía de tener una pinta espantosa, porque hasta él se percató de mi estado de ánimo.

—¿Todo bien? —preguntó, al tiempo que levantaba la vista del programa de la asignatura.

Asentí con gesto débil.

—Bueno, ¿cómo quieres que lo llamemos?

No me imaginaba de qué estaba hablando.

—¿Cómo dices?

Una sonrisa cruzó su semblante. Me sorprendí al descubrir que tenía una dentadura preciosa.

—Ya sabes, ¿cómo lo llamamos? —señaló el feto de cerdo, colocado en la bandeja de disección.

—Ah, ya.

—Bueno —Tyson se inclinó hacia delante y empezó a examinar al animal—. Estaba pensando en llamarlo *Babe*, o tal vez *Wilbur*.

Me quedé mirándolo, sorprendida.

—¿Qué pasa? ¿Acaso creías que lo llamaría algo así como *Masacre* o *Asesino*?

No tuve más remedio que echarme a reír. Eso era exactamente lo que había pensado.

—Me gusta *Wilbur* —miré al pobre cerdo.

—Pues *Wilbur*, no se hable más —Tyson cogió un rotulador y escribió el nombre en la bandeja.

Cuando terminó la clase, reuní mis libros a toda prisa y prácticamente salí corriendo del laboratorio, atropellando a la mitad de mis compañeros. La visión de los alumnos charlando y los casilleros cerrándose de golpe se volvió borrosa ante mis ojos a medida que me precipitaba hacia la cafetería.

Al llegar, vi que Jen y Tracy estaban juntando mesas en el rincón más apartado.

—Me parece que hoy vamos a tener mucho público —comentó Tracy, mientras acercaba unas cuantas sillas. La gente que se sentaba a nuestra mesa ya había superado en número al conjunto de deportistas y porristas. Las socias empezaron a llegar a toda velocidad. Me sonreían o me abrazaban antes de tomar asiento.

Pasados unos minutos, se hizo el silencio alrededor de la mesa, y me di cuenta de que todo el mundo me miraba con una sonrisa alentadora.

—Bueno, supongo que debería empezar —aparté mi sándwich y me incliné hacia delante para que me oyeran bien.

—En primer lugar, muchas gracias por haber venido por mi causa. La verdad es que necesito toda la ayuda posible —paseé la vista por los rostros de mis amigas, las de toda la vida y las nuevas. Respiré hondo, dispuesta a explicar mi dilema—. Mmm, ¿alguna de ustedes se acuerda de Nate...?

Por lo visto, se acordaban, ya que escuché un coro de gruñidos y capté las palabras "imbécil", "cerdo" e "idiota".

—Bueno, pues anoche mis padres soltaron la bomba: Nate y su familia van a pasar el Día de Acción de Gracias con nosotros.

Hilary levantó la mano.

—¿Sí, Hilary?

—¿Por qué no les cuentas a tus papás lo que pasó? Lo más seguro es que lo entiendan perfectamente y cancelen la invitación a ese cretino y su familia.

—Lo había pensado, pero el señor Taylor es uno de los mejores amigos de mi papá. No quiero que se entere de que el hijo de su amigo es un auténtico cerdo.

Jackie Memmott fue la siguiente en levantar la mano.

—Chicas, no estamos en clase —indiqué—. No tienen que levantar la mano.

Jackie bajó la suya al instante, evidentemente avergonzada.

—Perdona, Jackie. ¿Querías decir algo?

—Penny, si quieres puedes pasar el Día de Acción de Gracias con mi familia.

Un grito sonó al unísono: "¡Y con la mía!". Era la prueba que me faltaba para saber que, pasara lo que pasara, lo superaría.

—Muchas gracias a todas. Puede que haya reaccionado de manera un poco exagerada. Posiblemente volver a verlo me hará bien. En realidad, nunca acabamos de aclarar la ruptura. Me limitaba a huir cuando me lo encontraba por la casa.

—Oye, Pen —intervino Tracy—. Me encantaría ayudarte en lo de aclarar la ruptura. O sea, si con "ruptura" te refieres a "darle una patada en el trasero".

Empecé a relajarme. Además, quizá Tracy no anduviera desencaminada. No es que pensara ejercer la violencia contra Nate, pero no estaba dispuesta a dejar pasar la oportunidad de aclarar las cosas con él.

—De acuerdo, basta ya de hablar de mí. ¿Alguien más tiene algún asunto relacionado con los chicos, o con lo que sea?

Jen se levantó como un resorte de su silla.

—¡Pues sí, ahora que lo dices! —señaló con un gesto a Jessica y a Diane.

—Como muchas de ustedes saben, el equipo femenino de basquetbol necesita uniformes nuevos urgentemente. Y ya que, por lo que parece, todos los fondos destinados al deporte se dedican a los equipos masculinos, tenemos que organizar algún tipo de colecta. Este año queríamos hacer algo diferente, en lugar de lavar coches o de la típica venta de golosinas. ¿Qué les parece una noche de karaoke para recaudar fondos?

Erin Fitzgerald gritó a voz en cuello:

—¡Jen, me encanta la idea! ¡Excelente!

Nadie se sorprendió por la reacción de Erin, ya que la escuela entera sabía que tenía la mejor voz de McKinley y que la oportunidad de demostrarlo le emocionaba.

—Gracias, pero ¿creen que realmente la gente se apuntaría? —preguntó Jen—. ¿Pagarían un dólar por canción para actuar en público? —Erin levantó la mano—. Aparte de Erin, quiero decir.

—¿Podríamos salir en grupo? —se interesó Amy.

—No veo por qué no —las presentes se pusieron a hablar unas con otras, y cuando empezaron a comentar sobre las canciones casi todo fue señales de asentimiento y demostraciones de entusiasmo.

Jen parecía optimista.

—De acuerdo, lo haremos. Pero, chicas, prométanme que ayudarán a animar el ambiente si el público se acobarda.

Erin se puso de pie.

—Te prometo que seré la primera en subir al escenario. ¡Me muero de ganas!

—Bueno, Diane, ¿cómo van los entrenamientos? —preguntó Amy.

Diane sonrió.

—La verdad es que en los últimos días la gente me ha estado mirando de una manera distinta porque... —suspiró mientras se levantaba y colocaba un pie sobre la mesa.

Tracy ahogó un grito.

—¡Diane! ¡¿Tú, con tenis?!

—¡Sí! La versión oficial es que tengo molestias y no me puedo poner tacones. Me muero de risa de que no se hayan dado cuenta, chicas. Total, ¡sólo mido unos diez centímetros menos!

—¡Sabía que había algo diferente! —vociferó Tracy.

—Ah, y eso no es todo —Diane puso una expresión traviesa mientras abría su bolsa del almuerzo y sacaba un pedazo de pan de grandes proporciones—. ¡Ahora como carbohidratos complejos!

—¡Madre mía! —Tracy tenía los ojos como platos—. Pareces otra persona, completamente.

Diane le lanzó una servilleta a Tracy.

—No, lo que pasa es que con las sesiones de entrenamiento me da hambre. Chicas, es alucinante. Estoy entusiasmada.

—Les aseguro que va a conseguir una plaza en el equipo —declaró Jen—. Meg, tienes que redactar un artículo sobre nuestra jugadora más reciente.

Meg Ross sonrió.

—Por cierto, hay algo que quería comentar con ustedes el próximo sábado, pero tengo fecha límite, así que no hay mejor momento que el presente. Como algunas saben, soy la redactora de la sección de Sociales del *McKinley Monitor* y, bueno, me gustaría escribir un artículo sobre el club de los corazones solitarios.

"Ay, Dios santo, no."

No me sentía capaz de enfrentarme a ningún otro acontecimiento extraordinario en mi vida. ¡El periódico de la escuela!

Meg prosiguió:

—La noticia empieza a correr por todas partes y hay mucha gente que no acaba de entender bien de qué trata el club. Me parece importante que demos a conocer nuestra versión de la historia, ¿qué les parece, chicas?

Meg me miró directamente al formular la pregunta, y entendí que sólo cabía una respuesta.

El club de los corazones solitarios estaba a punto de darse a conocer a lo grande.

—Entonces, ¿a tus padres les parece bien lo del concierto? —me preguntó Ryan al final de las clases.

—Bueno, digamos que aceptaron.

Ryan me sonrió y noté que el corazón me daba un vuelco. Realmente tenía que superar lo que me ponía tan nerviosa en relación con nuestra salida, fuera lo que fuera.

—Hola, chicos. Ryan, ¿listo para una carrera? —Diane se acercó a nosotros con su atuendo de entrenamiento.

—Sí, sólo tengo que entregarle a Braddock unas cosas de la asesoría sobre el alumnado —repuso Ryan.

—Oye, en serio, ¿qué pasa con eso?

Ryan se encogió de hombros.

—En cuanto acabe de enterarme, te lo cuento. Ya pasamos del tema del futbol americano a la próxima temporada de basquetbol. Empieza a molestarme perder tiempo de clase una vez por semana.

Diane elevó los ojos al cielo.

—¡Ay, pobrecito!

Ryan le hizo una mueca y luego se encaminó al despacho del director.

Parecían llevarse estupendamente… aunque yo sabía mejor que nadie que sólo eran amigos, nada más.

—Por fin estamos solas —Diane me sonrió—. Bueno, se descubrió el pastel.

Me detuve en seco.

—¿Se puede saber de qué estás hablando?

—Dime, ¿cuándo, exactamente, pensabas contarme que Ryan y tú van a ir a un concierto?

El corazón me dejó de latir.

—Ay, Diane, lo siento. Con todo ese lío de Nate, bueno, se me pasó. Iba a contártelo, y también a las del club; pero no quería que pensaran que se trata de una cita o algo por el estilo. Verás, pensaba decirle que no, pero Ryan más o menos dio a entender que había sido idea tuya, así que decidí que no te importaría…

Diane se echó a reír.

—¡Oye, Pen! Tranquila, ¿de acuerdo? No estoy enojada. Sólo estaba esperando a que dijeras algo. ¿En serio te preocupa lo que puedan opinar las del club?

—¿Sinceramente? Pues no lo he pensado mucho, la verdad. Me llamó anoche, y luego, antes de que pudiera darme cuenta, mis padres me soltaron la bomba de lo de Nate. Así que... —la situación me resultaba incómoda—. ¿Exactamente qué te contó Ryan?

La sonrisa de Diane se amplió.

—No gran cosa. Me preguntó si creía yo que te gustaría acompañarlo al concierto. Tenía miedo de ofenderte.

—¿Por qué?

Diane enrolló un largo mechón rubio alrededor de un dedo.

—Pensaba que serías una fan empedernida de los Beatles y que no te gustaría escuchar a una de esas bandas chafas que interpretan versiones. Conozco la opinión de tus papás.

—Sí, no entienden que se hagan versiones de nada, ni siquiera de películas. Son muy conservadores, aunque el término "conservador" es probablemente el último que la gente emplearía para describir a mis padres.

Diane me sonrió.

—Bueno, estoy segura de que la pasarán muy bien.

—Diane, ¿de veras te parece bien que vaya al concierto?

Diane asintió.

—Pues claro. Los dos son las personas más importantes de mi vida. ¿Por qué habría de molestarme?

Guardé silencio unos segundos.

—De acuerdo.

—Voy a calentar. ¿Le dices a Ryan que lo espero en la pista?

—Claro.

De pronto, la idea de tener que encontrarme a solas con Ryan me resultó incómoda.

Transcurridos unos minutos, él regresó.

—Dice Diane que te ve en la pista.

—De acuerdo, gracias.

Me dispuse a dirigirme al casillero de Tracy.

—Oye, Penny —dijo Ryan elevando la voz.

—¿Sí?

Me giré y vi que me sonreía.

—Me alegro mucho de que quieras acompañarme al concierto. Será genial pasar juntos una rato fuera de la escuela.

Me quedé mirándolo.

—Hasta mañana —concluyó. Al pasar corriendo a mi lado, alargó la mano y me dio un suave apretón en el brazo.

Aquello no podía terminar bien, de ninguna manera.

Veintidós

eg se pasó aquel sábado entrevistando a las socias del club para su artículo, y quiso entrevistarnos a Tracy, a Diane y a mí por separado.

A pesar de que yo apoyaba el club cien por ciento y me alegraba con toda el alma del éxito que habíamos conseguido, la entrevista no podía haber llegado en peor momento. Las miradas que últimamente nos lanzaba la población masculina de la escuela McKinley, así como las chicas que no eran socias, resultaban cada vez más incómodas. Sin ir más lejos, Todd me había retirado la palabra.

—¿Te consideras feminista? —preguntó Meg una vez que la hube puesto al día sobre los antecedentes del club.

—Mmm, supongo.

"Bonita respuesta."

Tenía que concentrarme en la entrevista, lo sabía. El club era demasiado importante para mí como para hacer lo contrario, y realmente deseaba que quedara reflejado de una manera positiva.

—Más vale que estén diciendo cosas agradables sobre mí —interrumpió Tracy al llegar—. ¿Me toca ya?

Meg apagó la grabadora.

—Tengo que ir a buscar otra memoria. Volveré enseguida.

Durante más de una semana había evitado contarle a Tracy lo de mi próxima cita, o lo que fuera, con Ryan. Cuando Meg se fue y nos quedamos a solas, me pareció una buena ocasión.

Después de contarle, le pregunté:

—¿Qué te parece?

—Suena divertido, Pen. No es una cita en plan romántico ni nada parecido, ¿verdad?

—¿Estás bromeando? Claro que no, Tracy. Sólo es un concierto. Nada del otro mundo.

—Sí, Ryan siempre me ha caído bien. Me sorprende que todavía no haya vuelto a salir con alguien.

—Bueno, fue con Missy a la fiesta de ex alumnos...

—Penny, no están saliendo; la llevó de pareja, nada más. Sigue cien por ciento soltero y sin compromiso —el corazón se me detuvo—. Debería aconsejarle a Meg que escriba una especie de columna de chismes en el *Monitor*. No sé qué sería de ustedes sin mis conocimientos de los enredos del alumnado. En todo caso, no vas a creer lo que me hicieron anoche esos mocosos a los que estuve cuidando...

Y así, el asunto quedó zanjado. No tenía por qué preocuparme. Sólo iba a ser una noche en la que dos compañeros de clase asistían a un concierto. Nada más.

Daba la impresión de que Diane iba a vomitar.

—Todo saldrá bien, ya verás —traté de tranquilizarla.

—Ay, Dios mío; ay, Dios mío; ay, Dios mío —se puso a recorrer el pasillo con los puños apretados.

Tracy y yo intercambiamos una mirada de preocupación.

Diane se repantigó en el suelo.

—¿En qué estaba pensando?

Me senté a su lado. Tracy se alejó un par de metros, con Jen, para darnos intimidad.

—Diane —la abracé por los hombros—, sigo impresionada por lo mucho que has cambiado en las últimas semanas. Deberías sentirte orgullosa, pase lo que pase.

Levantamos la mirada y vimos a la entrenadora Ramsey, quien abrió las puertas del gimnasio y, con paso lento, se encaminó hacia el tablero de noticias. Un grupo de chicas formó un pasillo para dejarla pasar, y en cuanto hubo clavado una hoja de papel, se volvieron a apiñar.

—¿Quieres que vaya a enterarme? —me ofrecí.

Diane levantó la vista al tiempo que varias chicas empezaban a dar saltos y a lanzar vítores. Tracy se acercó y examinó la lista. La entrenadora Ramsey pasó junto a nosotras de regreso al gimnasio, hizo una pausa y volteó.

—Bienvenida al equipo, Monroe.

Diane abrió los ojos de par en par.

—¿Quiere decir que…?

—¡Pues claro que estás en el equipo! —Tracy ya no pudo contenerse—. Diane, ¡te colaste en el maldito equipo de primera categoría!

Diane se levantó de un salto, salió como una flecha hacia el tablero de noticias y examinó la lista.

—Yo… yo… —se giró hacia nosotras—. ¡Lo logré! Dios mío, ¡lo logré! —regresó corriendo y me dio un enorme abrazo.

—Enhorabuena, ¡sabíamos que podías! —me sentía tan emocionada por su triunfo que, prácticamente, le hablaba a gritos—. Muy bien, chicas, ya pueden acercarse.

Una multitud vociferante, con pancartas que decían "Felicidades, Diane", dio la vuelta a la esquina a la velocidad de un rayo.

—¿Qué pasa? —preguntó Diane, conmocionada.

—No querías que armáramos un espectáculo por si no te aceptaban en el equipo pero, claro, todas querían estar aquí, acompañándote.

Laura desplegó con orgullo su pancarta: "Bien hecho, Diane" y, rápidamente, la apartó para dejar a la vista la segunda opción: "Que se fastidien. No saben lo que se pierden". Laura le guiñó un ojo a Diane:

—Siempre hay que estar preparada.

Un gentío de admiradoras se arremolinó alrededor de Diane, incluyendo a las jugadoras de su nuevo equipo.

Tracy me rodeó con el brazo.

—¡Nuestra pequeña ha crecido! ¿Alguna vez te imaginaste que podía llegar a suceder? —preguntó Tracy.

Negué con la cabeza.

Ni en sueños.

—¡Últimas noticias! ¡Lean todo sobre nuestro club! —Meg me saludó al encontrarme junto a mi casillero el lunes, entre clase y clase, y me entregó un ejemplar del *McKinley Monitor*.

Agarré el periódico y busqué directamente el encabezado sobre el club y nuestra foto, ¡en primera plana!

—Ay, no me imaginaba que sería tan grande —comenté, mientras trataba de poner freno a un ataque de pánico.

Corrí a toda prisa hasta el baño de mujeres, examiné los gabinetes para asegurarme de que estaba sola y me senté. En términos generales, se trataba de la historia que ya me iba resultando un tanto anticuada... hasta que llegué al final:

Los rumores sobre el club han estado cundiendo en las últimas semanas, sobre todo entre los varones de McKinley.

—Tantos estrógenos juntos no pueden ser nada bueno —comentó Todd Chesney, de primero de bachillerato—. En mi opinión, todo ese rollo de no salir con chicos es una estupidez.

—En realidad, no he notado grandes cambios en las chicas de la escuela, sólo que están demasiado ocupadas para relajarse —añadió Derek Simpson, del último curso.

A pesar de una cierta inquietud por parte de la población masculina del McKinley, por el momento no da la impresión de que el club de los corazones solitarios vaya a reducir su marcha por el momento.

—Será emocionante ver qué ocurre a continuación —ha señalado Bloom—. La verdad, no parece que haya un final a la vista.

Una cosa está clara: esta reportera está deseando que llegue su cita de los sábados por la noche, gracias a Penny Bloom y su corazón solitario.

Clavé los ojos en las últimas palabras.

"Penny Bloom y su corazón solitario."

Se me hizo un nudo en el estómago cuando me di cuenta de que la escuela entera iba a leerlo. *La escuela entera.*

¿Qué iba a pensar la gente de mí cuando el artículo se divulgara?

Veintitrés

Me sentía abierta por la mitad. A la vista de todos. Por lo tanto, parecía apropiado encontrarme en la clase de Biología diseccionando un cerdo. Tyson, mi compañero de laboratorio aficionado al punk rock, dijo:

—Mmm… Penny. Hay algo, esteee… que quería comentarte —se recostó sobre el respaldo de su silla y se contempló las manos—. Mmm, leí lo de ese club tuyo en el periódico. ¿Es verdad que las socias no pueden salir con nadie?

—Bueno, sí; pero el club es más que eso —repliqué.

Por primera vez desde que lo conocía, Tyson me miró directamente a los ojos.

—¿Sabes? No todos los chicos de la escuela son unos cretinos.

Me desconcerté.

—Me parece que no…

Se acomodó el pelo detrás de las orejas.

—Puede que algunos nos merezcamos una oportunidad.

Me puse a asentir con movimientos lentos.

—Verás, a un chico le cuesta mucho reunir el valor para declararse a una chica.

Bajé la mirada, sin saber qué responder.

—Yo me había decidido, por fin; y entonces leí el artículo. Ahora no tiene sentido, porque Morgan no puede salir con nadie.

Boquiabierta, miré hacia donde Morgan y su compañero de laboratorio leían el programa de la asignatura.

—¡No voltees! —ordenó Tyson con brusquedad, al tiempo que se hundía en su asiento.

"Ay, Dios mío."

¡A Tyson le gustaba Morgan! ¡Podía haberlo dicho antes!

—Olvida lo que te dije —concluyó.

Abrió su cuaderno y empezó a escribir enérgicamente. Eché una ojeada por encima de su hombro encorvado y vi palabras por toda la hoja que recordaban a la letra de una canción. Sentí ganas de arrancarle el cuaderno de las manos y leer lo que había anotado. Lo había visto escribir en otras ocasiones, pero pensaba que hacía garabatos o copiaba el nombre de su banda una y otra vez. No me había enterado de que en aquellas páginas dejaba sus sentimientos al descubierto.

Me dirigí a la cafetería aturdida a más no poder. Mientras aguardaba en la fila, debatiéndome entre la pizza y los nuggets de pollo, escuché esa espantosa voz chillona.

—¡Madre mía! ¡Qué patético!

Missy estaba a mi lado, junto a un par de fieles imitadoras.

Tomé una rebanada de pizza y una botella de agua y me dirigí a la caja registradora. Me siguió de cerca.

—Chicas, miren. Por Dios, es Penny, *la solitaria.* ¿Dónde están tus seguidoras, eh? —Missy giró la cabeza de un lado a otro con gesto teatral, paseando la vista por la cafetería. Luego me miró a la cara, mientras su rebaño soltaba risitas detrás de ella—. ¿Será que en su club sólo admiten ilusas?

Puse los ojos en blanco y traté de rodearla para marcharme, pero se movió y me cortó el paso.

—¿Hablas en serio? —contraataqué—. ¿Cuál es tu problema, exactamente?

Ahora nos observaba más gente.

Missy abrió los ojos como platos, tratando de parecer la inocencia personificada.

—¿Problema? *¿Moi?* No, para nada. Es sólo que me da lástima verte tan *solitaria* —sus incondicionales entrechocaron las manos.

—Esto es ridículo…

Intenté dar media vuelta, pero Missy me agarró por el codo.

—¡Cómo! ¿No puedo inscribirme en tu club? Ah, espera, no puedo porque, claro, los chicos *sí* quieren salir conmigo.

Una voz llegó desde mis espaldas.

—No puedes inscribirte porque sólo aceptamos a personas con un cierto coeficiente intelectual —Missy me soltó, y al girarme vi a Diane parada detrás de mí, con los brazos cruzados—. Además, por lo general preferimos gente que tenga sentido de su propia identidad. Bonito suéter, Missy —Diane hizo un gesto hacia el suéter de Missy, con escote redondo y atado a la cintura—, como los que yo usaba hace dos años.

Pensé que ahí se acabaría la cosa, pero entonces Diane se inclinó hacia Missy y espetó:

—Puedes tratar de imitarme todo lo que quieras. Jamás saldrá contigo.

De haber sido humanamente posible, a Missy le habría salido humo por las orejas. Estaba disfrutando tanto la escena, que me sobresalté cuando Diane enlazó su brazo con el mío y me dijo:

—No perdamos más tiempo, Pen.

Cuando llegamos a nuestro conjunto de mesas, nos recibieron con aplausos. Diane hizo una reverencia.

—¡Hey, chicas! —una potente voz silenció al grupo. Volví la cabeza y vi a Rosanna Shaw, del último curso, con su bandeja del almuerzo. La colocó en el estrecho espacio libre entre Tracy y yo—. ¿Te molestaría moverte? —le indicó a Tracy.

Tracy se desplazó y Rosanna tomó asiento.

—Chicas, el artículo me gustó muchísimo, me EN-CANTÓ, de veras. ¿De qué estaban hablando? —preguntó Rosanna, como si se estuviera perdiendo algo importante.

Me encogí de hombros.

—De nada en particular, sólo comentábamos cómo nos ha ido hoy…

—En todo caso, no van a creer lo que me pasó esta mañana cuando me preparaba para la escuela… —Rosanna empezó a contar una interminable historia que, según creo, tenía que ver con que se le había terminado el agua caliente en la ducha, aunque se estaba alargando tanto que dejé de prestar atención. Miré alrededor de la mesa y vi que todo el mundo bajaba la vista.

Kara se inclinó y le comentó algo a Morgan.

—Un momento, ¡no he terminado! —explotó Rosanna.

—Mmm, verás —intervino Diane—, el caso es que, durante el almuerzo, a la gente se le permite hablar entre sí.

Unas cuantas del grupo se echaron a reír.

—Lo siento. Me imagino que tendré que acostumbrarme a las reglas. Es sólo que interrumpir a los demás me parece de mala educación.

Rosanna continuó hablando durante el resto del almuerzo. Como era de esperarse, casi todo el mundo se fue antes de tiempo.

—Uf, Penny, en serio, tenemos que organizar un proceso de admisión —declaró Tracy mientras nos dirigíamos a mi casillero—. Después del artículo, un montón de chicas van a querer entrar en el club y me temo que no necesariamente por las razones adecuadas. Nadie se traga que Rosanna Shaw esté a favor de la convivencia femenina. Lo único que busca es un público más amplio para sus aburridas historias.

Vacilé.

—Sé que a veces se pone pesada, pero considero que, al menos, deberíamos darle una oportunidad.

—Supongo que sí. ¡Oye! ¿No te sorprende que no le pegara un grito o algo parecido? ¡Este club me está moderando!

Sacudí la cabeza mientras recogía los libros para el resto de la tarde.

—Hola —Ryan se puso a rebuscar en su casillero—. Ese artículo del periódico es genial.

—Gracias —aquello sólo iba a durar un día, ¿verdad?

—Bueno —Ryan se apoyó en los casilleros y empezó a juguetear con la esquina de su libro de Física—, ¿seguimos en lo acordado para la semana que viene?

—Sí, claro, ¿por qué lo dices? —le pregunté.

—No, por nada… —me puso una mano en el hombro y noté una descarga de electricidad—. Como ahora eres oficialmente famosa, quizá necesites una cierta protección —alargó el brazo—. ¿Me permites acompañarte a tu próxima clase?

Con actitud vacilante, empecé a alargar la mano hacia él. Tenía los nervios de punta.

—¡Santo Dios! Dime que me estás tomando el pelo —vociferó Todd a medida que se aproximaba a Ryan—. Ni se te ocurra darle ánimos a Eleanor Rigby.

Ryan dejó caer el brazo.

—Todd…

—Lo que tú digas, Ryan. ¿Nos vamos a clase, o qué? —Todd ni siquiera me miró. Antes de que Ryan pudiera pronunciar palabra, le dije que tenía que irme y me encaminé por el pasillo.

—Ay, Penny, ¿te sientes solitaria? —dijo una voz (no la de Todd) a mis espaldas, entre risas. Bajé la vista al suelo, deseando llegar a la clase lo antes posible.

Mientras avanzaba por el pasillo, seguí escuchando a gente que se reía y pronunciaba mi nombre.

You've Got to Hide Your Love Away

"How can I even try?
I can never win . . ."

You've Got to

Veinticuatro

ras la publicación del artículo, la escuela me resultaba insoportable: la curiosidad, las miradas, el repentino interés por el club. Me sentí exultante cuando, por fin, llegó la noche del sábado. Justo antes de dirigirme a la planta de abajo, consulté mi correo electrónico una vez más y encontré un mensaje de Nate con el siguiente asunto:

LÉELO, POR FAVOR.

Vacilé unos segundos antes de abrirlo.

Pen:
Confío de veras en que me des una oportunidad al leer este correo, aunque seguramente no lo harás. Tienes razones más que suficientes para estar furiosa conmigo. Lamento muchísimo haberte hecho daño. Desde que regresé a casa tengo el ánimo por los suelos. Te extraño mucho. Eres todo para mí y lo que hice, lo que dije, estuvo horriblemente mal. Soy un idiota. Un cretino. Un fracasado.

Te pido perdón, Penny. Si estuviera en mis manos borrar lo que hice y acabar con el daño que te he causado, no lo dudaría. Haría cualquier cosa por ti. Te necesito en mi vida, y sin ti estoy perdido.

Extraño hablar contigo. Extraño verte. Te extraño a Tl.

Cuando mis padres me dijeron lo de Acción de Gracias, la idea de volver a verte me emocionó, hasta que comprendí que a ti no te ocurriría lo mismo. ¿Crees que tu precioso y compasivo corazón accederá, por lo menos, a escucharme el día de Acción de Gracias? Pen, hay tantas cosas que quiero decirte... Eres todo para mí. Quiero que vuelvas, y estoy deseando hacer lo que sea para volver a ganarme tu confianza.

Por favor, habla conmigo.

Besos,

El idiota integral.

El cursor revoloteó sobre el comando "Eliminar", pero no me sentí con fuerzas para borrar el mensaje.

Sonó el timbre y di un respingo. Tuve que salir corriendo y aparté el correo de Nate de mi mente.

—¿Estás bien? —preguntó Tracy al verme.

Asentí.

—Creo que la reunión va a ser multitudinaria. Más vale que empecemos con los preparativos.

Diane y Tracy intercambiaron miradas de inquietud. Yo fingí no darme cuenta.

Media hora más tarde, la reunión era un auténtico caos.

Al llegar a cuarenta, perdí la cuenta de las chicas que se habían congregado en el sótano. Semejante concurrencia debería haberme emocionado, pero no dejaba de preguntarme quiénes habían acudido porque de veras creían en el club de los corazones solitarios, y quiénes estaban allí porque nos habíamos convertido en "la moda" de la McKinley.

—De acuerdo, ¿qué vamos a hacer? —chilló Rosanna, sentada en el brazo de un sofá abarrotado de gente.

Todas las asistentes me clavaron la mirada.

—Tengo la impresión de que mi lado desagradable va a asomar esta noche —me susurró Tracy.

—Dale una oportunidad —supliqué. No me veía con fuerzas para soportar otra escena más, sobre todo después del *e-mail* de Nate. Aunque tenía que admitir que no daba la impresión de que Rosanna se hubiera enterado muy bien de qué se trataba el club.

—Mmm, está bien; atención todo el mundo —subí la voz para que se callaran—. Esta noche tenemos lleno total.

Rosanna levantó la mano.

—Tengo una pregunta para ti.

Procuré disimular mi desagrado.

—Mmm, sí.

—¿No se suponía que no podíamos salir con chicos?

—Mmm, bueno, las *socias* —me aseguré de que se diera cuenta de que todavía no era una socia oficial— sabemos que el club va mucho más allá de no...

—Sí, pero, ¿qué no tienes una cita con Ryan Bauer? —espetó Rosanna, con un ostentoso gesto de altanería en su alargado semblante.

Todos los ojos se fijaron en mí. El "equipo original" —tal como Tracy, Diane y yo nos referíamos al grupo de seis amigas— estaba al tanto de mi salida con Ryan. Y nadie parecía darle importancia. Porque *no* tenía importancia.

—En realidad, no. Vamos a ir a un concierto. Ryan y yo somos amigos desde hace años, así que no veo cuál sea el problema.

—Ajá. Entonces, ¿no te interesa Ryan?

Diane le lanzó a Rosanna una mirada asesina.

—Mira, no es asunto tuyo.

—Bueno —Rosanna se levantó y echó hacia atrás su escasa melena con mechas rubias—, me están pidiendo que deje de salir con chicos, ¿no? Pues quiero asegurarme de que nuestra "líder" le está diciendo la verdad al club —ni siquiera intentaba ocultar su sarcasmo.

—No va a ser una cita en plan romántico —insistí.

Diane se levantó del suelo.

—A ver, que todas las nuevas se reúnan conmigo en la planta de arriba. Hay unas cuantas reglas que tenemos que repasar para comprobar que la gente está aquí por las razones adecuadas —miró directamente a Rosanna.

Unas veinte chicas subieron con Diane.

—¿En qué lío nos hemos metido? —preguntó Jen. Me sorprendí un poco. Jen levantó las manos—. No, no me refiero al club, sino a Rosanna y a las demás chicas que han venido por sus quince minutos de fama.

Por curioso que parezca, yo sí estaba pensando en el club.

La semana de escuela transcurrió a toda velocidad, y de pronto, sin darme cuenta ya era jueves. No había contestado el *e-mail* de Nate, y él no había vuelto a escribirme. Odiaba que me hubiera dicho, punto por punto, las palabras apropiadas. No quería enfrentarme a ello, así que no me detenía a pensarlo. Lo cual significaba no contárselo siquiera a mis amigas, pues eso le otorgaría al asunto una dimensión más real. Y ya tenía bastantes cosas de qué ocuparme: no sólo defender mi "no cita" con Ryan, sino también decidir cómo se viste una chica para semejante "no cita".

Miré en mi clóset una y otra vez con la esperanza de que la respuesta surgiera por sí sola. En un primer momento, pensé en una camiseta *vintage* de los Beatles y unos pantalones de mezclilla, pero me di cuenta de que sería un tanto descuidada; además, estaba segura de que los espectadores de más de cincuenta años se vestirían precisamente así. Oí que sonaba el timbre y a toda velocidad me puse una camiseta blanca ceñida y una chaqueta de pana azul marino.

Bajé justo a tiempo para oír que mi padre le decía a Ryan:

—¿Sabes? Me parece bien que haya bandas que quieran mantener viva la música, pero el público no debe engañarse…

—¡Ya estoy aquí! —interrumpí. Temía que Ryan huyera en estampida si mis padres se ponían a necear. Me despedí con un gesto de la mano mientras me dirigía a abrir la puerta. Le eché una ojeada a Ryan y traté de no fijarme en lo especialmente guapo que se veía con sus pantalones caqui y su camisa azul. Rita y yo solíamos bromear diciendo que los chicos siempre iban vestidos así para la primera cita, mientras que las chicas se ponían pantalones de mezclilla y camiseta negra. Como yo no me había puesto una camiseta negra, estaba claro que no se trataba de una cita en el sentido estricto de la palabra.

—Un segundo, Penny Lane —papá me miraba de una forma un tanto rara. "Por favor, no me eches un sermón; por favor, no me eches un sermón."—. Tesoro, ¡estás preciosa! ¿Te pusiste maquillaje?

"Dios mío, ¿por qué? Dime, ¿por qué?"

Volví la vista hacia Ryan, que mostraba una sonrisa deslumbrante. Era evidente que mis padres le hacían gracia; le sucedía a casi todo el mundo… excepto a sus hijas.

Las mejillas me ardían de vergüenza.

—Papá…

—Cariño, déjala en paz —por una vez, mamá acudió al rescate—. Que te diviertas, Penny. Y tú también, Ryan. Y Penny, es verdad: estás preciosa. Me cuesta creer lo rápido que estás creciendo. Si parece que fue ayer…

—*Yesterday*… —empezó a cantar mi padre.

"Quizá —pensé— debería volver corriendo a mi habitación y esconderme… hasta cumplir los dieciocho". En cambio, saqué a relucir la pizca de dignidad que me quedaba.

—Si ya terminaron de avergonzarme, ya nos vamos.

—Bueno, Ryan —le dije una vez que nos vimos libres—, ahora entenderás por qué estoy buscando universidades en Europa.

Él soltó una carcajada y sacudió la cabeza.

—Los papás creen que tienen el derecho de humillar a sus hijos, seguramente como una forma de vengarse de sus propios padres. Tú harás lo mismo, ya lo verás.

Una cosa estaba clara: estaba decidida a ponerles a mis hijos nombres normales.

Nos acercamos al coche y Ryan abrió la puerta del acompañante para que me subiera. Sin duda, el gesto encajaba en la categoría de "cita romántica".

—Además —añadió Ryan mientras ocupaba su asiento—, tus padres sólo están diciendo la verdad: esta noche estás preciosa.

La mente me daba vueltas mientras el coche arrancaba.

"¿Puede alguien explicarme qué está pasando exactamente?"

Durante el trayecto hablamos más que nada de la escuela y los rumores sobre los profesores, pero un único pensamiento ocupaba mi mente: "Ryan Bauer me dijo preciosa. Ryan Bauer piensa que soy preciosa".

O tal vez sólo había tratado de ser amable.

En el reservado del restaurante, miré al otro lado de la mesa y lo vi examinando la carta. Su cabello negro y ondulado seguía húmedo de la ducha que, sin duda, se había dado después del entrenamiento. Levantó la vista y me descubrió mirándolo.

—¿Ves algo que se te antoje?

"Ni te imaginas..."

Me debatía sobre qué tomar. Rita siempre pedía ensalada en la primera cita con un chico, pero en mi caso no se trataba estrictamente de una primera cita. Aunque, en efecto, me pregunté si Ryan esperaría que pidiera algo ligero. El caso es que me moría de hambre...

—¿Qué vas a pedir, cielo? —nuestra camarera de mediana edad bajó la vista y me dedicó una sonrisa alentadora, seguramente percatándose de que era nuestra... bueno, lo que fuera.

Me decidí por un club sándwich con papas a la francesa y un refresco. Odiaba las ensaladas, y yo nunca le habría dado mi aprobación a una chica que hubiera renunciado a su identidad por culpa de un chico, aunque no fuera más que un amigo. No estaba dispuesta a fingir ser alguien que no era. Aunque confiaba en que Ryan pidiera algo parecido, la verdad.

—¿Y para ti? —la camarera miró a Ryan de arriba abajo, evidentemente impresionada. Otras chicas probablemente se ofenderían al ver a otra mujer examinando a su pareja o, en mi caso, pseudopareja; pero yo lo tomé como un cumplido. Además, tendría unos veinte años más que nosotros.

—La ensalada de lechuga... —empezó a decir Ryan.

El corazón me retumbaba en el pecho. "No, no, no; por lo que más quieras, no puedes pedir una ensalada, ¡eres un chico de dieciséis años!"— con aderezo ranch, para empezar; luego, una hamburguesa doble con queso y papas a la francesa, y una malteada de chocolate.

"Ése es mi chico."

"Bueno, en teoría, no es *mi* chico."

—En fin, Penny, la verdad es que me sorprende un poco que hayas aceptado salir conmigo.

—¿Por qué lo dices?

Se encogió de hombros.

—No sé. Para ser sincero, me asustaba la idea de que tus amigas me amarraran a la fuerza al enterarse de que íbamos a ir juntos a algún sitio.

—Ya sabes, lo que dice Todd sobre el club no es verdad —noté que las mejillas me empezaban a arder.

—En todo caso, tenía muchas ganas de que llegara este día —alzó la vista y me sonrió.

"Yo también —pensé para mis adentros—. Demasiadas, quizá."

Transcurrieron unos instantes de silencio. Me costaba trabajo escapar de su mirada.

—Bueno, de todas formas... —Ryan apartó la vista y se pasó la mano por el pelo—. Mmm, confío en que no te lleves un chasco cuando te lo diga, pero no sé mucho sobre los Beatles. He de conocer un par de canciones, no más.

—¡Cómo! ¡No hablas en serio! —exclamé casi a gritos, olvidando que estábamos en un restaurante.

—¡Uy! Lo siento. Es una de las razones por las que quería ir al concierto, para ver por qué tanto alboroto.

—¿Tanto alboroto? —me dio gusto descubrir que Ryan tenía un defecto, y bien grande—. Los Beatles han sido la mejor banda musical de todos los tiempos. Los Beatles... ellos... —enterré la cabeza entre las manos.

—¿Qué pasa?

—Nada. Es que yo misma me hice recordar a mis padres y se me puso la piel de gallina.

—Vamos —Ryan me sujetó la barbilla y la levantó de entre mis manos—, a mí me parece encantador.

—Sí, encantador, pero de una manera delirante. Como un cachorro borracho.

Negó con la cabeza, aunque no apartó la mano de mi barbilla.

—No, me refiero a encantador de una manera irresistible.

Su sonrisa fue disminuyendo a medida que, poco a poco, se inclinaba hacia delante...

—¿Quién pidió la ensalada?

Ryan se incorporó y nos sirvieron la comida. Bajé la vista a mi plato y traté de reponerme. Notaba la mirada de Ryan sobre mí.

¿En serio iba a...?

Me vinieron a la mente el sábado anterior y la intervención de Rosanna. Si Ryan... el club de los corazones solitarios se destruiría.

No, eran tonterías mías. Ryan sólo se había acercado para hablarme. Quería ser amable, nada más. Siempre había sido amable conmigo. Saltaba a la vista que yo estaba tergiversando las cosas.

Empecé a comerme las papas a la francesa, deseando poder escaparme para llamar a Rita por teléfono. Se trataba de una emergencia extraordinaria.

—¡No hablas en serio!

Ryan me miró y puso los ojos en blanco.

—Ya, olvídalo.

Me entregó mi boleto de entrada mientras accedíamos al Centro Municipal. Me fijé en que el sobre de la agencia de venta de boletos iba dirigido a Ryan y no a su madre o a su padrastro, aunque se suponía que eran ellos quienes los habían comprado.

Un escalofrío me recorrió el cuerpo cuando Ryan me puso la mano en la cintura para guiarme hasta nuestros asientos.

—Muy bien, ponte difícil —me senté y crucé los brazos.

Ryan soltó una carcajada.

—Así que soy *yo* quien se pone difícil, ¿eh? En serio, Penny, no sabía que eras tan testaruda.

—Pues sí, y mucho —traté de suprimir la risa—. Pero no soy yo quien se niega a razonar.

Ryan puso su brazo sobre el respaldo de mi butaca y se inclinó hacia mí.

—¿De veras? —su voz denotaba que se estaba divirtiendo—. No creo que haya una sola persona en esta sala que se pusiera de tu parte en esta discusión.

Me repantigué en mi asiento y exhalé un suspiro exagerado.

—De acuerdo, no me creas —me dedicó una sonrisa engreída. Empezó a inspeccionar la multitud de personas mayores entre el público—. Perdone, señora —dio un golpecito en el hombro de la mujer que teníamos delante.

—¿Qué haces? —pregunté, conmocionada.

Se giró hacia mí.

—Demostrar que tengo razón.

Una mujer de algo más de cincuenta años —con una camiseta de los Beatles, claro está—, se dio la vuelta y se sorprendió al ver a alguien tan joven como Ryan entre los nacidos en el *baby boom*.

—Perdone que la moleste, señora —Ryan le dirigió su sonrisa más deslumbrante a la mujer, que no parecía estar molesta en lo más mínimo—. Confío en que pueda ayudarme con un pequeño desacuerdo que tengo con mi pareja.

"¿Acababa de decir *pareja*?".

Ryan prosiguió:

—Verá, me gusta pensar que la caballerosidad sigue vigente, así que esta noche trato de actuar como un caballero —la mujer asintió, emocionada. Estaba claro que Ryan se saldría con la suya—. Bueno, pues parece ser que he disgustado a esta hermosa mujer que tengo a mi lado, quien, por cierto, se llama como una canción de los Beatles —Ryan me señaló con un gesto, y me esforcé por sonreír y saludar con la mano a la amable señora, en lugar de propinarle una bofetada a mi caballeroso acompañante—.

Francamente, creo que no está siendo justa. La invité a salir esta noche, así que lo lógico es que pague yo; pero ella se niega a cooperar.

Ryan me miró y me guiñó un ojo. Deslicé un pie y le clavé el tacón en el pie izquierdo.

—¡Ay! —él apartó el pie y se aclaró la garganta—. En su opinión, ¿no le parece que debería limitarse a dar las gracias, en lugar de lanzarme el dinero a la cara?

La mujer dio unas palmaditas en la rodilla de Ryan.

—Desde luego, es encantador de tu parte. Se ve a leguas que eres un novio excelente.

Abrí la boca para protestar, pero Ryan levantó la vista y le dedicó una amplia sonrisa a la mujer.

—Vaya, muchas gracias, señora.

La mujer se sonrojó levemente, disfrutando de la atención que Ryan le dedicaba. Se inclinó hacia él.

—¿Primera cita?

Contuve el aliento.

Ryan sonrió.

—Sí. Por cierto, ¿qué posibilidades cree usted que tengo de conseguir una segunda cita si la obligo a pagar?

Las tinieblas me envolvieron. Durante un instante confié en estar sufriendo una especie de ataque. Parpadeaba sin cesar, aunque la oscuridad no desaparecía. Entonces, los oídos se me inundaron de gritos y el pulso se me aceleró. Merecido castigo por haber salido con un chico.

Las luces estallaron a unos metros de distancia al tiempo que cuatro tipos vestidos con trajes negros hacían su entrada en el escenario.

El concierto. Sacudí la cabeza mientras regresaba al presente. Ryan se puso de pie con el resto del público cuando los Cuatro de Liverpool iniciaron la actuación con *I want to hold your hand*. Tuve que apoyarme en el brazo de la butaca para poder levantarme; la cabeza me daba vueltas por un exceso de confusión.

Miré a Ryan. Me sonrió y, con suavidad, me rodeó la cintura con los brazos.

"Estoy en una cita con Ryan Bauer."

Mi estómago dio un salto mortal y traté de recuperar el aliento.

"Mierda, estoy en una cita con Ryan Bauer. ¡Y se supone que no puedo salir con chicos!". Y eso no era todo. También había asegurado delante de todo el club de los corazones solitarios que no iba a ser una cita en plan romántico.

Me concentré en la música. Las letras de las canciones me despertaban recuerdos —buenos y malos— a medida que el concierto avanzaba.

"Vamos, Penny. Eres capaz de manejar esto."

Las luces se atenuaron y una guitarra empezó a tocar. Mi corazón se desplomó. Notaba que los ojos se me llenaban de lágrimas y traté de reprimirlas con todas mis fuerzas. Intenté quitarme la letra de la cabeza, pero no lo logré. La situación se me complicaba, todo estaba saliendo mal. Y, por supuesto, nadie como John, Paul, George y Ringo —incluso los de imitación— para poner las cosas en perspectiva.

Empecé a mecerme al ritmo de la música y cerré los ojos. Canté a coro las canciones que hablaban de desesperanza, de melancolía, y de actuar como un necio en el amor. En resumen, lo que yo misma sentía en ese momento.

Era una hipócrita de primera. Aunque no había dejado de explicarle a la gente que no se trataba de una cita romántica, una gran parte de mí había deseado que así fuera. Ahora me daba cuenta.

Me sentía a gusto. Ryan no había hecho más que ser amable conmigo. Era una buena persona.

Pero lo mismo había pensado de Nate: era agradable conmigo, era una buena persona. Y entonces me mintió y me desgarró el corazón.

Me había prometido a mí misma que jamás permitiría que volviera a suceder.

"Idiota integral."

Así se había calificado Nate.

Pues yo no quería ser otra idiota integral.

Por mucho que quisiera engañarme en el sentido de que con Ryan las cosas serían diferentes, no era verdad. Me negaba a caer en la misma trampa. No era tan inocente.

Cuando la canción terminó, supe lo que debía hacer. Aquello tenía que terminar: el coqueteo, el deseo… Todo. No se trataba sólo de lo que yo quisiera; se trataba de lo que fuera mejor para el grupo, para mis amigas.

"Penny, afronta las consecuencias. Ya lo dice la canción, *You've got to hide your love away*: tienes que ocultar tu amor. Y no sólo esconder tus sentimientos. Tienes que destruirlos. Matarlos antes de que ellos te maten a ti."

Las luces se hicieron más intensas y Ryan, emocionado, me miró.

—Fue increíble... pero no les digas a tus padres que lo dije, ¿eh?

Le dediqué una fugaz sonrisa y me dispuse a salir por el pasillo. Permanecí en silencio durante la mayor parte del trayecto de vuelta, y sólo contestaba las preguntas de Ryan sobre los Beatles. Cuando dio la vuelta en la esquina de mi calle, supe que necesitaba una estrategia de salida rápida, algo que me garantizara que no habría una segunda cita. Conociéndome, no iba a resultar muy elegante.

Ryan se detuvo en el camino de entrada.

—Penny, me alegro mucho de que hayas salido conmigo esta noche. La pasé muy bien.

Salté del coche antes de que siquiera apagara el motor. Me giré, con la puerta abierta, y vi a un Ryan desconcertado.

—Sí, gracias. Adiós —respondí. Cerré la puerta de un golpe y salí corriendo hasta la puerta principal, tratando desesperadamente de entrar en casa antes de echarme a llorar.

"Estoy haciendo lo correcto."

Eso pensaba repetirme una y otra vez.

Veinticinco

—¿Qué tal anoche? —me preguntó Tracy cuando subí al coche la mañana siguiente.

"Horrible."

—El concierto estuvo bien… —respondí, mientras me ponía a rebuscar en mi bolsa de lona, sin saber muy bien qué estaba buscando.

—Ya. ¿Ryan trató de ligar contigo?

Me quedé mirando a Tracy como si se hubiera vuelto loca.

—Oye, no lo culparía por intentarlo. ¡Eres un bombón!

Ignoré su comentario y seguí rebuscando en mi bolsa.

—Vamos, Pen, sólo era una broma. Ryan es un tipo legal. Si pudiera romper las reglas por un solo chico, sería por él.

La bolsa se me cayó al suelo.

—¡Mierda! Lo siento —me puse a recoger los libros y los bolígrafos.

—¿Estás bien?

"No, para nada."

—Sí.

Diane nos esperaba a la entrada de la escuela.

—Hola, Penny, ¿qué tal anoche?

—Muy bien.

Diane pareció desconcertada.

—¿Muy bien?

Me puse a escarbar en mi bolsa mientras caminábamos.

—Sí, la pasamos bien. La banda era genial; pero, claro, no tocaron todas las canciones que tenía ganas de escuchar aunque, al fin y al cabo, tratándose de los Beatles, hay un montón de temas clásicos. ¿Sabían que han tenido más canciones número uno en las listas de popularidad que cualquier otro músico en la historia?

Tracy se limitó a negar con la cabeza. Estaba acostumbrada a oírme recitar datos sobre mi grupo musical favorito. Diane trató de decir algo, pero descubrí que no me sentía capaz de dejar de hablar de la historia de los Beatles. Tracy se encaminó hacia su casillero, pero Diane continuó siguiéndome.

—Penny —me puso una mano en el brazo, seguramente tratando de calmar mi nerviosismo—. ¿Hay algo de lo que quieras hablar conmi…?

—Ay, se me olvidó una cosa. ¡Tengo que irme! —me encaminé en dirección contraria a mi casillero y a mi primera clase de la mañana. Cualquier cosa antes que mantener una conversación sobre Ryan con Diane.

Iba a ser un día muy largo.

—¿Puedes hacer tú la incisión? La mano me está matando —Tyson no dejaba de flexionar su mano derecha y hacer muecas de dolor.

—Claro que no —agarré el escalpelo que él sujetaba—. ¿Qué te pasó?

—Me imagino que habrán sido demasiados ensayos —parecía un tanto preocupado.

—¿Se acerca un acontecimiento importante?

—Podría llamarse así —bajó la vista al suelo. Al ver que yo no respondía, subió los ojos y me miró—. Voy a hacer una prueba.

Tyson ya tenía una banda, pensé. Supuse que ambicionaba metas más altas.

—¿Para qué es la prueba?

—Juilliard —volvió a bajar la vista.

—¿Juilliard? ¿La mismísima Juilliard? —pregunté elevando la voz—. ¿La escuela de música?

Mientras asentía, las mejillas se le sonrojaron y paseó la vista a su alrededor, confiando en que nadie me hubiera oído.

—Sí, y me parece que he estado ensayando demasiado. Me interesa mucho conseguirlo.

Estaba conmocionada. Juilliard debía de ser la escuela musical más prestigiosa del país.

—¿Qué vas a tocar? —Tyson resultaba fascinante. Cada vez que pensaba que ya lo conocía, me volvía a sorprender.

"Igual que Ryan, que resultó ser una sorpresa maravillosa."

Entonces, la voz de la razón se abrió paso en mí:

"Nate también te sorprendió. Y también fue maravilloso al principio, ¿o no?"

—Bueno, primero voy a interpretar la sonata en do menor de Beethoven, y luego una pieza original en la guitarra.

—¿Tocas el piano?

Asintió.

—Desde los cuatro años.

Sacudí la cabeza de un lado a otro, impresionada.

—En serio, Penny, ¿hasta qué punto piensas que soy un fracasado?

No pensaba que Tyson fuera un fracasado. De hecho, lo consideraba un chico bueno. Sí, un chico bueno. A pesar de que semejante combinación de palabras me parecía un oxímoron, una idea descabellada, quizá estuviera confundida... con respecto a Tyson.

Tyson no era Nate.

Tyson no era Ryan.

Tuve la corazonada de que se portaría bien con Morgan. Y Morgan se merecía un chico bueno.

Me quedé mirándolo.

—Deberías pedirle a Morgan que salga contigo.

—¿Qué?

Me acerqué a él.

—Digo que deberías pedirle a Morgan que salga contigo.

—Pero... creía...

—Olvídate del club de los corazones solitarios. Yo me encargaré.

Una expresión de pánico le cruzó el semblante.

—¿Pero cómo sé si va a aceptar?

—Porque le gustas. Desde hace mucho, muchísimo tiempo.

Tyson esbozó una sonrisa tan amplia que dio la sensación de que iba a estallar.

—Bueno, lo haré. Pero después de las pruebas. Nada más con eso ya estoy súper nervioso.

—¡Genial!

Decidí que al menos una socia del club de los corazones solitarios debería conseguir lo que quería.

—Oye, no sé si hice algo malo —le confesé a Tracy después del almuerzo.

—¿Besaste a Ryan? —preguntó, prácticamente dando saltos.

—No, ¡cómo crees! No tiene nada que ver con Ryan.

Le conté a Tracy lo de Morgan y Tyson, y ella asentía a medida que procesaba lo que iba escuchando.

—Que Morgan salga con él no es para tanto, me parece a mí —opiné—. Mientras siga asistiendo a las reuniones de los sábados y almorzando con nosotras, ¿dónde está el problema? En cuanto empiece a perder su identidad, la recuperamos y punto.

—¿Te das cuenta de que esto va a cambiar las cosas en el club?

Hice un gesto de asentimiento con la cabeza.

—Ya lo sé, pero no veo nada malo en hablar del asunto el sábado.

Me puse a deambular de un lado a otro, contemplando la posibilidad de saltarme una clase por primera vez en mi vida escolar. Hasta el momento había conseguido esquivar a Ryan, pero no por mucho tiempo. Cuando doblé la esquina para dirigirme a Historia Universal, lo vi por el rabillo del ojo. Inmediatamente me acerqué a Jackie Memmott, que se sentaba dos filas detrás de nosotros, y empecé a hacer comentarios sin importancia acerca del club. Fingí estar sumida en una intensa conversación, pero noté que Ryan se inclinaba hacia la derecha de su mesa, cerca de donde yo me sentaba.

—Señorita Bloom, ¿puedo empezar la clase? —preguntó la maestra Barnes mientras, con aire impaciente, golpeaba con un gis en un lado de su mesa.

De acuerdo, tal vez yo no estuviera actuando con la discreción suficiente. Volví a mi mesa y, mientras tomaba asiento, le dediqué a Ryan una débil sonrisa. Tenía la intención de concentrarme en la clase, y tomar apuntes, y trabajar en serio, y estudiar. No iba a permitir que me distrajera. Noté que escribía en su cuaderno. Daba la impresión de que no le costaba concentrarse.

Sentí un golpecito en mi mano izquierda y estuve a punto de pegar un brinco. Ryan desplazó su cuaderno para que yo viera lo que había escrito. Traté de hacer caso omiso, pero empujó el cuaderno hasta tal punto que casi me lo plantó en las rodillas.

¿Todo está bien?

Me limité a mirar al frente y asentir.

Volvió a escribir en su cuaderno mientras la maestra Barnes hablaba y hablaba en tono monótono sobre las implicaciones económicas de la Segunda Guerra Mundial. Ryan volvió a darme un golpecito en la mano. Eché un vistazo.

Anoche la pasé genial.

Una sonrisa se me extendió por el rostro al acordarme de lo mucho que me había divertido. Se le iluminó la cara y se incorporó, claramente satisfecho con mi reacción.

¿Por qué se me había ocurrido sonreír, y por qué me estaba poniendo él las cosas tan difíciles? Apartar a Ryan Bauer de mi mente iba a resultar mucho más complicado de lo que pensaba.

Cuando sonó el timbre, me levanté de un salto y me dirigí a la puerta lo más rápido posible. Sentí un tirón y me caí de bruces sobre el frío y duro suelo de baldosas. Traté de comprender qué había ocurrido mientras un grupo de gente se congregaba a mi alrededor. Me puse de pie y desenrollé el asa de mi bolsa de lona, que se había enganchado en una silla.

—¡Hey, Penny! ¿Estás bien? —preguntó Ryan acercándose a toda prisa.

—*Perfectamente* —las palabras me salieron con un tono más brusco del que pretendía, aunque acaso fuera mejor así. Ryan trató de ayudarme, pero le aparté el brazo de un empujón.

—Estoy perfectamente. Es que tengo prisa...

—Sí, ya me di cuenta —su tono me sorprendió; la situación ya no le hacía gracia. Nos miramos el uno al otro en silencio, hasta que oímos un anuncio por el altavoz:

"Penny Bloom, acuda por favor al despacho del director. Penny Bloom."

Terminé de recoger mis cosas mientras Todd soltaba una serie de "ohs".

—Parece que la pequeña *Miss Autosuficiente* está en apuros.

—Cierra el pico, Todd —espetamos Ryan y yo al unísono.

Ryan me lanzó una última mirada dolida y abandonó el salón.

Me dirigí al despacho del director mientras me esforzaba por deducir qué habría hecho mal. Vi a mis padres esperando, con aspecto preocupado. Eché a correr hacia ellos.

Veintiséis

—¿Qué pasó? —pregunté en cuanto entré en las oficinas de la dirección.

—Dínoslo tú —respondió mamá—. El señor Braddock nos llamó diciendo que se trata de un asunto importante. Tu padre ha tenido que cancelar varias citas en su consultorio para poder venir.

Estaba desconcertada. Me quedé mirando a mis padres; se notaba que estaban furiosos.

—No lo sé.

No había copiado. No había llegado tarde a las clases. Mis calificaciones, que siempre habían sido buenas, habían mejorado en este curso…

Se abrió la puerta del despacho del director. El señor Braddock salió y nos hizo señas para que entráramos. Braddock era un hombre calvo, grande y robusto, que parecía agradable hasta que abría la boca. Mientras nos dirigíamos a su despacho, forrado de paneles de imitación de madera y plagado de fotos y trofeos de sus días de gloria en McKinley, más de treinta años atrás, noté que el pulso se me aceleraba.

—Les pido disculpas por convocarlos con tan poca antelación —hizo un gesto hacia mis padres—, pero tenemos un problema con Penny que se nos empieza a ir de las manos. No sé si están al tanto de ese pequeño "club" que ha fundado su hija.

"¿CÓMO?"

—Claro que sí —respondió papá—. Se reúnen en nuestra casa los sábados por la noche. Son unas chicas estupendas.

El director Braddock se movió inquieto en el asiento.

—Entiendo. El caso es que el asunto está causando problemas en la escuela.

"¿Ah, sí?"

—¿Ah, sí? —replicó mamá—. ¿Qué clase de problemas?

El director Braddock se ajustó la corbata.

—Doctor Bloom, señora Bloom: el problema es que Penny está utilizando sus experiencias desafortunadas para poner a la población femenina de la escuela McKinley en contra de los varones del centro.

Me quedé muda de asombro.

—¡El club no hace eso!

El director Braddock levantó una mano para silenciarme.

—Veamos. Lamento mucho que Penny no sea capaz de encontrar novio…

—¡Eso no se lo permito! —protestó mamá.

El director Braddock volvió a poner las manos en alto.

—Mis disculpas. Lo que quiero decir es que no me parece apropiado que Penny imponga sus ideas al resto del alumnado femenino, sobre todo a las estudiantes de tercero de secundaria, que todavía son muy influenciables.

—Un momento —replicó mamá—. Penny Lane ha formado un grupo de amigas increíble. No tienen intenciones ocultas, se limitan a pasar tiempo juntas sin las presiones propias de las citas con chicos. Señor Braddock, usted mejor que nadie conoce las complicaciones que acarrean los romances escolares. Lo que me sorprende, precisamente, es que no favorezca usted al club.

Miré a mi madre y vi que tenía las mejillas encendidas. Aquello se iba a poner bueno.

—Señora Bloom, no pienso cruzarme de brazos y permitir que una chica dirija la escuela. Penny está obteniendo excesiva importancia en McKinley. Me temo que su influencia sobre la población femenina empieza a quedar fuera de control.

Mamá, impaciente, se puso a golpear el pie contra el suelo.

—Sin embargo, a usted no le preocupa el hecho de que uno de sus atletas, sólo por lanzar el balón muy lejos, sea objeto de adoración por parte de toda la población masculina, ¿me equivoco? Permítame hacerle una pregunta, señor Braddock: ¿alguna de las socias del club ha tenido problemas de alguna clase?

—Bueno, en teoría, no. Pero el club del que hablamos no ha sido autorizado por la dirección de la escuela, por consiguiente...

—Por consiguiente —interrumpió mamá—, no es un asunto de su incumbencia.

El director Braddock se aclaró la garganta.

—*Por consiguiente*, entenderán el dilema: la escuela no puede fomentar aquello que no ha autorizado previamente. No puedo consentir que el club continúe.

Mamá cruzó las piernas.

—Disculpe, señor Braddock; pero ¿las calificaciones de Penny han empeorado?

—No...

—De hecho, sus notas han mejorado este último semestre, ¿no es verdad?

Braddock se puso a revisar la delgada carpeta que contenía mi expediente.

—Supongo que sí.

—Es decir, Penny Lane no ha hecho nada malo, el club no está afectando sus calificaciones y las socias se reúnen fuera del recinto escolar, ¿tengo razón?

—En teoría...

—Por lo tanto, no veo dónde reside el problema.

—El problema, señora Bloom —el rostro del señor Braddock parecía a punto de estallar—, reside en que después del artículo publicado en el *Monitor*, muchos varones de esta escuela han protestado. Y no sólo eso, también he recibido informes preocupantes por parte de mi comité de Asesoría sobre el Alumnado.

"Un momento, Ryan no habría..."

—Todavía no ha ocurrido nada malo, lo cual no significa que no vaya a ser así. El club traerá problemas. Sí, PRO-BLE-MAS.

Mamá se levantó.

—Bueno, pues me importa un DE-MON...

—Becky —papá tomó la palabra, por fin. Se puso de pie y colocó una mano en el hombro de mi madre. El señor Braddock se tranquilizó visiblemente, quizá porque confiaba en que mi padre le daría la razón.

—Gracias, doctor Bloom.

—Penny Lane —dijo papá—, vámonos. Señor Braddock, estoy seguro de que no pondrá objeciones a que nos llevemos a Penny, ya que no me parece justo que tenga que pasar el resto del día en la escuela después de cómo la ha insultado usted.

Papá agarró su abrigo. Me quedé mirándolo, inmóvil.

—Además, señor Braddock, como padres de Penny, fomentamos ese "pequeño club", como usted lo llama. Lo que nuestra hija ha logrado es excepcional y, en vez de regañarla, debería colgar su retrato en la pared. Estamos muy orgullosos de ella.

Papá me abrazó y me plantó un beso en la frente.

—Vamos, hija. Recoge tus cosas.

Veintisiete

La noticia de mi repentina partida se extendió como el fuego por toda la escuela. Con excepción de las socias del club, la gente creyó que me habían expulsado. Todd llegó incluso a contar que la policía había tenido que escoltarme para salir del edificio. Desde luego, en el trayecto a casa envié mensajes a Tracy y a Diane explicándoles la verdad, y ellas se lo contaron a las demás socias del club de los corazones solitarios. Todas me consideraban una heroína.

En nuestra siguiente reunión, la euforia reinaba entre las asistentes. Era como si la condena por parte de Braddock al club de alguna manera nos otorgara validez.

Abrigué la esperanza de que fuera un buen momento para efectuar un anuncio.

Diane y Tracy se colocaron a mi lado, frente al público. Examiné al grupo y vi que Morgan se sonrojaba. Se había entusiasmado al enterarse de que le gustaba a Tyson aunque, por suerte, no había querido abandonar el club.

—A ver, les pido que nos escuchen antes de tomar una postura o sacar conclusiones precipitadas —miré directamente a Rosanna—. Fundé este club porque estaba harta de los hombres, es verdad; pero a medida que ha ido creciendo, me he dado cuenta de que se trata, más que nada, de darnos prioridad a nosotras mismas, lo cual se nos da bastante bien. En el momento presente considero que el objetivo no debería ser renunciar a salir con chicos, sino mantenernos fieles a nuestras amigas. Si una de nosotras quiere salir…

—¡Lo sabía! —Rosanna abandonó su asiento—. ¡Lo sabía! ¡Quieres salir con Ryan! —me señaló como si yo fuera un criminal convicto.

—Si no te importa esperar y escucharme…

—Qué tal, esto es genial. Mira nada más qué líder resultaste —replicó.

Me percaté de que todo el mundo lanzaba miradas furiosas a Rosanna.

—No se trata de mí —contraataqué.

—¿Ah, no? —Rosanna puso los ojos en blanco con gesto teatral—. Qué *casualidad* que decidas cambiar las reglas después de haber salido con el tipo más guapo de la escuela —los celos se filtraban en su tono de voz—. Quizá no debería llamarse el club de los corazones solitarios; quizá debería llamarse "el club donde las reglas cambian cuando a Penny le da la gana".

—¡Oye, ya cállate! —vociferó Tracy—. Pon tu esquelético trasero en la silla y escucha lo que Penny tiene que decir, o vete de una maldita vez. Te adelanto que nadie va a llorar por que te vayas.

Me alegré de tener de vuelta a la Tracy de siempre.

Rosanna tomó asiento con la actitud de una niña de seis años a la que acaban de negarle un pony en Navidad.

—Gracias, Tracy —dije.

—De nada, nuestra líder divina —Tracy me dedicó una sonrisa.

—No se trata de mí. En realidad, se trata de Morgan —la audiencia entera volteó a mirarla, y ella se encogió de vergüenza—. Siento centrar la atención en ti, Morgan, pero al final todo el mundo iba a enterarse. Verán, el chico que le gusta a Morgan desde hace años también está loco por ella. Bueno, el caso es que Tyson es un tipo estupendo, seguramente de los pocos de McKinley, y no quiero negarles la oportunidad de ver qué podría pasar.

"Así que Tracy, Diane y yo nos hemos sentado con Morgan y hemos llegado al acuerdo de que, siempre que asista a las reuniones de los sábados y a los planes en grupo, y mientras siga siendo la Morgan a quien todas queremos, no hay razón para que no lo intente.

Morgan se levantó.

—Considérenme el conejillo de Indias. Además, puede que sea prematuro, porque aún no me ha pedido que salgamos...

"Mejor", pensé. Tyson no tenía ni idea de la polvareda que estaba levantando.

Me acerqué a Morgan y le puse una mano en el hombro.

—A mí, personalmente, me encantará enterarme de todos los detalles sobre tu pareja en nuestra próxima reunión.

Rosanna se echó a reír.

—Estás bromeando, ¿no? ¿Y cuándo nos vas a hablar de *tu* pareja, Penny?

Era el colmo. Me había hartado de Rosanna.

—Permíteme que deje algo absolutamente claro, a ti y a todas las demás —estaba tan furiosa que el cuerpo me temblaba—. No tengo el más mínimo interés en Ryan Bauer, y nunca lo tendré. Así que, para quienes lo duden: nunca, jamás, saldré con Ryan.

Se hizo el silencio en la estancia. Tracy y Diane se mostraron horrorizadas.

¿Qué había yo hecho?

Veintiocho

Aunque las reglas de Tracy para el club me encantaban, pasó por alto una fundamental: "Lo que ocurra en el club de los corazones solitarios no debe salir del club de los corazones solitarios".

Yo había considerado que se daba por sentado.

Si no podías confiar en las socias de tu club, ¿en quién podías confiar?

Pero no había contado con una diligente mensajera.

Tracy, Diane y yo entramos juntas en la escuela el lunes por la mañana, charlando sobre Morgan y Tyson. Confiábamos en que a él le hubiera ido bien en sus pruebas y estuviera preparado para declarársele a Morgan. Estábamos doblando la esquina cuando Diane puso una expresión de disgusto.

—¡Oh, no! —dijo.

Tracy y yo seguimos su mirada y vimos que Rosanna estaba hablando con Ryan junto al casillero de él, con una expresión petulante.

No podía tratarse de nada bueno.

Diane apretó el paso y Ryan nos vio acercarnos a las tres. Me lanzó una mirada dolida. Luego, cerró su casillero de golpe y se alejó.

—Déjame hablar con él —Diane empezó a seguirlo. Me di cuenta de que Tracy estaba resuelta a perseguir a Rosanna, pero se detuvo al fijarse en mi gesto de pánico.

—Tranquila, Penny —me dijo—. Es una estúpida.

Asentí con lentitud. Tenía el cuerpo entumecido.

—Está decidido: la expulsamos del club —continuó Tracy—. Se lo diré —me condujo hasta mi casillero y lo abrió por mí. Yo sólo era capaz de clavar la vista al frente.

—No, me encargaré yo —repliqué—. Durante el almuerzo —las palabras a duras penas me salían de los labios.

—De acuerdo —Tracy tomó mis libros—. ¿Necesitas algo más?

Sí, necesitaba saber por qué, si no sentía nada por Ryan, estaba destrozada.

Diane me puso al corriente antes del almuerzo.

—Rosanna le dijo a Ryan, más o menos, que delante de todo el club habías declarado que te parece un chico patético, que ni siquiera te cae bien como amigo y que jamás saldrías con él.

—¡Yo no dije eso! —protesté.

Bueno, salvo la última parte.

—Eso le expliqué yo, pero sigue bastante enfadado. Creo que no le gustó el hecho de que hablaras de él en público.

—Muy bien —intervino Tracy—. Tranquilicémonos un segundo, recobremos el aliento —me pasó el brazo por los hombros y me miró cara a cara—. A ver, ¿segura que quieres decírselo, en este momento?

Me costaba creer que, en una situación así, Tracy hubiera decidido ser la voz de la razón. Por supuesto que quería decírselo.

"Pues claro."

"Ahora mismo."

—Sí.

Entré en la cafetería como el soldado que parte a la batalla, con Tracy y Diane a mis espaldas. Rosanna se encontraba a un extremo de la mesa, hablando sin parar con las pobres Eileen y Annette. Dio un respingo cuando solté mis libros de golpe, a su lado. La mesa entera guardó silencio.

—Hay algo que tengo que decir —miraba a Rosanna, pero lo dije con el volumen suficiente para que todas me oyeran—. Hay ciertas personas que están en el club por razones equivocadas. Ciertas personas que no están aquí por amistad. Personas manipuladoras e incapaces de ser buenas amigas aunque sus esqueléticos traseros dependieran de ello. Están aquí porque quieren ser populares. Bueno, pues, ¿saben qué? Me han utilizado lo suficiente a lo largo de mi vida como para cruzarme de brazos ahora y permitir que me vuelva a pasar. Ya es bastante malo que los chicos me hayan tratado a patadas. Pero que me trate a patadas una chica… una supuesta amiga… es incluso peor. En el club de los corazones solitarios ya no aceptamos a las saboteadoras.

Rosanna siguió comiendo su plátano mientras paseaba la vista a su alrededor, como si yo no pudiera estar refiriéndome a ella, de ninguna manera.

—Por lo visto no me estoy explicando bien —me incliné y la miré a la cara—. Rosanna Shaw, te has aprovechado de mí, de nuestro club, de nuestra confianza. Tomaste un comentario que hice cuando pensaba que estaba entre amigas, y lo tergiversaste hasta convertirlo en una mentira ofensiva. Ya no eres bien recibida en el club, ni en mi casa, ni en esta mesa. ¿Lo entiendes?

Rosanna me miró frunciendo el ceño.

—¿De veras piensas expulsarme?

—¡Es lo que acabo de hacer! —mi voz subía de tono por momentos—. ¡Fuera de aquí, perra hipócrita y traidora!

—¡Bien! —Tracy se levantó y se puso a aplaudir, seguida por Diane; luego, por Kara y Jen. Al momento, la mesa entera estaba de pie, ovacionándome.

Rosanna se levantó a toda prisa y se dispuso a marcharse. Mientras ocupaba mi asiento, la adrenalina me bombeaba por todo el cuerpo. Examiné los rostros felices que tenía a mi alrededor. Me alegraba enormemente de sentir el apoyo del antiguo club.

Me di vuelta y vi que la cafetería en pleno nos miraba. Algunas mesas, incluso, se sumaron a la celebración por la partida de Rosanna.

Capté la mirada de Ryan al otro extremo del comedor y le sonreí, pero él apartó la vista.

Durante toda la semana, el ambiente de camaradería en el club de los corazones solitarios resultó mejor que nunca. Éramos más fuertes, estábamos más unidas. Tal vez fuera por las amenazas de Braddock, o acaso por la intromisión de Rosanna, pero daba la impresión de que todas las socias se habían comprometido en mayor medida con el club y entre ellas mismas.

El día del debut de Diane como jugadora del equipo de basquetbol, los McKinley Ravens, nos dedicamos por completo a apoyarla. Aunque sólo quedaban dos minutos del partido, todavía no había entrado a la cancha.

—La entrenadora Ramsey debería meter a Diane; ganamos por diecinueve puntos —comentó Tracy.

Yo no paraba de lanzar miradas a los padres de Diane, junto a quienes Ryan estaba sentado. Me imaginé que habría sido imposible pedirle a Todd, o a cualquiera de los chicos, que acudiera a apoyar a Diane, a pesar de todas las veces que ella había animado sus partidos. Yo había tratado de hablar con Ryan después de la debacle del lunes con Rosanna, pero ni se dignaba a mirarme. Cada vez que intentaba acercarme a él, se alejaba. Y eso que tenía que haber oído la conversación en la cafetería; todo el mundo llevaba hablando de lo mismo los últimos cuatro días.

El segundo grupo de porristas de McKinley salió a la cancha. Ni siquiera fingieron entusiasmo por el partido, como si se sintieran castigadas por tener que animar al equipo femenino.

—¡Uf! Esto es espantoso. Yo lo haría mucho mejor —comentó Tracy mientras las porristas nos preguntaban a los espectadores con voz lánguida si teníamos espíritu deportivo.

Sonó el timbre y ambos equipos regresaron a la cancha. Diane seguía sentada con paciencia en un extremo del banquillo, las rodillas le temblaban visiblemente.

Jen lanzó el balón desde la banda a Britney Steward, quien de inmediato sufrió una falta por parte de una desesperada integrante del equipo de Springfield. El equipo se situó en las líneas de tiro libre y Britney anotó dos puntos extra para el equipo sin mayor dificultad.

—¡Vamos, entrenadora! —vociferó Tracy—. ¡Que salga Diane!

Las cinco jugadoras de las Ravens se precipitaron al otro extremo de la cancha. Jen recuperó con facilidad un fallido intento de encestar por parte de Springfield. Agarró el balón con fiereza y lo fue botando a través de la cancha. Una jugadora del Springfield, morena y de gran estatura, fue corriendo a su lado y la derribó con un rápido movimiento de cadera.

Sonó el silbato y los árbitros empezaron a deliberar.

—Más les vale marcar falta técnica —siseó Tracy.

El equipo se congregó cerca del banquillo para recibir instrucciones de la entrenadora Ramsey. Mientras ella se dirigía al equipo y repasaba la siguiente jugada, Diane clavaba la vista con intensidad; luego, se mordió el labio y se sumó al partido.

Todas las socias del club nos pusimos de pie y empezamos a vitorear. Se levantaron pancartas, y los cánticos con el nombre de Diane inundaron el gimnasio.

Diane entrecerró los ojos mientras se colocaba en la línea de tiros libres y era testigo de cómo Jen fallaba sus dos lanzamientos. Entonces, cuando se reanudó la acción, corrió con todas sus fuerzas hacia el lado de la cancha que le tocaba al equipo contrario. Se agachó y se mantuvo en esa posición mientras la defensora de Springfield se aproximaba a ella. Diane permaneció todo el tiempo con la defensora, concentrándose en el torso de la jugadora, un truco que Ryan le había enseñado.

Lanzaron el balón a una rubia muy alta que falló la canasta. Jen lo recuperó y se lo lanzó a Diane.

Diane fue driblando a lo largo de toda la cancha, dedicando toda su atención al balón que tenía frente a sí.

—¡Vamos, Diane! —gritamos Tracy y yo al unísono. Tracy me agarró de la mano mientras observábamos que Diane se acercaba al tablero para encestar… y fallaba.

—¡No pasa nada, Diane! —gritó Kara a mi lado. Todas seguimos aplaudiendo mientras Springfield solicitaba otro tiempo fuera.

—¿Puedes creer lo que hicieron? —Tracy señaló hacia delante, donde el equipo de porristas había decidido tomarse un descanso—. Se sentaron en el preciso momento en que Diane salió a la cancha. Son patéticas.

Las porristas estaban sentadas en la primera grada. Missy escribía un mensaje en su móvil, mientras las demás se esforzaban al máximo por hacer caso omiso del partido.

—Me sacan de quicio. Hace unas semanas, todas esas chicas estaban adulando a Diane, y ahora ni siquiera animan al equipo… ¡Pero si es su trabajo!

Asentí, indignada por lo mal que se estaban portando.

—Ya fue suficiente —Tracy se levantó.

—Tracy, no provoques…

Antes de que yo pudiera terminar la frase, se puso de
pie sobre la grada. Se volvió para mirar a la gente que teníamos detrás y gritó a voz en cuello:

—¡DAME UNA "D"!

Nuestro grupo se mantuvo en silencio mientras todo
el mundo le clavaba la vista.

Tracy hizo un gesto de desesperación.

—Vamos, vamos, ya oyeron: ¡DAME UNA "D"!

"Dios mío, ¿Tracy… porrista?"

—¡"D"! —gritaron Morgan, Kara y Amy.

—¡DAME UNA "I"! —continuó Tracy.

—¡"I"! —empezó a rugir el club de los corazones solitarios.

—¡Así está mejor! ¡DAME UNA "A"! —Tracy empezó a aplaudir y a saltar sobre las puntas de los pies.

Las porristas de la primera grada voltearon a ver, bo-
quiabiertas y en estado de *shock*, mientras los seguidores
de las Ravens le daban a Tracy una ¡"N"!

—¡DAME UNA "E"!

El recinto resonó con una estridente ¡"E"!

—¿Qué tenemos? —Tracy empezó a bajar hacia la
primera grada.

—¡DIANE!

Ahora se encontraba en el espacio ocupado momentos atrás por el equipo de porristas.

—¡NO OIGO! —se colocó la mano detrás de la oreja.

—¡DIANE! —volvió a gritar el gentío.

Sonó el timbre y todo el mundo estaba de pie, ovacionando. Tracy miró a Missy y compañía, y les dedicó una fugaz sonrisa irónica, haciéndoles saber que ya no eran ellas quienes controlaban a la multitud.

Diane regresó a la cancha con un gesto de determinación grabado en el semblante. Según el reloj, quedaban menos de quince segundos. Springfield se apropió del balón, y la defensora avanzó con lentitud hacia el otro extremo de la cancha. Su equipo iba a perder, de modo que no había razón para que nos permitieran anotar más tantos.

—DIEZ… —la muchedumbre empezó la cuenta regresiva al compás del reloj.

Diane clavó los ojos en la jugadora que se aproximaba.

—NUEVE…

Empezó a mover los pies adelante y atrás.

—OCHO…

La defensora trató de desplazarse hacia la izquierda, pero demasiado tarde.

—SIETE…

Diane robó el balón y fue driblando por la cancha a toda velocidad…

—SEIS…

…mientras el equipo completo de Springfield se precipitaba tras ella.

—CINCO…

Diane concentró su atención en la canasta que tenía ante sí y…

—CUATRO…

…ejecutó el tiro.

—TRES…

El balón rebotó en el aro, golpeó el tablero…

—DOS…

…y entró directo en la canasta.

El timbre quedó ahogado por los vítores que lanzaba el público. Las compañeras de equipo de Diane se apiñaron a su alrededor. Las porristas abandonaron el auditorio a toda prisa, con expresión de disgusto. Los seguidores de Springfield se mostraban claramente desconcertados por la celebración que se llevaba a cabo ante sus ojos.

Me acordé de la Diane que se había sentado frente a mí en aquella cafetería, menos de dos meses atrás. Miré una por una a las socias del club, para quienes Diane había sido un gran estímulo. Nos había demostrado a todas que, en efecto, se podía triunfar.

Veintinueve

No me pasó desapercibida la correlación entre el fin de mi amistad con Ryan y el refuerzo del vínculo entre las socias del club.

Cada vez que el club daba un paso adelante (el triunfo de Diane en el partido de la noche anterior), Ryan y yo dábamos un paso atrás (no acudió a su casillero al día siguiente).

Aunque la situación me consternaba, existía otro problema al que tenía que enfrentarme.

Nate.

Cuando llegué a casa, me encontré con otro *e-mail* esperándome. Tenía el siguiente asunto: "¿AMIGOS?"

Me senté y lo abrí.

Pen:
Últimamente he pensado mucho en nosotros. De hecho, sólo pienso en ti. Sé que no me vas a contestar. Sé que me odias. Sé que nunca sentirás por mí lo que yo siento por ti. Me lo merezco. Pero tengo que hacerte una pregunta, y quiero que la medites bien (si es que estás

leyendo este mensaje) antes de que nos veamos dentro de dos semanas. ¿Crees que, al menos, podríamos ser amigos? Te necesito en mi vida. Y te aceptaré en las condiciones que me impongas.

Voy a hacer todo lo posible para que vuelvas a mí.

Besos,

El perdedor.

¿Amigos? ¡Quería que fuéramos amigos! ¿Podía ser amiga de Nate después de lo que había ocurrido?

Ryan y Diane eran amigos, pero él no la había engañado. Ryan era...

No podía enfrentarme a la idea de lo maravilloso que era. Ni a la de ser amiga suya, puesto que no le interesaba en lo más mínimo, hasta el punto de no dirigirme la palabra.

Tal vez lo mejor fuera decirle a Nate que podíamos ser amigos y, luego, darle vuelta a la página.

Pero de una cosa estaba convencida: si me consideraba capaz de hacer eso, me estaba engañando.

Después de darle vueltas al asunto durante una semana, decidí salir a cenar con Diane y pedirle consejo.

—¿Cómo puedes ser amiga de Ryan? —le solté de pronto, antes incluso de pedir la comida.

Diane se sorprendió.

—Ha formado parte de mi vida durante mucho tiempo.

—Igual que Nate... de la mía —respondí.

Diane se mostró preocupada.

—Sí, pero Ryan no...

Me hundí hacia atrás en el asiento.

—¿A qué viene todo esto? —Diane se mordió el labio.

Le hablé de los *e-mails* y de la petición de Nate de que fuéramos amigos.

Negó con la cabeza.

—Penny, ¿quieres ser amiga de Nate?

—Para nada. No quiero volver a verlo. Pero eso no va a poder ser.

Diane exhaló un suspiro.

—Sinceramente, creo que debes contárselo a tus padres.

—Imposible.

Diane hizo a un lado la carta del restaurante y me tomó la mano.

—¿Todo está bien? Has estado muy callada toda la semana.

Me encogí de hombros.

—¿Sabes? —prosiguió Diane—. Ser amiga de Ryan no me resultó fácil al principio. Tuve que acostumbrarme a tratarlo de una manera distinta, pero ahora es uno de mis mejores amigos. Como tú —vaciló unos segundos—. Y me gustaría que mis dos mejores amigos pudieran perdonarse mutuamente.

—¿Cómo? —me quedé boquiabierta—. ¿Perdonarnos mutuamente? Diane, si ni siquiera me mira. He intentado disculparme, pero no se da por enterado de mi existencia.

—Ya lo sé. Lo que pasa es que está enojado.

—¿Enojado? —empezaba a desesperarme—. Lo que Rosanna le dijo fue una mentira flagrante. Y él lo sabe, ¿o no?

Diane asintió.

—Entonces, ¿cuál es su problema? Hemos sido amigos un montón de tiempo y ahora no me dirige la palabra. ¿Por qué? Pues porque la gente piensa que tuvimos una cita romántica.

Diane se movió, incómoda, en su asiento.

—Penny, Ryan *creyó* que era una cita romántica.

—Mira Diane, él sabía lo del club de los corazones solitarios. Sabía que yo no podía salir con chicos.

Se encogió de hombros.

—¿Sabes? —continué—. Puede que, al fin y al cabo, Nate y Ryan no sean tan diferentes.

Diane puso cara de espanto.

—¿Cómo puedes decir eso?

—Oh, vamos, Diane —las mejillas se me habían encendido—. Está bien, de acuerdo, Ryan creyó que era una cita con todas las de la ley. Y luego, como yo no acepté ser… —sentí ganas de decir "su noviecita", pero no quise ofenderla—. Como no quise salir con él en plan de novios, ni siquiera quiere ser mi amigo. ¿Qué, lo único que busca es… no sé… acostarse conmigo?

Diane frunció la boca.

—Sabes que Ryan no es así.

—¿Lo sé?

Me sentí frustrada. Sabía que me había pasado de la raya. Sabía que Ryan no era como Nate… pero es que lo extrañaba. Extrañaba hablar con él, pasar el rato entre clase y clase. Y me dejó tirada. Igual que Nate. ¿Dónde estaba la diferencia?

—Lo único que digo es que mi opinión sobre los chicos no ha cambiado —concluí.

Estaba segura de que estaba actuando como era debido al no meterme con Ryan. Al final, acabaría haciéndome daño. En realidad, ya me lo había hecho.

Al día siguiente, después de clase, Tracy se acercó a mí.

—Tengo que hablar contigo un minuto —su expresión era seria.

Nos dirigimos a los bancos que bordeaban el vestíbulo cercano a la cafetería.

—Están ocurriendo cosas en el club, y tengo que ponerte al día.

—¿Ah, sí? —y yo que pensaba que todo iba de maravilla. Aunque últimamente había estado tan distraída que no me sorprendía haberme perdido algo.

—Sí. Kara va a faltar a las próximas dos reuniones.

—¿Y eso?

Tracy miró a su alrededor.

—No les dije nada a ti ni a Diane porque juré no contárselo a nadie.

—¿Qué pasa?

—Va a recibir ayuda psicológica.

—¿Ayuda psicológica?

Tracy suspiró.

—Vamos, Pen. Los dos últimos años nos hemos quedado calladas viendo cómo Kara se echaba a perder. No sé qué la empujó a hacerlo, pero en la última reunión nos contó a Morgan y a mí que quería volver a recuperar el control.

—Genial —me alegraba mucho por Kara. Me alegraba y me preocupaba al mismo tiempo.

—Bueno —prosiguió Tracy—, el caso es que el programa en el que se inscribió dura todo el fin de semana.

—Pues claro, perfecto —me sentí mal por no haberlo sabido, por no haber estado ahí para ayudar a Kara.

Ryan pasó de largo, en dirección a su casillero. Era la primera vez que lo veía en toda la semana, con excepción de las clases de Historia Universal.

—Hola, Ryan —dijo Tracy.

Levantó la vista de su casillero.

—Ah, hola, Tracy.

Una vez más, evitó mirarme. Agarró sus cosas rápidamente y se fue.

Tracy me miró a mí y luego a Ryan, que salía por la puerta.

—¿Se puede saber qué pasa entre ustedes dos?

—Nada.

Y era verdad. No pasaba nada. Nada en absoluto.

Decidí que iba a dedicar la semana previa al Día de Acción de Gracias a concentrarme de nuevo en el club. Ya estaba harta de estresarme por la frialdad de Ryan y por el deseo de Nate de que fuéramos amigos.

—¡Ándale, suéltalo! —le dijo Tracy a Morgan mientras tomaba asiento en nuestra reunión del sábado—. Con pelos y señales.

Morgan se sonrojó al tiempo que todo el grupo aguardaba los detalles de su primera cita con Tyson.

—Bueno, Tyson pasó por mi en la camioneta de su mamá.

—¡No! —exclamó Erin—. Es lo último que me habría imaginado.

—Ya lo sé —Morgan sonrió—. Pensé que llegaría en un coche en plan estrella de rock, pero me encantó. Fuimos al Mexicana Grill y la cena fue fantástica (preparan un guacamole increíble). Luego fuimos al garaje y su banda estuvo ensayando. Tyson me dedicó una canción —Morgan se sonrojó al acordarse.

—¿Una canción original? —preguntó Teresa.

Mientras Morgan proseguía con la historia, observé al grupo. Todo el mundo estaba interesado en la cita de Morgan, y se alegraba por ella. No pude evitar una sonrisa.

Era la clase de amistad que yo necesitaba. Amigos que te apoyan. No como Nate, que me había traicionado. Ni como Ryan, que me había despachado tan deprisa.

—¿Te besó o no? Quiero detalles —bromeó Tracy.

Morgan se sonrojó y bajó la vista.

Un coro de "¡uuuhs!" inundó la estancia mientras Morgan ocultaba la cara entre las manos.

—Penny, ayúdame —suplicó.

—Ya fue mucho, ¿no? Dejen que Morgan tenga un poco de intimidad —indiqué entre risas.

Repasé una lista de películas que podíamos ver y se generó un debate entre una comedia adolescente de los años ochenta y una película de terror.

—Oye, Penny —Teresa Finer se acercó a mí—, ¿podemos ir Maria y yo al piso de arriba a estudiar?

—¿A estudiar? Pero, chicas, es sábado en la noche.

Maria Gonzales sacó su libro de texto de Cálculo Avanzado.

—Ya lo sé, pero el lunes hay un examen importante y tenemos que repasar.

Teresa se inclinó para hablarme.

—Reprobé el último examen, y si mis calificaciones siguen bajando, voy a perder la beca de voleibol en la universidad de Wisconsin.

—¡Sí, claro! —les hice señas para que me siguieran y las llevé a mi habitación—. Aquí estarán tranquilas. Si necesitan cualquier cosa, avísenme.

—Gracias —respondió Teresa mientras se sentaba en el suelo del dormitorio.

Cuando bajé las escaleras, vi que tenía un mensaje de Nate en el celular. Tracy había restringido sus llamadas, pero eso no significaba que no pudiera comunicarse de alguna manera.

Abrí la tapa del teléfono y solté una carcajada.

—¿Qué pasa? —Tracy estaba en la cocina con Diane, recogiendo más comida.

Yo seguía riéndome.

—Es este mensaje de Nate…

Tracy se plantó a mi lado y me arrebató el teléfono.

—¿Qué es esto? No entiendo.

—¿Qué dice? —preguntó Diane.

—"El polvo fue una mala opción" —leyó Tracy.

Solté otra carcajada.

—Es... —no podía parar de reírme—. Es de *El reportero*. La vimos este verano en la televisión, y nos pasábamos el día repitiendo frases de la película. Lo que pasa es que hacía un calor espantoso afuera...

Tracy y Diane estaban horrorizadas.

—Penny, ¿te has vuelto loca?

—¿Por qué? ¡Si es una película de humor!

—¿Qué no te das cuenta de lo que está haciendo?

Pues no. ¿Qué estaba haciendo?

Tracy pulsó la tecla "Borrar".

—Esta noche me lo quedo —se guardó mi celular en el bolsillo—. Ven, vamos al sótano. A ver si estando con las demás te acuerdas de por qué vinimos.

Seguí a Tracy escaleras abajo, aunque llevaba una sonrisa en los labios, recordando que con Nate me había reído hasta tal punto que se me saltaban las lágrimas. Lágrimas de las buenas.

Casi se me había olvidado que también hubo buenos momentos con Nate.

Seguí recibiendo mensajes por el celular toda la semana. Y, aunque me molestara, tenía que admitir que empezaba a esperarlos con ilusión. Igual que antes esperaba con ilusión llegar a mi casillero y hablar con Ryan.

Le dije a Tracy que los mensajes se habían acabado, porque de lo contrario me habría seguido exigiendo que le entregara el teléfono. Total, unas cuantas frases graciosas no iban a hacerme olvidar la mala pasada que me había jugado.

Necesitaba reírme, nada más.

Regresé corriendo a mi casillero para recoger mis cosas. Empezaban las vacaciones por el Día de Acción de Gracias. Miré el teléfono y me eché a reír por la última cita que había escrito Nate.

—¿Qué te hace tanta gracia?

Casi no reconocí la voz.

Era Ryan. Me sonreía.

—Esteee... —llevaba semanas sin hablar con él. Había estado esperando ese momento, pero ahora no sabía qué hacer—. Nada, acabo de recibir un mensaje divertido.

—Bueno, Bloom, me alegro de verte sonreír otra vez.

No supe cómo tomarme el comentario.

—Mmm —era estupendo volver a hablar con él. Ojalá se me hubiera ocurrido qué decir. Decidí ser sincera—. Creo que podría decir lo mismo de ti.

Soltó una carcajada.

—Sí, tienes razón. Han sido unas semanas complicadas, ¿eh?

Me limité a asentir. ¿A qué se refería?

—Bueno —cerró su casillero—. Que la pases bien en Acción de Gracias. Nos vemos regresando —al marcharse, me rozó el hombro con los dedos. Se me cayó el alma a los pies.

Justo entonces me llegó otro mensaje de Nate, y lo borré sin mirarlo. Las citas humorísticas estaban muy bien, pero no era eso lo que yo quería.

Me asustaba que aquel breve encuentro con Ryan hubiera significado tanto para mí.

Cerré los ojos. Di gracias por el club. Y por no salir con chicos.

Porque, sin lugar a dudas, Ryan Bauer no haría más que destrozarme el corazón.

Treinta

Penny Lane, no irás a llevar puesto eso, ¿verdad?
—me preguntó mamá cuando bajé a la cocina el
Día de Acción de Gracias por la mañana.

Miré hacia abajo y contemplé mi vestimenta: un bonito pantalón de mezclilla y una camiseta de manga larga.

—Pues… sí. Es la ropa de fiesta habitual de los
Bloom.

Mamá estaba ocupada limpiando la barra de la cocina y se veía más nerviosa que de costumbre.

—Ya lo sé, pero este año tenemos invitados.

—Ay, perdón, no me había dado cuenta de que la
reina de Inglaterra iba a pasar a vernos.

—¡Penny Lane! —me regañó mamá. Se me había olvidado lo mucho que la estresaba invitar a gente a casa. Rita
y yo habíamos hecho todo lo posible por echar una mano
pelando papas y picando verduras; los cortes en mi mano lo demostraban.

Papá entró con un periódico enrollado en la mano.

—Penny Lane, por favor, hazle caso a tu madre y
cámbiate, ¿quieres? Está un poco disgustada porque Lucy
no viene a casa este fin de semana.

EL CLUB DE LOS CORAZONES SOLITARIOS

Era la primera vez que no nos reuníamos todos en esta fecha. Lucy iba a pasar el Día de Acción de Gracias con la familia de su prometido, en Boston.

Mamá se secó el sudor de la frente.

—Ya sé que estará con nosotros una semana entera en Navidad; pero la vamos a dedicar a los preparativos para la boda...

Rita entró en la cocina vestida con pantalón de mezclilla y camiseta.

—Chicas, ¡a cambiarse ahora mismo!

Mientras nos encaminábamos al piso de arriba, Rita preguntó:

—¿Me perdí algo?

Negué con la cabeza. "Feliz Día de Acción de Gracias para mí". Rita se percató de que yo estaba hecha un manojo de nervios.

—Penny, todo saldrá bien —aseguró—. Tienes que tomar el control. No permitas que se imponga sobre ti.

Los Taylor iban a llegar en menos de una hora, y aún no tenía ni idea de qué le iba a decir a Nate. Para ser sincera, ni siquiera sabía cómo me iba a sentir al verlo. ¿Furiosa? ¿Triste? Una cosa eran los correos electrónicos y los mensajes por teléfono, pero, ¿qué sentiría al mirarlo a los ojos? Aquello iba a ser muy revelador. Sólo esperaba ser capaz de mantenerme fuerte. Nate no iba a poder conmigo. Yo ya le había dado vuelta a la página.

Fui a mi habitación y encontré el top blanco que se anudaba al cuello que Diane me había prestado después de la fiesta de ex alumnos, cuando me dijo que tenía que resaltar lo que "la naturaleza me había dado". De modo que me lo puse con unos pantalones negros de raya diplomática y tacones negros. Me encaminé escaleras abajo pensando que mi aspecto había mejorado mucho... tal vez demasiado para el gusto de mi padre.

—Oye, Penny Lane, ¿ese top es nuevo? —preguntó papá mientras examinaba mi atuendo con inquietud.

—Relájate, Dave —replicó mamá—. Se ha desarrollado y se ve muy bonita.

Sonó el timbre, y respiré hondo varias veces. Rita me agarró de la mano y susurró:

—No le permitas ganar.

¿Ganar? ¿Qué había que ganar?

Cuando la puerta se abrió, se produjo una explosión de actividad: mis padres abrazaron al señor y la señora Taylor, y hubo un intercambio de saludos cordiales.

La señora Taylor se volvió hacia mí:

—Penny, ¡mírate! —me estrechó entre sus brazos—. Cariño, estás preciosa —me soltó, y entonces me di vuelta.

Allí estaba. Con una expresión que no supe si era de timidez o de suficiencia.

—Hola, Penny.

Abrí la boca y traté de decir algo, lo que fuera. Pero era difícil. Pensé en lo que Diane me había dicho acerca de que Ryan había formado parte de su vida durante mucho tiempo. Ahí estaba Nate, delante de mí; Nate, a quien conocía de toda la vida. Pensé que, tal vez, mi último recuerdo de él apagaría los demás; pero no fue así. Vernos el uno al otro siempre había sido una cuestión de rutina, y aunque invariablemente nos saludáramos con "Hola, Penny" y "Hola, Nate", como si no fuera gran cosa, por lo general lo decíamos como si compartiéramos un secreto. Y es que, en efecto, compartíamos un secreto. Ahora, mayor que nunca.

Odiaba tenerlo frente a mí. Odiaba que hubiera venido a mi casa. Porque odiaba lo que yo misma sentía. Por mucho que quisiera gritar y salir corriendo, apenas podía respirar. Al verlo, sentí la misma emoción de siempre.

Iba a ser más difícil de lo que había imaginado.

—Toma —Rita me plantó en los brazos los abrigos de los Taylor—. Penny los colgará.

Le lancé a mi hermana una mirada agradecida mientras salía disparada hacia el armario. Pasé más tiempo del necesario colgando los abrigos. Durante todo ese rato noté los ojos de Nate en la espalda. Y me gustaba.

—Bueno, ¿qué quieren tomar? —pregunté en el instante mismo que colgué la última prenda en su gancho.

—Yo me encargo, tesoro —papá empezó a preguntar qué quería beber cada cual.

—No, papá —protestó Rita—. Déjanos ayudar a Penny y a mí.

Me daba la vuelta para dirigirme a la cocina cuando alguien me tiró del brazo.

—Penny —dijo Nate mientras me abrazaba—. Te he extrañado mucho.

—Oooh —dijo la mamá de Nate, enternecida—, no ha hablado más que de volver a verte, cariño.

Me quedé parada, entre sus brazos.

—Vamos, Penny —Rita se acercó y Nate me soltó de inmediato—, tenemos que ir a la cocina —se giró hacia Nate—. Ese lugar lleno de cuchillos afilados, ¿sabes?

Mientras Nate daba un paso atrás, lo examiné por primera vez desde que me destrozara el corazón. Y resultó extraño, porque no era igual que el recuerdo que guardaba de él. ¿Me había fijado antes en lo plana que tenía la cara? ¿Y en esos pequeños ojos pálidos, inexpresivos? Empecé a respirar un poco mejor.

Me quedé en la cocina con Rita y con mamá, ayudando con los preparativos, mientras la señora Taylor nos bombardeaba con preguntas sobre la escuela. Por suerte, los hombres estaban en el piso de abajo, viendo un partido de futbol americano. Fue la primera vez que semejante costumbre machista no me molestó.

Entré en el comedor para llenar los vasos de agua y me di cuenta de que mamá me había colocado justo al lado de Nate, de modo que resultaría inevitable conversar con él.

No había tiempo suficiente para cambiar los lugares en la mesa, pues todo el mundo estaba entrando ya para comer. Mientras tomaba un plato, me di cuenta de que aquel año mamá había exagerado más que nunca con la comida. Apenas pude poner un poco de todo en el plato en la primera ronda, aunque me salté la salsa de arándanos porque temía mancharme la blusa. Y también prescindí del "pavo vegetariano", elaborado con soya y trigo. Mis padres no estaban dispuestos a permitir que la tradición se interpusiera con sus creencias, así que me había acostumbrado a darme un atracón de ensalada, puré de papa, arroz integral y camotes.

Nate me seguía en la fila que formábamos junto a la barra. Alargó el brazo para tomar un bollo, puso la otra mano en la parte descubierta de mi espalda y la frotó con el pulgar arriba y abajo. Me quedé paralizada, incapaz de moverme.

—Te he extrañado —musitó.

Por un momento estuve a punto de decirle, también con un susurro: "Yo también te he extrañado". Estaba acostumbrada a semejantes comentarios entre nosotros. Pero en esta ocasión me esforcé por rechazarlo. Me había pasado meses bloqueando el recuerdo de su tacto, de sus palabras. Sabía adónde acababa llevando todo aquello, invariablemente.

No fui capaz de mirarlo. Me limité a regresar a la mesa.

Después, mientras tomábamos asiento, Nate lanzó una prolongada mirada a mi pecho.

Y yo pensé: "Hasta aquí hemos llegado".

El señor Taylor se giró hacia mí.

—Bueno, Penny, ¿qué me cuentas de ese club del que tanto he oído hablar?

Por poco me atraganté con el puré de papa. ¿Cómo se había enterado?

La señora Taylor intervino a continuación.

—Sí, tu madre nos envió un *link* del artículo del periódico de la escuela —si mamá creía que le iba a ayudar con los platos, estaba muy equivocada—. Parece muy divertido. Ojalá yo hubiera tenido algo así a tu edad.

Eso significaba que Nate estaba enterado del club. No me sentí con fuerzas para mirar cómo reaccionaba. En cambio, esbocé una sonrisa y, con tono alegre, respondí:

—Sí, ¡es divertidísimo!

Noté que la mano me empezaba a temblar. Volteé a ver a Rita, que me dedicaba una sonrisa de aliento.

—Es fantástico, en serio —Rita le lanzó a Nate una mirada asesina—. Sobre todo porque no se pueden imaginar la clase de cretinos redomados que han querido salir con Penny. Así le va mucho mejor.

El señor Taylor sonrió mientras asentía.

—Vaya, Penny, es fantástico.

La conversación derivó hacia la política. No resistí la tentación de mirar a Nate. Se metía comida en la boca sin parar. Una pizca de pavo vegetariano se le quedó colgando de la barbilla.

¿Y *ése* era el chico con el que soñaba verano tras verano? ¿*Ése* era el chico que me había destrozado el corazón? ¿*Él?*

Después de cenar y lavar los platos, subí a mi habitación para llamar a Tracy. Antes de que pudiera marcar, Nate llamó a la puerta y pidió permiso para entrar.

La idea de estar a solas con él me revolvía el estómago, aunque me figuré que no podía seguir ignorándolo por más tiempo.

Se sentó en una esquina de la cama.

—Ven aquí —me dijo, mientras daba palmadas a su lado, en el colchón.

—No, gracias —permanecí junto al escritorio.

Nate se levantó.

—Vamos, Penny. Te hablaba en serio en mis *e-mails*. No puedes seguir furiosa conmigo, imposible —se acercó y me puso las manos sobre los hombros.

Tiempo atrás, todo lo que yo deseaba era sentir su contacto. Tiempo atrás habría dado mi vida por momentos así: los dos juntos, a solas; los dos compartiendo un secreto. Tiempo atrás, mi lista no escrita de novios tenía un único nombre. Tiempo atrás, mi amor por él lo hacía ver hermoso, sin importar cómo actuara, sin importar lo que hiciera.

—Dime qué quieres que haga para mejorar las cosas —susurró, mientras se inclinaba y me frotaba los hombros.

—Para empezar —respondí—, puedes quitarme las manos de encima.

Siguió sin inmutarse.

—Pues antes te gustaba.

Me puse de pie y lo aparté de un empujón.

—Sí, antes me gustaba un montón de estupideces.

Se mostró genuinamente dolido.

—Penny, no hables así. Sé que las cosas entre nosotros no acabaron bien; pero tampoco fue para tanto.

—Debes estar bromeando, ¡seguro! —no me molesté en controlar el tono de voz.

Escuché sonoros pasos en las escaleras, y a los pocos segundos Rita había entrado en la habitación.

—Hazme un favor, idiota. Aléjate de mi hermana.

Me volví hacia Rita.

—Rita, cierra la puerta —ella puso la mano en el picaporte—. Quiero decir, déjanos solos —entonces Rita cerró la puerta a sus espaldas.

Nate puso una expresión de triunfo.

—Bueno, esto me gusta más —atravesó la habitación, pero yo alargué la mano.

—Alto.

—¿Por qué te pasas la vida provocando? —me guiñó un ojo.

Noté que la cara se me encendía. Me esforcé todo lo posible por no propinarle un puñetazo.

—¿Cómo puedes quedarte ahí parado y pensar que después de lo que me hiciste te iba a perdonar así, por las buenas? Unos cuantos *e-mails* y esos mensajes chistosos por el celular no van cambiar las cosas.

Entonces, algo cambió en su actitud. Se sumió en una tranquilidad extraña, como si la respuesta fuera la más obvia del mundo, al menos para él.

—Pensé que me perdonarías porque te quiero —respondió.

¡Y se lo creía! Era un farsante, un tramposo, un mentiroso, un ser despreciable. Pero en ese momento no había farsa alguna, ni trampas, ni mentiras, ni nada despreciable. Nate de verdad se lo creía, aunque tan sólo fuera por un segundo; necesitaba de veras que fuera verdad.

—Nate —le dije—, no te permito que hagas eso. No te permito que digas eso. Me mentiste.

Noté el sabor de la bilis en la garganta.

—Nate, me mentiste.

—Sólo te dije lo que querías oír —replicó, recuperando su actitud defensiva.

—¿Y no se te ocurrió que, a lo mejor, quería oír la verdad?

Me di cuenta perfectamente de lo que estaba ocurriendo. En el preciso instante en que lo desafié, el "te quiero" desapareció.

—Ya lo sabes, Pen. No, no se me ocurrió, porque tú no querías oír la verdad. Desde que éramos niños te inventaste un absurdo cuento de hadas sobre nosotros. Así que, sí, hice lo que pensé que tú querías.

—Me utilizaste.

Nate lanzó las manos al aire.

—¡Pues no llegué muy lejos, la verdad!

El cuerpo me empezó a temblar.

—Llegaste lo bastante lejos.

—Lo que tú digas. Pero al menos hay algo que tienes que agradecerme.

—¿Cómo? —tenía que haber oído mal, estaba segura.

Una sonrisa le cruzó el semblante.

—El club de los corazones solitarios. Es evidente que lo fundaste por mí.

La boca se me abrió hasta tal punto que, prácticamente, chocó contra el suelo. Nate pensaba que tenía que darle las gracias, ¡nada menos!

—Ah, vamos. Tenías que sobreponerte a mí, así que fundaste el club. Para ser sincero, me halaga bastante, muñeca.

Me quedé mirándolo en estado de *shock*.

Traté de recordar lo que Rita había dicho acerca de actuar como una persona adulta. Podía decirle tranquilamente que estaba equivocado, o bien hacerle una escena. Podía ser más madura que él, o bien, portarme como una chica común y corriente de dieciséis años.

Como si hubiera elección.

—Para empezar, vuelve a llamarme "muñeca" y no habrá equipo médico en la faz de la Tierra que sea capaz de averiguar que alguna vez fuiste hombre.

Al fin y al cabo, sólo era una chica de dieciséis años.

La sonrisa se le borró de la cara de un plumazo.

—Hablo en serio —continué—. No entiendo qué pude ver en ti. Eres un egoísta de lo peor. Además, no eres ni la mitad de guapo de lo que tú crees, y a la hora de conversar, aportas tanto como un costal de papas. Soy de quienes piensan que la gente aprende de sus errores, y déjame que te diga una cosa: tú, Nate, fuiste un error *garrafal*.

"No sólo estoy decidida a no volver a cometer un error así en toda mi vida, sino que nunca más tendré que soportar tu presencia. No vas a volver a pasar ningún otro verano con mi familia, ¿entendiste?

—No puedes obligarme a nada —se cruzó de brazos.

—¿Ah, no? Perfecto —lo agarré del brazo—. Vamos abajo a contarle a mi mamá, punto por punto, todo lo que ocurrió el verano pasado; insisto, *todo*.

Nate se detuvo en seco.

—Ándale, Nate. Según tú, no has hecho nada malo. Entonces, ¿dónde está el problema? Creo que a mi mamá le encantará escuchar lo que me hiciste, sobre todo porque estabas haciendo muchas más cosas con muchas otras chicas a la vez. Dios mío, me encantaría estar presente cuando mi madre se lo cuente a la tuya. Francamente, estoy harta de ocultarles ese secreto. Es verdad, mi mamá se va a llevar un chasco por lo mal que elijo a los chicos, y por que su hija haya cedido ante un cerdo como tú; pero, por alguna razón, creo que te dedicará unas cuantas... en fin, palabras.

Nate se separó de un tirón.

—Penny, ya párale.

—¿Que le pare? No le tienes miedo a mi mamá, ¿verdad?

No podía creer que hubiera sido capaz de decir todo aquello sin echarme a reír.

—¿Sabes qué? —proseguí—. Este verano saqué algo en claro. Me merezco a alguien mucho mejor que tú. Siempre ha sido así. De modo que, en efecto, debería darte las gracias por ser un idiota de lo peor, porque me has hecho abrir los ojos y ver lo que me merezco. Al final, las personas que más me importan son mis amigas, y no la gente como tú. No significas absolutamente nada para mí. Y tienes razón: en cierta manera, tu forma de actuar provocó la creación del club, que es lo mejor que me ha pasado en la vida. Pero no te debo nada, para que lo sepas.

Me di la vuelta para abandonar la habitación, pero lo pensé mejor.

—Y para colmo, Nate, besas como un perro baboso, tienes mal aliento y no serías capaz de hacer sentir a una chica como se debe aunque tuvieras un manual de instrucciones. Feliz Día de Acción de Gracias, imbécil.

"De acuerdo, a partir de este momento voy a ser una persona más madura."

Treinta y uno

—¡No, imposible! —gritaba Tracy al teléfono después de que le conté la historia con detalle.

—¿Puedes creerlo? Quizá al final me pasé un poco de la raya, pero no sabes el peso tan grande que me quité de encima.

Estaba tumbada en la cama, en pijama, y la cabeza me daba vueltas. Los Taylor se habían ido y Rita me había traído un enorme trozo de pastel de calabaza antes de salir a dar una vuelta. La vida era maravillosa.

—En serio, el sábado que viene quiero que hagas una representación completa para las socias del club. Me encantará interpretar el papel de Nate. Gruñiré sin parar y me inflaré de comida. ¡Alucinante! ¿Quién más lo sabe?

—Sólo tú y Rita. ¡Dice que soy una diosa!

—Tienes que llamar a las del club. Se mueren por saber qué pasó.

—Lo haré. Ay, no puedo creer que fuera tan bueno volver a verlo; no sé en qué estaba pensando. ¡Ha cambiado tanto!

—Penny, no fue Nate quien cambió, sino tú. Nunca me ha caído bien, ya lo sabes. Siempre te dije que te merecías a alguien mejor, pero no me hacías caso, y ahora te diste cuenta de la verdad. Agradable, ¿eh?

"Muy agradable, sí."

Caí en la cama, exhausta, después de llamar a Diane, Jen, Amy y Morgan.

Lo había logrado. Me había enfrentado a Nate.

Me acerqué al escritorio, tomé mi viejo diario y lo abrí en la última página que había escrito. Aquella que tantas veces me había destrozado el corazón, tiempo atrás. Pasé el dedo por las marcas del bolígrafo. Cuánto dolor había en aquellas palabras. Pero, en ese momento, supe que todo saldría bien.

Agarré un bolígrafo y me puse a escribir en el apartado de *Yesterday*. No con la intención de reescribir la historia, sino para recordarme a mí misma que era capaz de superar el mal de amores, en caso de que me volviera a suceder.

I'll be back again.

Sí, regresaría. Podía arriesgar mi corazón y, luego, recuperarme. Además, lo que me hiciera sufrir, al final, me haría más fuerte.

Sí, me merecía lo que más deseaba: alguien que me valorara, alguien en quien pudiera confiar, alguien que me apreciara por mí misma.

Al pensar en Ryan, se me cayó el alma a los pies.

Treinta y dos

—A ver, Penny Lane, éste es nuestro pequeño secreto. Hagamos un juramento —papá alargó su dedo meñique y lo trabó con el mío—. Tu madre me mataría si se enterara de lo que hicimos con las sobras.

Papá y yo estábamos comiendo solos el sábado, y ninguno de los dos había podido soportar la visión de los restos del pavo vegetariano… de modo que lo arrojamos al triturador de basura. Aunque mamá no se iba a tragar el cuento de que yo había contribuido a que se terminara.

—Bueno, ¿qué plan tienen las del club esta noche? —preguntó papá.

—Vamos a ir a ver una película para que no tengan que preocuparse por un montón de chicas pegando de gritos por la casa.

Papá sonrió.

—Bueno, es un alivio. ¿Hoy no habrá karaoke, entonces?

Uf, ése era precisamente el propósito de ir a ver una película: tratar de distraer a Jen del karaoke del fin de semana siguiente para recaudar fondos. Estaba súper agobiada. Yo le había prometido cantar un solo y, encima,

había accedido a dirigir al club en una interpretación de
Sgt. Pepper's lonely hearts club band.
Sonó el teléfono y papá fue a contestar.
—Ah, hola, Ryan.
"No puede ser..."
Me quedé observando y vi que mi padre fruncía el
ceño.
—No, no, hiciste bien. Estaré en la clínica en cinco
minutos. Allí nos vemos.
Urgencia médica.
—¿Todo bien?
—En realidad, no. Era Ryan Bauer. Su hermana se
cayó y se golpeó la boca contra una mesa. Está sangran-
do. Tengo que ir a la clínica —agarró su abrigo—. De
hecho, Penny Lane, ¿me acompañas? Puede que necesite
otro par de manos.
—Esteee...
—Además —añadió—, Ryan está un poco alterado.
Le vendría bien la compañía de una amiga.
Antes de que pudiera protestar, papá me lanzó mi
chamarra y salió por la puerta principal.

Cuando estacionamos el coche, Ryan ya nos estaba esperando. Sostenía en brazos a su hermanastra de ocho años,
Katie, cuya larga cabellera oscura le tapaba la cara. Papá
corrió hacia él y acarició la cabeza de la niña.
—Cariño —le dijo a la pequeña—, todo saldrá bien
—me entregó las llaves—. Penny Lane, abre la clínica,

enciende las luces del consultorio, pon en marcha los aparatos y saca instrumental limpio —Ryan me miró, cayendo entonces en cuenta de que había acompañado a mi padre, y vi en sus ojos un destello de pánico.

Presa de los nervios, cogí las llaves y corrí a la puerta. Encendí las luces del techo y luego me apresuré hasta la sala de consulta principal. Como movida por un piloto automático, encendí los aparatos, saqué instrumental limpio y lo coloqué sobre la barra.

Los sollozos de Katie iban en aumento mientras papá y Ryan se acercaban.

—Estaba en el piso de arriba, preparando la comida, y oí un estrépito. Me imagino que estaría pegando de brincos y... se cayó —le explicaba Ryan a mi padre.

Colocó a la niña en el sillón y, suavemente, papá apartó la toalla que le cubría la cara. No se veía más que sangre.

—¡Ay, no! —exclamó Ryan. Se tapó la cara con las manos y empezó a recorrer la estancia de un lado a otro.

—Todo saldrá bien —aseguró mi padre. No sabía si se dirigía a Katie o a Ryan.

Corrí al despacho de la clínica, agarré a *Abbey*, la morsa de peluche, y regresé corriendo. Papá estaba examinando a Katie, que ahora lloraba con más fuerza todavía.

—Toma, preciosa —me acerqué y le entregué el peluche con el que yo solía jugar cuando tenía su edad. Vacilante, Katie agarró la morsa y enseguida la apretó contra sí como si su vida dependiera de ello.

—Bueno, algunas piezas están un poco sueltas; pero lo solucionaremos. Voy a limpiar la herida y luego me encargaré de estabilizar los dientes —papá miró a Ryan, quien parecía a punto de desmayarse.

—Penny Lane, ¿y si llevas a Ryan al vestíbulo? —prosiguió mi padre, pese a las protestas de Ryan—. Creo que es mejor que esperes allí —le dijo—. Ya hiciste todo lo que podías hacer.

Me encaminé hacia la puerta y Ryan me siguió. Sin detenerme a pensarlo, le puse una mano en el hombro.

Se dejó caer en el sofá de recepción y se cubrió la cara con las manos.

—Mi mamá me va a matar.

Me senté a su lado y lo rodeé con el brazo.

—Ryan, no hiciste nada malo.

—Sangró mucho —protestó.

—Eso es porque la sangre se mezcla con la saliva y parece peor de lo que es en realidad —le aseguré.

De pronto, levantó la cabeza.

—¿Por qué viniste? —no habría sabido decir si estaba molesto o, acaso, avergonzado.

—Mi padre… estee, pensó que podría necesitar ayuda… y que a ti te vendría bien una amiga —tomé su mano y se la apreté.

Sonó el celular de Ryan, y él dio un respingo.

—Hola, mamá… no, localicé al doctor Bloom… Sí… está bien… de acuerdo… Lo haré… Hasta luego.

—Tienes que convencerte de que no es culpa tuya —insistí una vez que colgó. Ryan se limitó a clavar la

EL CLUB DE LOS CORAZONES SOLITARIOS

vista al frente—. Mira, cuando tenía dos años, se suponía que Lucy me estaba cuidando. Ella sólo tenía diez años en aquel entonces, así que fue un poco irresponsable por parte de mis padres. El caso es que me dejó en lo alto de la litera de su habitación y, bueno, al minuto siguiente me caí de la litera y me estrellé contra el piso. ¿Y sabes qué? Salí casi normal —golpeé su rodilla con la mía—. O puede que no...

Ryan sonrió.

—Sé que se pondrá bien; pero, por el tono de mi madre, me da la impresión de que la decepcioné. Además, Cole protege tanto a Katie... Demasiado, creo yo. No sé... ¿tienes idea de lo agotador que resulta ser yo mismo, a veces?

Me quedé mirándolo, sin poder creerlo.

—Ryan —repliqué—, nadie espera que seas perfecto.

—Muy bien; pues díselo al entrenador, y a mis padres.

Nunca me había puesto a pensarlo. Siempre había dado por sentado que Ryan, efectivamente, era perfecto.

—Yo tengo la culpa —prosiguió—. Me mato para estar a la altura de las expectativas de los demás. Siquiera una vez me gustaría volarme una clase, beber en una fiesta, no decir en cada momento lo que es debido. Ya los oigo: "Deberías haber estado vigilándola, Ryan". "¿En qué estabas pensando, Ryan?" "Qué irresponsable, Ryan". "Estamos decepcionados, Ryan". Eso es lo peor, cuando dicen que los decepciono, como si no tuviera derecho a meter la pata de vez en cuando. Me alegro de que mi papá no tenga que enterarse de esto.

Era la primera vez que Ryan mencionaba a su padre desde que éste no acudiera al partido de principios de curso.

—Si tengo que volver a escucharlo decir una vez más que un nueve no es mucho más notable que un ocho, y que ninguna universidad pasable me va a admitir a menos que sólo saque dieces... Como si yo quisiera seguir su ejemplo y ser un idiota que sólo piensa en sí mismo.

Me quedé boquiabierta.

Ryan puso cara de horror.

—Lo siento... No debería... No quería decir...

—Tranquilo —le froté el brazo—. Estás nervioso por lo de Katie, nada más. Es que... últimamente se están acumulando muchas cosas.

Se volvió hacia mí, con aspecto agotado.

—Sé que piensas que soy un exagerado, pero me paso tanto tiempo esforzándome para no decepcionar a la gente... ¿Y qué con lo que yo quiero?, ¿eh?

—¿Y qué es lo que quieres? —pregunté.

—¿Importa? —replicó mientras apoyaba la cabeza contra la pared.

—Claro que sí, siempre y cuando sea importante para ti.

—Bueno, no puedo conseguir lo que quiero, así que no tiene sentido.

Ryan mostraba un aspecto muy diferente de sí mismo; se veía vulnerable. Hizo que me gustara todavía más. Alargué el brazo y volví a tomarlo de la mano.

—Ryan, eres una persona increíble, y te mereces todo lo que quieras.

Bajó la vista hacia mi mano, que sostenía la suya.

—No soy estúpido, así que estoy dispuesto a conformarme.

Me desconcertó. No tenía ni idea de qué estaba hablando. Alargó su mano libre y sujetó mi barbilla.

—Sé que las cosas han estado un poco raras entre nosotros pero, ¿podemos regresar a la normalidad, por favor?

Yo no sabía si eso sería posible. A estas alturas, ¿qué cosa era normal?

Asentí.

—Lamento mucho todo lo que ha pasado, de veras. Rosanna...

—Lo sé —interrumpió mientras me soltaba la barbilla y separaba la otra mano de la mía. Tuve el impulso de volver a tomarla, pero me resistí.

—En fin —le di una palmada en la rodilla—. Eres increíble. Vienes aquí con tu hermana y terminas consolándome a *mí*.

—Sí, ya sabes, don Perfecto se encarga de todo...

Me eché a reír.

—No presumas tanto. Acuérdate de que te oí cantar en el concierto y, querido amigo, tienes un pequeño problema con la modulación. Te aseguro que no eres perfecto, para nada.

Negó con la cabeza y seguimos sentados, en silencio. Empecé a tararear al ritmo de la música que sonaba de fondo.

—Ay, Dios mío —dije.

Ryan levantó la vista.

—¿Qué pasa?

Sacudí la cabeza.

—Nada, es sólo que… —me acerqué al escritorio y subí el volumen—. Parece apropiada, ¿no? —me puse a cantar a coro la canción que sonaba: *Help!*, "¡Socorro!", de los Beatles.

Won't you please, please help me.

—¿Apropiada? No tienes idea —exhaló lo que pareció ser un suspiro de alivio.

Papá salió unos minutos más tarde, con Katie de la mano. La boca de la niña se veía mucho mejor, aparte de la gasa que mi padre le había colocado para detener la hemorragia. Ryan se levantó de un salto, se hincó y abrazó a su hermana.

—Muchísimas gracias, doctor Bloom. Siento haberlo llamado a casa. No sabía qué hacer…

Papá estrechó la mano de Ryan.

—Tranquilo. Hiciste lo correcto.

Katie se me acercó y extendió la morsa de peluche en sus pequeños brazos. Me incliné.

—¿Sabes? Creo que vas a necesitar a *Abbey* más que yo —el rostro de la niña se iluminó. Salió corriendo hacia Ryan y se abrazó a su pierna.

—Bueno —dijo él—. Tenemos que irnos. Gracias de nuevo, doctor Bloom —se acercó a mí y me dijo—: Gracias, Penny —y acto seguido, me dio un abrazo. Luego se inclinó y me besó en la mejilla.

Vi la expresión de sorpresa en la cara de mi padre. Mientras salíamos por la puerta principal, se quedó mirándome.

—Así que... Ryan... Estupendo chico, ¿verdad?

"No tienes idea", pensé.

With a Little Help From My Friends

"I get by with a little help
from my friends . . ."

With a Little

Treinta y tres

*P*or lo general, después de unos días de vacaciones me horrorizaba volver a la escuela. Pero estaba deseando ver a Ryan y averiguar si las cosas de veras iban bien entre nosotros.

Enseguida regresamos a la normalidad, y yo prácticamente salía corriendo hacia mi casillero después de cada clase. En lugar de temerla, empecé a esperar ilusionada nuestra sesión de bromas entre clase y clase. Por lo general, yo le explicaba en qué sentidos no era perfecto, y él hacía comentarios sobre la lamentable estructura de mi cráneo tras el traumatismo causado por la caída de la litera.

—Ahora que lo pienso, nunca te veo con sombrero. Será por… ya sabes, el *accidente* —le dio un tirón a mi bufanda mientras me abotonaba el abrigo de lana.

—Un momento, déjame pensar. Nunca te he visto tocar un instrumento musical. ¿Será porque eres un absoluto inepto en todo lo relacionado con la música?

Empecé a enrollarme la bufanda alrededor del cuello de manera que le pegaba en la cabeza cada vez que daba una vuelta.

—Ay, perdona...

—¡Penny! —oí que alguien gritaba desde el otro lado del pasillo. Vi que Jen corría hacia mí, seguida a corta distancia por Tracy.

No parecía nada bueno.

Tracy me dio la noticia.

—El director Braddock le acaba de decir que no podemos celebrar la fiesta de karaoke en el gimnasio.

—¿¡Qué!? —exclamé—. ¡Pero si faltan cuatro días!

Jen respiró hondo.

—Dijo que le parece que se ha convertido en un acontecimiento del club de los corazones solitarios, y que no puede celebrarse en el recinto de la escuela.

—¡No tiene sentido! —protesté—. Estamos recolectando dinero para el equipo de basquetbol. Te estamos ayudando porque eres nuestra amiga. Ya invitamos a todo el mundo.

Jen hundió la cabeza entre las manos.

—No sé qué vamos a hacer. Hemos trabajado tanto...

Tracy se sentó y rodeó con un brazo el tembloroso cuerpo de Jen.

—No pasa nada, sólo tendremos que posponerlo hasta que...

—¡Al cuerno! —proclamé. Tracy y Jen se quedaron mirándome, conmocionadas—. Vamos a celebrar esa fiesta y a recaudar tanto maldito dinero, que el equipo de basquetbol va a tener los mejores uniformes de la historia de McKinley.

Tracy me miró como si me hubiera vuelto loca.

—Pero, Pen, no nos dejan utilizar la escuela.

—Entonces, encontraremos otro sitio. Estoy harta de tanto melodrama. En serio, ¿de qué sirve tener un club si no somos capaces de encontrar la forma de superar estos pequeños obstáculos?

—Pero ya repartimos los folletos... —argumentó Jen.

—Pues haremos unos nuevos. Y Braddock, que se pudra. Le demostraremos hasta qué punto estamos al mando —a esas alturas, yo misma estaba asombrada de mi reacción—. Vamos a mi casa. Tenemos que hacer unas cuantas llamadas.

En menos de una hora, las treinta socias del club de los corazones solitarios estábamos en mi casa, dispuestas a entrar en acción. Mis padres habían pedido pizzas para todas mientras analizábamos nuestras opciones.

—Sigo pensando que los padres tendríamos que unirnos y hablar con Braddock —insistió papá mientras abría una caja de pizza y tomaba otra ración.

Negué con la cabeza.

—No, tenemos que hacer esto solas y demostrarle de lo que somos capaces. Podemos enfrentar cualquier impedimento que nos ponga delante.

Papá asintió mientras masticaba y paseaba la vista por la estancia, a todas luces encantado de formar parte de aquel ambiente de emoción.

—Muy bien, éste es el trato —dijo Eileen Vodak al entrar en el sótano—: Mi tío nos dejará usar gratis la zona para eventos del Bolerama; pero como es un sábado en la noche y tendrá que rechazar a los clientes que pagan, nos pide que no llevemos comida, sino que compremos refrescos y aperitivos. O bien, si le damos cinco dólares por persona, nos servirán refrescos, papitas y cosas así.

—Pero eso reducirá los beneficios —repuso Jen al tiempo que, nerviosa, se sentaba en el suelo.

—¿Cuánta gente esperan, exactamente? —preguntó papá.

Jen picoteó su ración aún intacta de pepperoni.

—No tengo idea. ¿Cincuenta, quizá?

—Entre las socias del club y el equipo de basquetbol ya somos casi cincuenta —nos recordó Diane.

—¡Sí! Tienes razón. Me imagino que cien, o ciento cincuenta —Jen empezó a anotar cifras en su cuaderno.

Papá miró por encima del hombro de Jen y se fijó en lo que ella anotaba.

—Ahora que lo pienso, me parece que este año la clínica dental Bloom todavía no ha hecho su donación al equipo. A ver qué les parece: ustedes sacan esto adelante y yo pago los aperitivos.

Jen miró a mi padre con sus grandes ojos azules y, por primera vez en toda la noche, sonrió.

—Muchas gracias, doctor Bloom —se levantó y le dio un abrazo—. Voy a empezar a usar hilo dental a diario, ¡se lo prometo!

Papá se echó a reír.

—Me parece genial.

Creo que eso lo alegraría más que sacar a flote al equipo de basquetbol.

—Muy bien —Jen, nerviosa, se mordió el labio—. Me imagino que lo único que nos falta hacer es comunicarle a todo el mundo el cambio de local. Tenemos los folletos... supongo que será suficiente —no parecía convencida.

—Deberíamos hacer un anuncio por el altavoz —indicó Tracy, dibujando un micrófono en una hoja de cartulina—. Pero, claro, Braddock nunca lo permitiría. Ojalá encontrara la manera de colarme en su despacho y anunciarlo.

—No puedes —repuso Diane.

—Ya lo sé. Es una broma —respondió Tracy.

Diane se levantó.

—No, me refiero a que tú no puedes, pero *yo* sí.

Presa de los nervios, consulté el reloj antes de Tutoría y respiré hondo para tranquilizarme. Confié en que Diane consiguiera sacar adelante el plan, y que no la expulsaran por ello.

Diane era la presidenta del consejo de estudiantes, por lo que se encargaba de hacer los anuncios el viernes por la mañana.

Por lo general se limitaba a resumir las novedades que las diferentes asociaciones habían presentado a lo largo de la semana, y dejaba que otros miembros del consejo las leyeran por el sistema de altavoces.

Esta vez no fue así.

Hilary Jacobs y yo intercambiamos una mirada cuando sonó el timbre y la gente empezó a tomar asiento.

Nos habíamos pasado la semana entera repartiendo los folletos nuevos en el estacionamiento de la escuela. Tuvimos que organizar varios turnos para asegurarnos de que no nos descubrirían. Una de nosotras se colocaba a las puertas de Secretaría, celular en mano, mientras otras dos vigilaban la salida más cercana al estacionamiento. Al resto de las socias se les asignaba una fila de coches para repartir los folletos. Otro grupo llegaba más tarde para asegurarse de que nadie hubiera tirado los folletos al suelo, de forma que no hubiera pruebas.

Por lo que yo sabía, el director Braddock no tenía ni idea de que el karaoke para recaudar fondos seguía en pie. Me moría de ganas de verle la cara cuando Jen le entregara el dinero, el lunes.

Sonó el zumbido del interfón.

—Buenos días a todos, y feliz viernes —dijo Diane—. A continuación, los anuncios para los próximos siete días. La campaña anual de venta de flores del Key Club comienza la semana que viene. Los claveles son a un dólar, y pueden conseguir…

Apenas podía concentrarme en los anuncios; estaba demasiado nerviosa por Diane. Recé para que el director Braddock no estuviera excesivamente cerca y que nuestra amiga pudiera tener tiempo para cumplir su objetivo.

—Y, por último, tengan en cuenta que el karaoke organizado por el equipo femenino de basquetbol para recaudar fondos, el sábado a las 19 horas, no se va a celebrar en el gimnasio, sino en el Bolerama de Cook Street —se escuchó un sonido de fondo, pero el tono de Diane permanecía inalterable—. La entrada cuesta cinco dólares, e incluye bebidas y aperitivos. Esperamos verlos a todos el sábado por la noche en el Bole...

Los altavoces se apagaron.

—Diane, eres mi heroína —comentó Jen mientras nos dirigíamos al Bolerama. Esbozaba una amplia sonrisa mientras pagábamos las entradas—. ¡Mira cuánta gente ha venido! Tengo que consultar la hoja de registro de canciones. Y acuérdense, chicas, aún no se han librado.

No quería que me lo recordaran.

Diane le dedicó una sonrisa al tiempo que entregaba el dinero para la entrada.

—Bueno, el equipo me debe una, nada más. Cualquiera habría hecho lo mismo.

No sé cuánta gente se habría tomado con tanta calma que le prohibieran jugar en el partido de basquetbol del martes y, además, le revocaran la tarea de hacer anuncios por los altavoces, pero Diane estaba exultante.

Nos dirigimos a la sala del fondo, que estaba abarrotada. Debía de haber unas ciento cincuenta personas, por lo menos. En la estancia reinaba la penumbra, y unas luces blancas colgaban del techo. Para ser un boliche no estaba nada mal.

Vi el escenario al frente, iluminado por un enorme foco y con una pantalla para mostrar las letras de las canciones. Mientras nos encaminábamos hacia allá, Jen se acercó a toda prisa.

—¡Es un completo desastre!

—¡Todo está genial! Y mira cuánta gente ha venido. ¿Cómo puedes decir que algo está mal? —pregunté.

—Erin está enferma. Tiene la voz hecha polvo.

¡Vaya! Jen realmente necesitaba tranquilizarse. Con toda la tragedia de las últimas semanas, el hecho de que una persona estuviera enferma no me parecía un desastre, la verdad.

—Jen, hay un montón de gente que sabe cantar, no te preocupes.

—Pero, ¿quién saldrá en primer lugar? Todos los que se han apuntado se niegan a salir primero. Penny, tienes que ayudarme.

—En serio, Jen, mi ayuda no te conviene. Si empiezo yo, la sala se vaciará al momento.

—Por favor, Penny. Todo el mundo te admira. Si empiezas tú, seguro que el resto del club se animará.

De acuerdo, me había equivocado: en efecto, era un desastre.

—Muy bien.

—Gracias, muchas gracias. Te debo una, en serio.

Desde luego que me la debía. No iba a olvidarme de aquello tan fácilmente.

Me acerqué a las cinco mesas de la primera fila, ocupadas por las socias del club.

—De acuerdo, chicas, seré la primera. ¿Quién quiere salir conmigo?

Se hizo el silencio más absoluto. Por primera vez desde que empezara el club de los corazones solitarios, nadie me miró a los ojos.

—En serio, si subimos juntas, en grupo, no será tan malo —"por favor, ay, por favor, alguna tiene que subir al escenario conmigo"—. ¿Alguien se anima?

Tracy jugueteaba con su bolsa de papitas, negándose a mirarme a la cara.

"¿*Et tu*, Tracy?"

Aquello era absurdo. Sólo se trataba de cantar una canción.

Jen miraba a su alrededor con inquietud. Si no me lanzaba a la acción, le iba a dar un ataque.

—De acuerdo, Jen, acabemos de una vez. ¿Qué canción voy a cantar?

Una expresión de alivio se le extendió por el rostro.

—La que tú quieras. Acuérdate, ¡tengo canciones de los Beatles!

Aunque los Beatles me encantaban, la idea de cantar uno de sus temas delante de todo el mundo me hacía sentirme un poco tonta. Como Ryan ya sabía, sólo había cuatro personas capaces de hacerles justicia a aquellas canciones, y yo no era precisamente una de ellas.

Atacada por los nervios, me puse a hojear la carpeta; nada me llamaba la atención. Necesitaba algo que no fuera difícil de cantar y a lo que los espectadores quisieran unirse. Nada me convencía, así que no tuve más remedio que acudir a la reserva de siempre. Me dirigí a la sección con "B" y empecé a repasar las canciones de los Beatles; entonces la encontré.

"Perfecto."

Es verdad, yo no era Paul, ni John, ni George; pero tal vez, sólo tal vez, podía ser Ringo.

A regañadientes, subí al escenario. Cuando las socias del club empezaron a ovacionarme, les lancé una mirada asesina. "Traidoras". Las manos me temblaban mientras examinaba al gentío; daba la impresión de que había acudido la escuela entera. Al fondo, vi que Ryan me aplaudía. Empecé a sonreír hasta que me di cuenta de quién estaba a su lado: Missy. ¿Cómo podía estar cerca de ella después de todo lo que había pasado?

Y, más importante aún: ¿qué diablos hacía yo subida en el escenario?

Jen agarró el micrófono.

—Muchas gracias por venir a esta fiesta para recaudar fondos para el equipo. Los beneficios del karaoke de esta noche se destinarán a pagar los uniformes nuevos, así que no sean tímidos: anímense y pidan sus canciones. Y ahora, para inaugurar esta velada tenemos, nada más y nada menos que ¡a la mismísima Penny Lane Bloom!

Escuché una oleada de aplausos, pero clavé la vista en la pantalla tratando de controlar la respiración. No necesitaba ver la letra de la canción, pero no soportaba mirar al público. Apenas había introducción, y antes de que pudiera darme cuenta, estaba cantando la primera estrofa, en la que le preguntaba a la gente qué haría si yo desafinaba: ¿se levantaría y me dejaría sola?

Hasta el momento, no.

Claro que, si seguía cantando, seguramente ocurriría. Aunque, en el fondo, no tenía por qué ser tan malo.

Cerré los ojos y empecé a balancearme de un lado a otro mientras interpretaba la canción. Miré a la primera fila. "Ayúdenme, por favor". No sólo les pedía ayuda, sino que lo hacía cantando. El público rompió a aplaudir.

Me dirigí con paso firme adonde estaban sentadas Tracy y Diane, animándome. Las señalé mientras continuaba cantando lo de arreglárselas con la ayuda de los amigos. Les hice señas para que subieran conmigo al escenario.

Diane entendió el gesto, se levantó y arrastró a Tracy. Morgan y Amy las siguieron, e incluso Erin se sumó (antes muerta que renunciar a la luz de los focos).

Nos congregamos alrededor del micrófono mientras las demás socias del club se ponían de pie y empezaban a aplaudir al ritmo de la canción. Tomé el otro micrófono y caminé entre el público. Me puse a bailar con las demás chicas. Todas se fueron turnando para cantar.

Y sí, en cierto modo, me las estaba arreglando con la ayuda de mis amigas.

La canción terminó y un estruendo estalló entre la multitud. Me reuní con mi grupo en el escenario y entrechocamos las palmas. Jen daba saltos de gusto mientras se iba formando una cola para solicitar canciones.

Escuchamos de todo, desde chicas que cantaban temas de bandas pop masculinas, hasta el equipo de futbol americano, que interpretó una desentonada versión de *We are the champions*. Incluso Morgan y Tyson cantaron un dueto de lo más emotivo. Las socias del club no paraban de pedir canciones. Y, lo mejor de todo: Jen estaba recaudando montones de dinero.

Morgan, Eileen, Meg y Kara se pusieron a cantar *We are family*, y nos levantamos otra vez.

Me senté al lado de Tracy y le robé una papa de la bolsa.

—Ay, Dios mío, Penny —dijo.

—Tranquila, Tracy, sólo es una papita.

Señaló el escenario. Vi a Ryan, solo. Me eché a reír. ¿Acaso trataba de demostrarle a toda la escuela lo imperfecto que era en realidad? Me miró y me guiñó un ojo.

—¿Por qué tanto escándalo? —pregunté.

Tracy me miró con los ojos abiertos como platos.

—¿Ya viste la canción que escogió?

Empezó la música y mi corazón dejó de latir.

Reconocí la canción al instante.

¿Cómo no iba a reconocerla?

Yo me llamaba así.

El club entero se me quedó mirando mientras Ryan empezó a cantar *Penny Lane*. Con una voz desafinada a más no poder. Quise sentir lástima por él mientras forcejeaba con la primera estrofa, pero estaba ocupada tratando de controlar la emoción mientras todos los presentes pasaban las miradas de Ryan a mí y al revés.

Tenía que concentrarme para poder respirar. Me sentí abrumada, conmovida. No podía creer lo que estaba pasando, que Ryan hiciera aquello delante de toda la escuela.

Yo le gustaba. Sí, de veras, realmente, le gustaba.

Y a mí me gustaba él. Sí, de veras, realmente, me gustaba.

Ya no podía negar mis sentimientos y decirme a mí misma que no debía poner al club en peligro. ¿Cómo no iba a querer estar con alguien como Ryan? ¿Cuánto tiempo más iba a luchar contra ello? ¿Cuánto tiempo más me iba a seguir mintiendo a mí misma?

Terminó la primera parte y Ryan dio un paso atrás, al parecer consciente del error que había cometido. Era desgarrador. De pronto, Diane se levantó como un resorte para acudir en su ayuda. Segundos después se les unió Tracy, seguida por la mayoría de las socias del club de los corazones solitarios. Ryan se mostró inmediatamente aliviado al contar con semejante apoyo. Entendí perfectamente cómo se sentía.

Y también entendí que, después de aquello, los rumores sobre nosotros iban a cundir a sus anchas.

Pero en ese momento me daba igual. Era lo mejor que un chico había hecho por mí, jamás.

De acuerdo, *Penny Lane* no es precisamente una canción de amor, pero para mí fue el gesto más romántico que una persona podía tener. La canción terminó, y me puse de pie para aplaudirle al grupo. Al mirar a todo el mundo, excepto a Ryan, tuve un ligero ataque de pánico. ¿Qué se suponía que iba a hacer ahora? Con un poco de suerte, ya que el club entero se había unido, la gente no se fijaría en Ryan y en mí.

Pero eso era muy improbable.

Ryan se bajó del escenario y se encaminó hacia mí.

—Por si no te habías dado cuenta, esa canción era para ti.

Sonreí, sin saber qué responder con exactitud.

—Veamos… sólo queda tiempo para una última canción —anunció Jen—. ¿Penny?

—Yo, esteee…. tengo que irme —le dije a Ryan, aunque le apreté la mano antes de dirigirme al escenario.

La última canción empezó a sonar y todas las socias del club se subieron a cantar *Sgt. Pepper's lonely hearts club band.*

"¡Esperamos que hayan disfrutado del espectáculo!"

Treinta y cuatro

racy, Diane, Jen, Laura y yo salimos al estacionamiento con la sensación de haber triunfado.

—¡Chicas! ¡Recaudamos más de tres mil dólares! La gente no dejaba de entregarme dinero para poder participar —comentó Jen mientras sujetaba con todas sus fuerzas el abultado sobre.

—Es fantástico, Jen. ¡Felicidades! —dijo Diane.

—Vaya, mira quién está ahí. ¡La mismísima doña Penny *Maldita* Lane! —volteamos y vimos a Todd, con sus acompañantes habituales: Brian y Pam, Don y Audrey. Ryan estaba justo detrás de él. Missy también se encontraba allí, pero no quedaba claro si iba con Ryan o con Todd... o, sencillamente, se les había unido.

Ryan trató de sujetar a Todd por el hombro, pero éste se zafó.

—Todd, ¿estás borracho? —preguntó Diane, sin alterarse.

—Vete al demonio, Diane —Todd, evidentemente borracho, zigzagueaba entre los coches. Apenas lo había visto durante la fiesta. Estaba segura de que habría oído sus abucheos durante mi canción... y la de Ryan.

287

Una vez más, Ryan intentó arrastrarlo hasta el coche y, en esta ocasión, Todd le dio un empujón.

—Ryan, eres patético.

—Sí, claro, *él* es el patético —tardé un segundo en darme cuenta de que la respuesta había brotado de mis labios. De pronto, Todd me estaba mirando cara a cara.

—No te metas, Bauer. Esto es entre la lesbiana y yo.

Traté de apartar la cara de su pestilente aliento.

—¿De qué hablas, Todd? —le espeté. Ryan se acercó y exploté—: Puedo arreglármelas sola, Ryan —retrocedió, aunque mantuvo los puños cerrados, como dispuesto a entrar en acción en cualquier momento.

Todd me seguía clavando las pupilas.

—¿Sabes una cosa? Sólo porque seas tan patética que ningún tipo en su sano juicio quiera meterse contigo, no tienes derecho a corromper al resto de las chicas de la escuela.

—A ver, si no recuerdo mal, hubo un tiempo en que tú mismo querías salir conmigo, pero se ve que este cerebro que tengo lo impidió. Si te hace tan feliz, adelante, échame la culpa de que ninguna chica quiera salir contigo —retrocedí para alejarme, pero él dio un paso adelante.

—Te lo digo en serio, Todd, más vale que la dejes en paz —intervino Diane al tiempo que se acercaba, seguida por Tracy, Jen y Laura.

—¡Oooh! —se balanceó en dirección a mis amigas y arrojó los brazos al aire, fingiendo espanto—. Qué mieeedo me dan, niñas.

—De hecho, preferimos que nos digan mujeres —repliqué yo, pero luego me mordí el labio. No podía evitarlo, aunque sabía que estaba empeorando las cosas.

Por encima del hombro de Todd, Missy observaba con expresión de absoluta complacencia.

Todd seguía balanceándose de un lado a otro.

—Mira…

—No, Todd, mira tú —ya estaba harta de su actitud infantil, y no estaba dispuesta a permitir que nos arruinara la noche—. Puede que la razón por la que no hayas tenido novia desde hace tiempo sea que ninguna chica en su sano juicio quiera salir con un tipo con el coeficiente intelectual de un niño de cuatro años.

Se inclinó hacia mí.

—Bueno, y puede que la razón por la que los tipos te sigan engañando sea por que eres una perra egoísta que sólo piensa en sí misma —se echó reír cuando vio que yo daba un respingo.

—¿Sabes qué? Quizá la razón por la que las chicas de la escuela están en el club es porque los chicos son unos absolutos cretinos. Preferimos pasar el tiempo juntas antes que salir con cualquiera de ustedes —me di cuenta de que estaba incluyendo a Ryan en mi generalización—. Eres un niño, Todd. ¿Por qué no vuelves a la cancha de futbol, donde te corresponde, y te pones a perseguir el balón en lugar de perseguir a las chicas que son diez veces más inteligentes que tú?

Aquello lo sacó de quicio.

—¡Zorra! —me agarró por la muñeca con todas sus fuerzas. Noté una punzada de dolor cuando Todd me apretó el brazo y me lo retorció.

Pegué un alarido mientras Brian y Don lo apartaban de mí.

Brian lo jaló por la cintura.

—No vale la pena, hombre. Déjala, no lo vale. Ándale, vámonos...

Todd se liberó de Brian y se enderezó. Mientras regresaba con su grupo, me sacó el dedo medio. Missy le dedicó una encendida ovación.

¿Y *yo* era la zorra?

Ryan se me acercó.

—¿Estás bien? No me había dado cuenta de lo borracho que estaba Todd.

Me temblaba el cuerpo entero, y la muñeca me palpitaba de dolor; aparte de eso, ¡todo era genial! Asentí con humildad mientras las chicas se acercaban a comprobar que estaba sana y salva.

Diane se dirigió a él.

—En serio, Ryan, ¿cómo puedes ser amigo de ese idiota, o de cualquiera de ellos?

Él se limitó a encogerse de hombros.

—No siempre es así.

—Mira, Ryan, Todd acaba de hacerle daño a Penny. ¿Qué, piensas volver con el grupo y fingir que no ha pasado nada? —Diane sacudió la cabeza.

Ryan volvió la vista atrás, hacia sus supuestos amigos.

—A ver, no hay que exagerar —replicó.

—Tienes que estar bromeando —me quedé mirando a Ryan, sin poder creerlo—. ¿Lo vas a defender?

"Estás de mi parte —pensé—. Me dedicaste una canción, ¿no?"

—No, claro que no. Es sólo que...

La frustración que había ido acumulando en las últimas semanas llegó a su límite. Estaba tan indignaba que me costaba trabajo concentrarme.

Me volví hacia Ryan, con las mejillas encendidas. Notaba un sabor ácido en la boca. Se suponía que era mi amigo, pero estaba dispuesto a cruzarse de brazos y permitir que aquello sucediera. No quería problemas con el imbécil de su mejor amigo ni con sus repugnantes compañeros de equipo.

—Ay, Ryan, no sabes hasta qué punto me *decepcionas*. No te atreves a mostrarte tal como eres ni a defender tus propias ideas, ¿verdad?

Ryan me miró como si le hubiera clavado un puñal. Nos contemplamos mutuamente.

Me arrepentí al instante.

—No quise decir... —balbuceé.

Se dio la vuelta y me dejó allí parada, con un gesto de horror en el semblante.

¿Cómo pude haberle dicho eso delante de todo el mundo?

Tracy me rodeó con el brazo y me condujo hasta el coche.

—Pen, es un estúpido, no hagas caso de nada de lo que te ha dicho.

—No, es que Ryan…

Tracy se mostró desconcertada.

—No estoy hablando de Ryan, sino de Todd.

"Ah, claro, Todd."

Seguí reproduciendo la conversación en mi cabeza una y otra vez.

—Toma, ponte esto en la muñeca. Yo me encargaré de la cama —Tracy me entregó una bolsa de hielo, me apartó la sábana del brazo y empezó a preparar el colchón inflable en el suelo de mi habitación—. Penny, ya deja de castigarte. Es un imbécil.

Levanté la mirada hacia ella.

—¿En serio crees que molestamos a tanta gente de la escuela al fundar el club? Primero, el director Braddock, y ahora…

Extendió la sábana para que ésta descendiera sobre la cama.

—Ven acá —se sentó en mi cama y dio unas palmadas en el almohadón que tenía al lado—. Penny, el club es una de las cosas más importantes que hemos hecho todas y cada una de nosotras. Todd Chesney es un tarado. Punto final. No dejes que te amargue el triunfo de la noche.

Me quedé viendo mi pijama de franela y levanté las rodillas para apoyar la barbilla.

—Es que no quiero tener la culpa de molestar a la gente.

—¿Sabes de qué tienes la culpa?

Me encogí de hombros. Ya no sabía qué pensar. Cada vez que creía que podía seguir con el club y, al mismo tiempo, ser amiga de Ryan, todo estallaba en pedazos.

Tracy me agarró por el hombro de tal modo que me vi forzada a mirarla.

—Tienes la culpa de que Kara se haya sentido tan a gusto como para contarnos su problema con la comida.

La transformación de Kara había sido considerable. Se habían acabado los suéteres anchos, las fotos de modelos esqueléticas pegadas en su casillero y su costumbre de pedir ensalada sin aderezo a la hora del almuerzo. Ahora se ponía ropa más favorecedora, tenía fotos de sus amigas —no de modelos consumidas— en el casillero y almorzaba con nosotras. Aún le quedaba mucho camino por recorrer, pero era un buen comienzo.

—Tienes la culpa de que Teresa haya conservado su beca de voleibol para la universidad de Wisconsin.

Gracias a Maria, Teresa hizo un examen de Cálculo sensacional.

—Tienes la culpa de que, por primera vez en su vida, Diane Monroe disponga de su propia identidad. ¿Te acuerdas de cómo era a principios del curso?

Me acordé de Diane en el restaurante, cuando era evidente que estaba hecha polvo pero trataba de fingir que todo iba de maravilla.

—Y ahora, siempre que la ves, está encantada de pertenecer al club y tener amigas. Me ha sorprendido un montón, en serio.

Tracy no era la única persona a la que Diane había sorprendido. Todavía me costaba trabajo creer que hubiera puesto en riesgo su reputación con Braddock para ayudar al club, o que se hubiera enfrentado a Todd aquella misma noche... o a Missy, después de la publicación del artículo.

Noté que se me hacía un nudo en la garganta y los ojos me empezaban a arder.

—Esas cosas no ocurrieron por mí. No puedo sentirme responsable.

Tracy se levantó y me tomó de las manos.

—Fuiste tú quien nos abrió los ojos. Tú eres la más fuerte de todas.

El labio inferior me empezó a temblar.

—Sí, mira lo fuerte que soy...

—Basta ya, Penny. No te menosprecies. Eres la líder del grupo porque todo el mundo te respeta, porque siempre estás ahí para la gente y porque eres una de las personas más increíbles que he conocido en la vida. Me encanta que seas mi mejor amiga. ¿Cuántas veces voy a tener que decírtelo?

Tracy me abrazó, y yo me agarré con fuerza.

—Además —prosiguió—, todo el mundo se asusta de mí cuando me conoce, y Diane da la imagen de ser doña Perfecta, así que eres el menor de los tres males.

Solté a Tracy cuando ella se echó a reír.

—Lo siento, ya sabes que no puedo evitarlo. ¡Justo por eso te necesitamos tanto!

Me recosté en la cama y me di cuenta de lo cansada que estaba. Tracy se tumbó en su colchón y se tapó con las mantas.

—Suficiente melodrama para un solo día. Adiós.

Apagué la lámpara de mi mesita de noche y me tapé con el edredón. Desde abajo, me llegó una carcajada.

—¿Qué pasa?

A Tracy la había atacado la simpleza.

—Ojalá pudiéramos ver a Todd mañana por la mañana. Se va a sentir pésimo. ¡Esperemos que haya vomitado encima de Missy! ¡Pagaría por verlo!

Me reí unos segundos y luego me acordé de Ryan. Tenía que encontrar la manera de arreglar las cosas entre los dos... por segunda vez.

¿Por qué podía yo formar parte de un grupo enorme de chicas, pero no dejaba de tener problemas con un solo chico?

Di un respingo al recordar la expresión de su cara.

Cerré los ojos y aparté el pensamiento de mi cabeza. Me encargaría de ello al día siguiente. Aquella noche iba a disfrutar del éxito de la fiesta. Había sido genial, excepto cuando Todd me gritó, y cuando yo le grité a Ryan.

Mientras estaba acostada, en medio de la oscuridad, traté de visualizar todo lo bueno que había sucedido aquella noche: el dinero que Jen había recolectado para el equipo; la impresionante interpretación de *I will survive* por parte de Kara; Diane, Tracy y yo cantando juntas...

Pero, cada vez que empezaba a alegrarme, la expresión dolida de Ryan me saltaba a la mente.

—¡Ay! —exclamé al sacudir la cabeza, acaso con demasiada violencia, con la esperanza de desembarazarme de ese pensamiento.

—Penny —dijo Tracy con voz somnolienta—, ¿estás bien?

"No, no estoy bien."

—Sí, perfectamente. Buenas noches.

En serio, tenía que dejar de mentirle a mi mejor amiga.

Y a mí misma.

Treinta y cinco

El reloj no avanzaba lo suficientemente deprisa. Llevaba dando vueltas junto a mi casillero lo que me había parecido una eternidad. Seguramente había llegado a la escuela mucho antes de lo acostumbrado. Le había pedido a mi madre que me llevara para poder llegar temprano. Tenía un nudo en el estómago. Ryan llegaría de un momento a otro.

Dio vuelta en la esquina y, al quitarse el gorro de lana, el pelo se le quedó hecho un desastre. Empezó a pasarse los dedos entre el cabello para acomodarlo; entonces, me vio. Se detuvo un instante y, acto seguido, bajó la vista mientras se acercaba a su casillero.

—Hola… —lo saludé.

Se limitó a asentir con la cabeza mientras se quitaba su chamarra negra de plumas.

Me lo tenía bien merecido, lo sabía.

—Ryan, lamento mucho, muchísimo, lo que dije. Sabes que no hablaba en serio.

Metió su mochila en el casillero y se puso a sacar los libros. Me pregunté cuánto tiempo tardaría en volver a mirarme.

—Sé que no hablabas en serio —respondió en voz baja, aún sin mirarme a los ojos—. El problema es que lo dijiste porque sabías que me haría daño. Pues bien, misión cumplida —sacudió la cabeza de un lado a otro—. De todo el mundo en la escuela, pensaba que serías la última persona en caer tan bajo.

Cerró el casillero de un golpe y se dispuso a alejarse. Hizo una pausa y se giró hacia mí.

—¿Sabes lo que he estado haciendo todas las mañanas desde hace semanas? Vengo en coche a la escuela preguntándome a qué Penny me voy a encontrar ese día junto al casillero. ¿Será la Penny simpática, cariñosa y divertida, o la Penny fría y distante? Prácticamente contengo la respiración hasta ver cómo vas a reaccionar al verme, y luego trato de averiguar qué he hecho para merecer tu comportamiento. Por eso me pasé esas dos semanas sin hablarte. Estaba dolido.

Me quedé mirándolo. No podía negar lo que decía. Sabía que me había comportado con él de manera desigual, pero no podía decirle la verdadera razón.

Sacudió la cabeza.

—Contigo nunca sé dónde me encuentro —empezó a alejarse.

—Espera —salí corriendo y me planté frente a él—. Sé que lo que dije es imperdonable. Lo siento mucho, de veras. Han pasado muchas cosas en los últimos dos meses y, sí, en parte me he desquitado contigo.

—¿Por qué? —me miró con intensidad.

—Yo... —metí la mano en mi bolsa—. Bueno... quería darte esto.

Le extendí a Ryan lo único que se me había ocurrido para que se enterara de lo que yo sentía.

Alargó la mano y examinó el estuche del CD. Lo abrió y su expresión cambió a medida que, con los dedos, iba recorriendo los nombres de los temas.

—¿Lo hiciste para mí? —levantó los ojos y me miró.

—Sí.

Examinó el interior y leyó la dedicatoria en voz alta: *From me to you...* "De mí para ti...".

—Es una de sus canciones. Ésta —cogí el estuche y señalé uno de los títulos. No me había atrevido a escribir toda la letra; habría sido decir demasiado. Tendría que escuchar la canción para entenderlo.

Ryan siguió examinando el estuche.

—Sé que parece una idiotez, pero es lo único que se me ocurrió —percibí una nota de desesperación en mi voz, y los ojos se me cuajaron de lágrimas. Todo en mi vida, excepto el club, parecía derrumbarse a mi alrededor. Pensé en las miradas de los chicos de la escuela, en los gritos de Todd, en la persecución del director Braddock... No soportaba la idea de que, para colmo, Ryan me odiara.

Notó que la voz se me quebraba y volvió a mirarme.

—Me encanta. Gracias.

—No es más que un CD absurdo —me acerqué a la pared, tratando de controlar las lágrimas que ya me surcaban las mejillas. ¿En qué estaba pensando? ¿Que una recopilación de los Beatles mejoraría las cosas? ¡Si Ryan supiera lo que aquellas canciones significaban para mí! No era sólo una recopilación, sino mi alma entera, mi corazón. Se lo entregaba a él, lo dejaba entrar en mi vida. Ojalá se diera cuenta.

Ryan se acercó y se inclinó para hablarme, sabiendo que, al hacerlo, impedía que la oleada de alumnos que ahora llenaba el pasillo me viera llorar. Su cercanía, en lugar de inquietarme, me consoló.

—Penny, viniendo de ti, esto significa mucho. Por favor, no estés triste —me rodeó el cuello con la mano, se inclinó un poco más y apoyó la barbilla en mi cabeza.

—Lo siento, yo sólo... —traté de tranquilizarme—. Han sido unas semanas muy largas.

Ryan no se movió.

—Sí, es verdad.

Las lágrimas me seguían empapando las mejillas. Intenté recobrar la compostura mientras los pasillos se inundaban de gente.

—Genial. Lo único que necesito son más rumores sobre mí. Estoy harta de que la gente hable a mis espaldas, y seguro que esto les dará más tema de conversación.

Ryan se inclinó y me secó las lágrimas con la mano. Me quedé mirando sus ojos azules y deseé que todos los obstáculos desaparecieran.

—¿Sabes? Que estés tan amable y todo eso no ayuda mucho, la verdad —le dije.

Ryan me miró intensamente unos segundos; luego, una sonrisa se extendió por su semblante.

—Bueno, mujer, basta ya de lloriqueo. Eres una llorona de mierda.

—¡¿Qué?! —grité, estupefacta, sin poder evitar echarme a reír—. ¿A qué viene eso?

Se encogió de hombros.

—Bueno, no te venía mal una carcajada.

—Sí, pero, ¿"llorona de mierda"?

—Estaba bajo presión. No se me ocurrió otra cosa.

Se inclinó hacia mí una última vez para limpiarme las lágrimas. Me dedicó una cálida sonrisa.

—¿Mejor?

Mientras yo asentía, algo en el pasillo me llamó la atención. Vi que Tracy nos miraba, boquiabierta. Se alejó a toda prisa al notar que me había fijado en ella.

—Mira, faltan dos semanas para las vacaciones de Navidad. Hagamos un pacto para que nada se interponga de nuevo en… nuestra amistad —propuso Ryan.

Le sonreí.

—Será genial.

—Bien, hay que apurarnos si no queremos llegar tarde a la primera clase —me rodeó con el brazo y me condujo a mi casillero. Una oleada de alivio me invadió mientras recogía los libros.

Se me había olvidado por completo que mi primera clase era Español, con Todd. Mierda.

O, mejor dicho, *caca*.

No había ninguna posibilidad de que aprobara la asignatura. Copiaba sin parar lo que la maestra Coles escribía en el pizarrón, pero no lograba concentrarme. Todd llegó unos minutos tarde a clase, con un justificante, y yo estaba demasiado asustada como para mirar en su dirección.

—Escuchen, les recuerdo que el examen final es el próximo jueves. Esto es todo por hoy. Ahora, tiempo de conversación. *En español, por favor* —indicó la señora Coles precisamente en este idioma mientras se dirigía a su mesa, al fondo del aula.

Me di la vuelta para mirar a Todd y lo descubrí mirándome la muñeca. Me había puesto un suéter de manga larga para cubrir el moretón; aun así, se veía parte del hematoma rojizo y azul. Abrí la boca para hablar, pero no se me ocurrió nada que decir.

Todd comentó algo, pero en voz tan baja que no pude oírlo.

—*¿Qué?* —le pregunté en español.

Me miró.

—*Lo siento, Margarita. Lo siento* —respondió él en el mismo idioma.

Parecía agotado. Antes de que yo pudiera responder, sonó el timbre. Empecé a recoger mis libros. Cuando salí del salón, Todd me estaba esperando.

—Hablaba en serio, Penny. Lo siento mucho —tenía la cara enrojecida y estaba apoyado, con postura desgarbada, en los casilleros situados a la salida del aula.

—Gracias, Todd.

Me dedicó una sonrisa endeble antes de encaminarse a su próxima clase. Todd no parecía él mismo a menos que estuviera bromeando o haciéndose el tonto. Me entristecí un poco. ¿Qué más podía cambiar? Tal como iban las cosas, apenas me daba tiempo de mantener el paso.

A la hora del almuerzo toda la escuela sabía que Todd no sólo se había emborrachado el sábado por la noche, sino que sus padres lo habían descubierto, y que aquella mañana se habían reunido con el director Braddock, quien no tuvo más remedio que suspenderlo del equipo de basquetbol por los siguientes tres partidos.

Ahora entendía por qué estaba tan disgustado. Aunque sólo él mismo tenía la culpa.

—Bueno... —dijo Jen mientras Morgan tomaba asiento—. ¿A dónde se escaparon Tyson y tú después de la fiesta?

Morgan se sonrojó.

—¡Genial! —Jen se echó a reír—. Ya veo que la noche fue un éxito en todos los sentidos.

—Ya, déjala en paz —intervino Diane.

—De hecho, es más o menos de lo que quería hablar —dijo Tracy.

Morgan puso cara de horror.

—No —Tracy negó con la cabeza—. Me refería al club —empezó a entregar a todo el mundo una hoja de papel.

El corazón me dio un vuelco cuando llegó mi turno. Me sentí un poco dolida por haberme enterado de ese modo, sobre la marcha. Habíamos hablado sobre el asunto, pero aun así...

Nuevo reglamento oficial (mejorado) del club de los corazones solitarios

El presente documento expone las normas para las socias del "club de los corazones solitarios". La totalidad de las socias deberá aprobar los términos de este reglamento pues, de lo contrario, su afiliación quedará anulada automáticamente.

Las socias están en su derecho de salir con chicos, aunque nunca, jamás, olvidarán que sus amigas son lo primero y lo principal.

A las socias no se les permite salir con cretinos, manipuladores, mentirosos, escoria en general o, básicamente, con cualquiera que no las trate como se debe.

Se exige a las socias que asistan a todas las reuniones de los sábados por la noche. Ninguna socia dejará de asistir en la fecha señalada para las reuniones con objeto de verse con un chico. Se mantienen como excepción exclusivamente las emergencias familiares y los días en que el cabello esté rebelde.

Las socias asistirán juntas, como grupo, a todos los eventos destinados a parejas incluyendo (pero no limitándose a) la fiesta de ex alumnos, el baile de fin de cursos, celebraciones varias y otros acontecimientos. Las socias podrán llevar a un chico como acompañante, pero el mencionado varón asistirá al evento bajo su propio riesgo.

Las socias deben apoyar siempre y en primer lugar a sus amigas, a pesar de las decisiones que éstas puedan tomar.

Y sobre todo, bajo ninguna circunstancia, las socias utilizarán en contra de una compañera los comentarios realizados en el seno del club. Todas saben a qué me refiero.

La violación de las normas conlleva la inhabilitación como socia, la humillación pública, los rumores crueles y la posible decapitación.

Mientras la gente leía, se fueron produciendo numerosos gestos de asentimiento y de apoyo verbal al nuevo reglamento. Levanté la mirada y vi que Tracy aguardaba una reacción por mi parte.

—¿Qué dice la jefa?

—Votemos en grupo. ¿Quién está a favor del nuevo reglamento?

Todas al mismo tiempo, las manos alrededor de la mesa se elevaron en el aire.

—¡Gracias a Dios! —exclamó Tracy—. Michelle, ¿te importaría empezar a salir otra vez con mi hermano?, a ver si así se decide a hablarme.

Michelle se ruborizó.

—Hey, invítalo a la fiesta —Amy empezó a repartir sobres—. Hay uno para cada una, pero pueden llevar compañía, aunque sea masculina —le guiñó un ojo a Morgan.

Amy me entregó el mío, que en la parte delantera llevaba escrito pulcramente: "Penny Lane, líder intrépida".

Iba a organizar una gran fiesta para el club al terminar los exámenes finales, con motivo de las vacaciones de Navidad.

Nos pusimos a hablar de la fiesta y volví a mirar a Tracy. No me había dicho ni una palabra acerca de lo que había presenciado entre Ryan y yo. Y yo no tenía ganas de introducir más melodrama en mi vida. Sólo quería sobrevivir a los exámenes finales.

—Hey, Teresa —grité hacia el otro lado de la mesa—. El año pasado elegiste Español III, ¿verdad?

—*Sí* —respondió Teresa en ese idioma.

Una idea brilló en mi cabeza.

—Escuchen, chicas —me puse de pie y todo el mundo dejó de hablar—. Se me ocurre que podríamos utilizar las dos o tres reuniones siguientes para organizar grupos de estudio de cara a los finales —escuché varios gruñidos—. Lo sé, ya lo sé; pero piénsenlo un segundo. Podemos ayudarnos unas a otras con los exámenes, sobre todo las que ya han pasado por esas asignaturas el curso anterior.

Quería conseguir calificaciones incluso mejores aquel semestre, sólo para demostrarle a Braddock que no tenía razón. Y, por supuesto, deseaba que todas mis compañeras del club sobresalieran en los exámenes.

Aquella mañana, cuando Jen acudió al despacho del director a entregarle el dinero, Braddock se limitó a gruñir mientras contaba los billetes.

¿Acaso existía algo que lograra hacer feliz a ese hombre?

Treinta y seis

Era extraño porque, si bien era más que partidaria de mantener en secreto las decisiones del club, deseaba que alguien le diera a conocer a Ryan el nuevo reglamento. Aunque, al mismo tiempo, todavía no estaba segura de encontrarme preparada para volver a salir con chicos, para correr el riesgo de que no funcionara. Qué injusto: cuanto más me gustaba Ryan, más cuenta me daba de que podía destrozarme el corazón.

Decidí que una sesión de estudio era una "no cita" libre de peligro. De modo que invité a Ryan a casa para repasar Historia Universal. Pareció un tanto sorprendido por la invitación, pero no dudó en aceptar.

—Y, exactamente, ¿cómo obtuviste toda esta información interna? —me preguntó mientras repasábamos apuntes en el sótano de casa.

—Bueno, tengo mis recursos —saqué un mapa de la Europa ocupada por los nazis durante la Segunda Guerra Mundial.

Durante la reunión del sábado me había enterado de que, el curso anterior, la maestra Barnes había formulado muchas preguntas sobre la Segunda Guerra Mundial.

Aunque sabía que los profesores no utilizaban los mismos exámenes, era bueno hacerse una idea de lo que habían preguntado con antelación.

Además, no me lo tomaba como una forma de hacer trampa, ya que no nos habían dado ninguna respuesta; sólo nos habían comentado lo que había ocurrido en el curso anterior. Y yo aprovechaba cualquier cosa que pudiera averiguar.

—Ah, hola, Ryan —dijo mamá, que bajaba por las escaleras—. ¿Te gustaría quedarte a cenar?

Ryan me miró y me encogí de hombros.

—Me encantará. Gracias, señora Bloom.

Mamá nos observó con una amplia sonrisa en el rostro. Y no es que estuviéramos haciendo algo: había libros de texto esparcidos por el suelo y Ryan y yo estábamos a un par de metros de distancia. Me quedé mirándola, esperando a que dijera algo, pero continuó callada, observándonos fijamente.

—Mamá…

—Ay, perdón —se dirigió escaleras arriba.

¿Podía esa mujer, por una vez en su vida, intentar (sólo intentar) no avergonzarme?

Estaba bastante impresionada conmigo misma, ya que Ryan y yo habíamos logrado ser amigos durante casi dos semanas sin tragedia alguna de por medio. Aquél parecía ser nuestro acuerdo. A veces pensaba en él de una forma no del todo adecuada entre simples amigos, pero qué le íbamos a hacer: todos somos humanos.

—¿Algún plan emocionante para las vacaciones de Navidad? —Ryan se puso de pie y se estiró. Miré el reloj, sorprendida de que hubiéramos estado estudiando dos horas seguidas.

—Ir de compras por un vestido de novia —desplegué las piernas y traté de volver a sentir el pie izquierdo.

—¿Quién es el afortunado? —me hizo un guiño.

Puse los ojos en blanco.

—No es para mí, sino para Lucy. Viene a casa en Navidad, y ella, Rita y yo vamos a ir a buscar vestidos para la boda —Rita le había dejado muy claro a Lucy que necesitábamos dar nuestra opinión, porque se negaba a parecer una "pesadilla de tafetán rosa".

Me tumbé en el suelo y me quedé contemplando el techo.

—Estoy deseando que las dos estén en casa. Ojalá ya se hubieran terminado los exámenes finales.

—Sólo un día más —me recordó mientras volvía a sentarse—. Por cierto, tengo muchas ganas de ir a la fiesta de Amy, mañana por la noche.

Levanté la cabeza con tanta rapidez que incluso me mareé ligeramente.

—¿Qué? ¿Vas a ir?

Ryan abrió los ojos de par en par.

—Sí, ¿te parece mal?

—No, para nada. Es que no sabía que Amy te había invitado.

Negó con la cabeza.

—Bueno, era evidente que tú no me ibas a invitar —me lanzó su carpeta.

—Bueno, lo siento… —¿por qué no habría invitado yo a Ryan?

—Pero no me invitó Amy.

Claro, había sido Diane. Qué estúpido por mi parte no haber pensado que Diane lo habría invitado.

—Tracy me pidió que fuera su pareja.

"¿Tracy? ¿*Mi* Tracy? ¿Le pidió que fuera su pareja?"

Traté de asimilar que Tracy no sólo había invitado a Ryan a la fiesta, sino que, para colmo, no me lo había comunicado. Por lo general, me lo contaba todo.

Era *yo* la que guardaba secretos.

Se me hizo un nudo en el estómago. Ay, Dios mío. Sabía exactamente lo que aquello significaba.

Por fin, Ryan había entrado en la lista de Tracy.

Era absurdo; Tracy jamás había mostrado interés en él. Tal vez fuera la razón por la que no había mencionado que nos había visto cerca de nuestros casilleros, aquella vez. ¿Pero no me había dicho a principios del curso que él y yo haríamos una buena pareja?

Tenía que reconocer que lo último que yo había dicho sobre el tema fue cuando proclamé que jamás saldría con Ryan, ni en un millón de años. Y nunca le había hablado a Tracy de mis sentimientos, jamás.

Miré al otro extremo del sótano y vi a Ryan tomando notas.

No podía culpar a Tracy, la verdad.

Yo había tenido semanas, ¡meses!, para pedirle que saliera conmigo.

Pero me había quedado callada.

Y Tracy no.

A Tracy le gustaba Ryan.

Y yo sentí ganas de acurrucarme hecha un ovillo y dejarme morir.

Treinta y siete

Llevaba temiendo la fiesta desde que me había enterado de que Tracy le había pedido a Ryan que fuera su pareja. Había esperado que ella lo sacara a relucir, pero no había dicho ni media palabra. Ni siquiera en ese momento cuando nos estábamos arreglando.

Quité el tapón de un bote de maquillaje iluminador y empecé a extendérmelo por el cutis.

—No te olvides del escote —advirtió Diane mientras señalaba mi top color granate, sin mangas y de cuello en "v". Lo había combinado con unos pantalones de mezclilla nuevos azul marino, cinturón de lentejuelas plateadas y botas de tacón. Di un paso atrás para mirarme al espejo, satisfecha con el resultado.

—A ver, déjame probar —dijo Tracy, mientras me quitaba el iluminador y empezaba a aplicárselo. Tracy llevaba un top ajustado de encaje negro y pantalones acampanados negros de raya diplomática. Aquella noche, con el pelo suelto, se veía preciosa. Por lo general llevaba el cabello recogido en una colita. Era evidente que se estaba esforzando al máximo a causa de Ryan.

—Muy bien, creo que estamos listas —concluyó Diane mientras nos examinábamos unas a otras en el espejo de mi cuarto de baño. Diane, como siempre, iba impecable. Llevaba una falda recta de color negro y un suéter de cuello alto de tono verde mar, con un top a juego debajo.

Entramos en el dormitorio para recoger los abrigos, pero Diane se sentó en la cama y agarró su bolso a juego, de tono verde mar.

—Tengo algo para ustedes —anunció mientras sacaba dos cajitas envueltas en papel plateado, adornadas con una cinta roja, y nos las entregaba a Tracy y a mí—. Quería que supieran lo mucho que aprecio todo lo que han hecho por mí este año.

—Diane, no tenías por qué hacerlo —protesté.

Se limitó a sacudir la cabeza y señaló el paquete con la barbilla.

Tiré de la cinta roja y tuve cuidado para no romper el delicado papel de color plata. Ahogué un grito al ver una caja azul de Tiffany.

—¡Diane! —no podía creerlo. Levanté la vista para cerciorarme de que Tracy no me llevaba la delantera. Me hizo una seña de asentimiento y ambas abrimos nuestras respectivas cajas.

En el interior había una bolsa azul, a juego. Al abrirla, encontré una pulsera de eslabones de plata con un corazón en el cierre.

—Es preciosa —dijimos al unísono Tracy y yo.

—Lean la inscripción —solicitó Diane mientras se acercaba a mí y colocaba el corazón en alto. En un lado se leían las siglas del club en inglés: LHC; en el otro, mi nombre. Ella se acercó y me puso la pulsera alrededor de la muñeca.

—Diane, te volaste la barda. No debiste hacerlo —insistí.

—Es verdad, Diane. ¡De Tiffany, nada menos! —Tracy empezó a toquetear el cierre.

Diane se acercó para ayudarla.

—Chicas, hicieron tanto por mí este año... Es una forma de darles las gracias. Además... —Diane levantó su brazo izquierdo y se subió la manga para enseñarnos que llevaba una pulsera igual que las nuestras.

—No les parece una cursilada, ¿verdad?

No podía apartar los ojos de la pulsera. Era lo más bonito que me habían regalado en la vida.

—No, para nada —Tracy y yo abrazamos a Diane, apiñándonos las tres.

—Y hay otra cosa que quería decirles —Diane parecía nerviosa—. Sé que las cosas están cambiando en el club y que dentro de poco empezarán a salir con chicos... Sólo quería que supieran —me miró directamente— que las voy a apoyar, sea quien sea su pareja.

Es decir: lo sabía.

Sabía lo de Tracy.

Tracy le frotó la espalda.

—Gracias, Diane. Sabes que nosotras también estaremos ahí para ti, siempre que nos necesites.

Ambas se dirigieron a la puerta de la habitación.

—Esta noche la vamos a pasar en grande —auguró Tracy.

"Sí, desde luego."

Daba la impresión de que éramos casi las últimas personas en llegar a casa de Amy. Tuvimos que estacionar el coche a la vuelta de la calle.

Las tres nos tomamos del brazo mientras llamábamos al timbre. Escuchamos que el ruido disminuía en el interior cuando Amy abrió la puerta, llevaba un precioso vestido rojo hasta la rodilla.

—Bienvenidas —dio un paso a un lado para que viéramos a todo el mundo reunido en la sala y camino a la cocina, que se encontraba al lado.

—¡Felices vacaciones! —exclamaron todos al mismo tiempo, y rompieron a aplaudir.

—Órale, chicos, deben estar hartos de repetir lo mismo —comentó Tracy.

Tardamos un rato en darnos cuenta de que aquello iba por nosotras. Todas las socias del club estaban de pie, ovacionándonos. Vi a Ryan, a Tyson y al hermano de Tracy en un rincón, también aplaudiendo.

—¿Qué pasa? —le preguntó Diane a Amy.

—Queríamos darles a las tres el recibimiento que se merecen —nos acompañó adentro y tomó nuestros abrigos.

Los aplausos se apagaron, aunque nos percatamos de que todo el mundo nos miraba con una sonrisa. Volteé a ver a Jen y a Morgan para ver si me daban una pista. Ambas se limitaron a sonreír.

—Bueno —dijo Amy, señalando a la multitud—, queríamos que supieran cuánto han significado para todas las personas que estamos aquí.

Tracy me agarró de la mano y me dio un apretón. Me imaginé que, al fin y al cabo, tenía razón. En efecto, las tres habíamos creado algo. Algo positivo, algo que valía la pena. A pesar de lo que otros chicos de la escuela, o el director Braddock, pudieran pensar.

—Sólo queríamos entregarles un detalle para demostrar nuestro agradecimiento —Amy sacó tres regalos de debajo del árbol de Navidad, colocado junto a la ventana salediza—. Jen y yo estuvimos recordando cuando nos unimos al club, y todo lo que hablamos. En aquel entonces, debajo de aquel árbol enfrente de la escuela, no nos imaginábamos que iba a empezar algo tan importante —Amy hizo un gesto hacia la sala abarrotada.

Diane, Tracy y yo nos dispusimos a desenvolver nuestros obsequios, aunque empecé a inquietarme al oír risitas nerviosas en el salón. Me atoré mientras abría el regalo, de modo que Tracy fue la primera en abrir el suyo.

—¡Es increíble! —exclamó. Volteé a mirarla y vi que sostenía en alto una camiseta blanca con mangas tres cuartos de color rosa. Me enseñó la camiseta. En la parte delantera decía LHC, y en la espalda, LARSON.

Solté una carcajada mientras Amy continuaba.

—Bueno, pensamos que ya era hora de que, por fin, tuviéramos camisetas —todo el mundo en la estancia sacó su camiseta a juego—. Y ahora, ¿qué creen que hará Braddock si entramos todas en la escuela el primer día llevándolas puestas?

—Un momento: no quiero ser responsable de que internen a un hombre en el hospital —Tracy se acercó a la mesa de las bebidas, tomó tres vasos de sidra y entregó uno a Diane y otro a mí.

—Penny, deberíamos hacer un brindis.

Levanté el vaso.

—¡Por el club de los corazones solitarios!

—Y también —añadió Tracy— por todas las personas que nos han apoyado —hizo una seña hacia la esquina de la sala, donde estaban su hermano, Tyson y Ryan. Luego, volteó a mirarme y me agarró de la mano—. Ven, vamos a socializar.

Fuimos recorriendo la sala, dando las gracias y deseando felices vacaciones a todo el mundo. Las socias del club estaban de un humor excelente y se habían puesto guapísimas. No podía imaginar mi vida sin ellas.

—Hey, vamos allá —Tracy empezó a arrastrarme hacia el rincón donde Ryan estaba hablando con Mike y Michelle.

No, por favor; no tenía ganas de actuar de "celestina". Prefería no tener que presenciarlo. Mi corazón no lo iba a poder soportar.

—Felices vacaciones —dijo Tracy, y me dio un empujón tan fuerte que por poco me caigo encima de Ryan.

—Vaya, ¿qué te sirvieron ahí? —señaló con la barbilla mi vaso de sidra.

Me sonrojé, de pronto inundada por una vibrante energía interior. Debía de ser por tantas emociones en la misma noche. O por los doce pedazos de dulce de leche que me había zampado.

—Así que lo logramos. Sobrevivimos —Ryan chocó su vaso contra el mío.

Sonreí. No dije nada, en espera de que Tracy entrara en acción y empezara a hacer gala de sus encantos delante de Ryan. Me volvía hacia Tracy y me di cuenta de que ya se había ido. Mike y Michelle también se habían alejado. Ryan y yo estábamos solos.

—¡Hey, hola! —me puso la mano en la parte de atrás de la cintura—. ¿Todo bien? ¿Te explotó el cerebro con tantos exámenes? —se puso a juguetear con mi cabello.

Le aparté la mano de un manotazo.

—Cuidado, que peinarlo tarda mucho, ¿sabes? Sobre todo por esa abolladura antigua.

Ryan se echó a reír.

—Está bien, está bien.

Esbocé una sonrisa traviesa.

—Veamos si a ti te gusta —levanté la mano e hice lo que siempre había deseado hacer: alborotarle el pelo. Era tan suave como me había imaginado.

Solté una carcajada.

Me di cuenta de que todos los presentes nos miraban y que luego, en cuanto les devolví la mirada, apartaron la vista a toda prisa.

De acuerdo, no debería estar jugueteando de aquella manera con el chico que le gustaba a Tracy.

Me alejé de Ryan para que no nos rozáramos.

Aunque pensé que, tal vez, no debería mostrarme tan cohibida. Todo el mundo sabía que éramos amigos. Estaba convencida de que sólo eran imaginaciones mías.

Pero, por si las moscas, di otro paso atrás.

No podía creer todo lo que estaba comiendo, pero me figuré que no pasaría nada por comer otra porción de dulce de leche. Me metí en la boca el último pedazo que quedaba en el plato y empecé a recoger la mesa.

La fiesta estaba llegando a su fin y sólo quedaba una docena de personas. Me había quitado las botas para ponerme a recoger los desperdicios esparcidos por la sala.

Tracy se acercó, enlazó su brazo con el mío y me llevó al vestíbulo de entrada.

—¡Dios mío! —exclamó—. Pensé que si lo invitaba, por fin te decidirías a hacer algo; pero ya veo que no. A veces eres desesperante.

"¡¿Qué?!"

—Vete con él de una vez, ¡me sacas de quicio!

"¿Cómo?"

Me quedé mirándola y Tracy soltó un gruñido.

—Pen, soy tu mejor amiga desde hace años. ¿Crees que no sabía lo que pasaba entre Ryan y tú?

"A ver, a ver…"

—Escucha, Penny. Ya sé que has estado preocupada por el tema de las citas con chicos y la prohibición del club. Pero las reglas han cambiado, ¿te acuerdas? Deja de boicotearte a ti misma de una vez —esbozó una sonrisa—. Además, no hay quién te aguante cuando te empeñas en ocultar tus sentimientos, así que ve ahí adentro y pídele que salga contigo.

—Espera —yo estaba en estado de *shock*—. ¿Invitaste a Ryan por mí?

Tracy soltó un gruñido.

—¡Pues claro! ¿Por qué, si no?

"Mierda."

Me puse a negar con la cabeza.

—No puedo...

"Oh, Dios mío."

Volví la mirada y vi a Ryan hablando con Morgan y Tyson. Nunca en mi vida le había pedido a nadie que saliera conmigo. ¿Y si decía que no?

—No va a decir que no.

"¿Cómo lo...?"

—¿Y qué hay de Diane? —pregunté, confiando en poder posponer el asunto unos cuantos días, o meses, o años.

—¿Acaso no la escuchaste?

Miré a Tracy sin poder creerlo.

—Se estaba refiriendo a mí...

—En serio, Penny. Diane y yo ya hemos hablado de esto...

—¡Un momento! *¿Tú y Diane han hablado de esto?*

—Pen, Ryan cantó para ti delante de la escuela entera, ¿te parece poco? Es prácticamente lo único de lo que hablamos las del club cuando tú no estás.

"Genial, el club lo sabe". Así que la gente me miraba con razón. Qué vergüenza. Aquello no podía estar pasando.

—Además, tú y Ryan son los mejores amigos de Diane. Quiere que los dos sean felices.

—Bueno, primero debería hablar con ella...

Tracy sonrió.

—Ya se fue. No quería que te sintieras incómoda. Me pidió que te dijera que la llames mañana para preparar la ropa que usarás en tu cita.

Diane se había ido. Pero... pero...

Tracy se limitó a sacudir la cabeza.

—A veces, realmente me das que pensar. ¡Ándale, ve por él!

Antes de que pudiera recobrar el aliento, Tracy vociferó:

—¡Hey, Ryan! ¿Tienes un segundo?

"Ay, Dios mío. Ahora no. Ahora mismo soy incapaz."

Ryan se disculpó y se acercó hacia nosotras, un tanto desconcertado.

—¿Qué pasa, Tracy?

Tracy sonrió y jaló a Ryan de tal forma que él quedó justo enfrente de mí.

—No tengo sitio en mi coche, ¿podrías llevar a Penny a su casa?

—Claro que sí —respondió.

—¡Genial! Más que nada porque quiere pedirte algo —Tracy se dio la vuelta y empezó a alejarse.

Yo estaba horrorizada a más no poder.

—Ah, otra cosa —Tracy dio media vuelta y señaló encima de nuestras cabezas—. Están debajo del muérdago. ¡Adiós!

Ryan y yo levantamos los ojos y vimos una rama de muérdago justo encima de nosotros.

Miré hacia atrás y vi que Tracy metía en la cocina a las pocas personas que quedaban en la fiesta.

La mataría.

Me volteé de nuevo y di un ligero respingo al descubrir que Ryan se inclinaba hacia delante para besarme.

Al ver mi reacción, dio un paso atrás.

—Perdona, es por la... tradición navideña —señaló sobre nuestras cabezas—. No debí hacerlo —se alejó otro paso más.

—No, no pasa nada. Yo...

¿Cómo se suponía que iba a dar el paso?

—Querías pedirme algo, ¿no? —Ryan cruzó los brazos y una expresión divertida le cruzó fugazmente el rostro.

—Mmm, sí. Mira...

Lo mío era un caso perdido.

—Bueno, es curioso... —"vamos, tú puedes hacerlo"—. Parece que las cosas han cambiado un poco en el club.

—¿Me perdí algo? ¿Te expulsaron?

—Ja, ja. Todavía no —respiré hondo—. Bueno, ya sabes que no podíamos, esteee... no...

—No pueden tener novio.

—Hasta hace poco, no. Pero hemos decidido que, a lo mejor, no era justo para la gente...

—Entiendo. ¿Y ahora?

Me puse a cambiar de postura de un lado a otro. ¿Por qué Tracy me hacía esto? No estaba preparada, en absoluto.

—Bueno… quería… intentar… —durante todos aquellos años, no me había detenido a pensar en el mérito que tenían los chicos: lo de declararse era una tortura.

—Penny, ¿quieres salir conmigo?

¡Guau!, qué fácil.

Por suerte, Ryan había captado la indirecta.

—Sí, claro que sí.

Nos sonreímos mutuamente. Ryan dio un paso al frente y me abrazó por la cintura. Entonces me di cuenta de algo.

—¡Espera! No podemos salir los sábados por la noche. Están reservados para el club.

—No importa. Quedan otras seis noches en la semana.

Me lo estaba poniendo demasiado sencillo. Tal vez eso de salir con un chico no iba a resultar tan complicado, al fin y al cabo.

—¡Ah! Y almuerzo con las chicas. Y si quieres hacer algo, me lo tienes que decir con antelación, porque no voy a cambiar los planes que tenga con alguna de mis amigas porque se te ocurra llamarme.

Ryan asintió.

—De acuerdo. ¿Alguna cosa más?

—Mmm, bueno, tendré que repasar el nuevo reglamento. Quiero asegurarme…

Ryan me tomó de la mano y se inclinó hacia delante.

—Penny, no pienso apartarte de tus amigas. ¿Qué te parece si salimos unas cuantas veces antes de empezar a establecer un exceso de reglas entre nosotros?

Me sonrojé. Tenía que serenarme un poco antes de empezar a tomar decisiones sobre nuestra relación.

—Me parece bien, sí.

—De acuerdo. Vamos a despedirnos de todo el mundo y te llevaré a casa.

Se dispuso a encaminarse a la cocina.

—¡Espera! —lo llamé. Señalé el muérdago sobre mi cabeza—. No estaría bien romper una tradición navideña.

Ryan me sonrió y se acercó hasta mí. El corazón me latía a toda velocidad mientras, con ternura, tomaba mi cabeza entre sus manos. Se inclinó hacia delante y yo, en vez de quedarme helada o salir huyendo, me incliné hacia él mientras me besaba.

Apartamos los labios y se quedó a unos centímetros de mi cara.

—Me he pasado el curso entero esperando este momento —admitió.

—¿Por qué te tardaste tanto? —le pregunté.

—¿De veras necesitas que te lo recuerde? —ambos sonreímos.

Cuando entramos en la cocina, se hizo de pronto el silencio.

No costaba imaginarse de qué habían estado hablando.

Mientras nos despedíamos de todo el mundo, Tracy se acercó y me dio un abrazo.

—Entonces... —examinó mi rostro y, sin lugar a dudas, se enteró de lo que había ocurrido.

Tracy se mordió el labio y trató de disimular una sonrisa. Me eché a reír. Me alegraba de que mis amigas me apoyaran a tal punto. Ryan se acercó y sostuvo mi abrigo para que me lo pusiera.

—Bueno, Tracy, gracias por invitarme —le dijo.

Tracy pegó un salto y lo abrazó con fuerza.

—Gracias a ti.

Mientras Ryan y yo nos marchábamos, Tracy me dijo sólo moviendo los labios: "¡Llámame!".

Here Comes the Sun

"Little darling, it's been a long
cold lonely winter . . ."

Here Comes

Treinta y ocho

El aire invernal me atacó por sorpresa cuando salimos de casa de Amy. Empecé a tiritar mientras nos dirigíamos al coche, y Ryan me rodeó con sus brazos.

De pronto, ya no tuve frío.

Abrió la puerta para que subiera al coche. Me senté y me abroché el cinturón de seguridad mientras Ryan se subía por el otro lado. Encendió el motor y el equipo de música empezó a tronar. Ryan se sonrojó.

—Bonito CD —observé.

—Gracias, me encanta.

—A mí también —dije, y ya no me refería a la música.

Me eché hacia atrás en el asiento y apoyé la nuca en la cabecera. Habíamos tardado un tiempo pero, por fin, ahí estábamos.

Alargué el brazo, subí el volumen y me puse a cantar a coro la última canción del CD que le había regalado.

Y es que, aunque estábamos en mitad de la noche, aún podía cantar *Here comes the sun* ("aquí llega el sol"), y sentir como propia cada palabra, cada emoción.

Sobre todo, la parte de *it's all right,* "todo está bien".
Todo estaba más que bien.
Todo era perfecto.

Agradecimientos

Hay muchas personas a las que debo mi más profunda gratitud por su ayuda con este libro.

En primer lugar, agradezco a David Levithan —mi magnífico editor— su consejo, paciencia y apoyo. Me considero muy afortunada de que mi libro se encuentre en tan excelentes manos. Y no hablaba en serio al afirmar que todos los hombres cuyo nombre empieza con "D" son el diablo en persona.

A Jodi Reamer, mi maravillosa agente, quien ha dedicado años a conducirme hasta aquí. Te agradezco en el alma todo cuanto has hecho por mí. Tenías razón, tenías razón, tenías razón (ahora que lo he puesto por escrito, puedes burlarte a tus anchas).

Muchas gracias a todo el personal de Scholastic, que tanto ha trabajado en este libro. Un agradecimiento especial a Karen Brooks por su dominio de la edición y corrección, y también a Becky Terhune por la cubierta y el diseño más admirables con los que un autor podría soñar.

A mi querida amiga Stephenie Meyer, por ser mi mayor animadora, sobre todo cuando más falta me hacía. Tu entusiasmo por esta novela ha significado mucho para mí, y estoy enormemente agradecida por tu crítica constructiva y por tu apoyo. Te debo una. Espera y verás…

A lo largo de los numerosos borradores he contado con lectoras maravillosas, quienes me proporcionaron comentarios de valor incalculable: Anamika Bhatnagar, mi primera lectora (aún me encojo de vergüenza al acordarme de aquel borrador inicial; lo siento mucho); (la mismísima) Jennifer Leonard; así como Heidi Shannon, Tina McIntyre, Natalie Thrasher, Genevieve Gagne-Hawes y Bethany Strout.

A mis amigas y a los tontos con los que hemos salido, quienes me han aportado cuantiosas ideas para el club de los corazones solitarios. Mi especial agradecimiento a Alexis Burling, quien me prestó su anécdota de: "Lo siento mucho, pero no te quiero ver…"; y a Tara McWilliams Coombs, que puso su toque especial de elegancia en mi foto de autora. Que todas nosotras encontremos a alguien que nos merezca.

Y, por supuesto, a John, Paul, George y Ringo, mi fuente de inspiración constante desde el primer momento.

Sobre la autora

Elizabeth Eulberg nació y creció en Wisconsin. Más tarde, tomó rumbo a la Universidad de Siracusa y luego se estableció en Nueva York, donde desarrolló su profesión en el sector editorial. Vive a las afueras de Manhattan con sus tres guitarras, dos teclados y una baqueta. Mientras reunía documentación para esta novela, intentó renunciar a los chicos para siempre. No funcionó.

Esta obra se terminó de imprimir en enero del 2011,
Impreso por R.R. Donnelley de México, S. de R.L. de C.V.
(RR DONNELLEY) en su Planta ubicada en
Av. Central No. 235, Zona Industrial Valle de Oro
en San Juan del Río, Querétaro, C.P. 76802